돌림판 작가 허아른의 소설 분투기

소재는 일상 내용은 스릴러

돌림판 작가 허아른의
소설 분투기

허아른 소설가

고즈넉
이엔티!

차 례

잘린 머리와 춤을

말 많은 남자 어떻게 생각하세요? 남자는 과묵해야 한다고
들 하지만 수다쟁이도 나름 매력 있지 않나요? 의외성이랄까
희소가치랄까. 아니 이쪽에서 아무 말 하지 않고 있어도 대화
가 끊기지 않는다는 그런 장점도 있고요. 없진 않아요. 수요가.
그런 남자를 좋아하는 여자들도 많다니까요? 제가 아는 여자
이야기인데요, 들어보실래요? 그 여자가 수다쟁이 남자한테
폭 빠졌었거든요. 말이 많은 점도 매력이라고 생각하긴 했지
만, 지나치게 말이 많은 남자였대요. 별 쓸데없는 것까지 다 얘
기하는 가벼운 남자. 절대 비밀 따윈 지키지 못할 것 같은 그런
남자였대요. 왜 그런 말 있죠? 물에 빠져도 혀만 둥둥 뜰 것 같
다는 말. 아닌가? 입인가? 하여간 뭐든 뜨나 보죠. 가끔 그 남
자가 혼자 끊임없이 떠들어대는 걸 보고 있으면 그런 말이 떠

올랐다나 봐요. 그래서 언젠가는, 진짜로 물에 빠뜨려 볼까? 그런 생각을 하기도 했대요. 물론 실천하진 않았지만요.

그래도 즐거웠대요. 그 남자의 쓸데없는 이야기, 혹은 엄청난 직장 비밀, 누구와 누구의 불륜 이야기, 마트에서 참치캔을 슬쩍했던 이야기 등등 내용은 상관없었대요. 뭐든 말하고 있는 걸 듣는 게 즐거웠으니까요. 그 남자도 마찬가지였을 거예요. 뭐든 말하는 게 즐거웠을 뿐이지 자기가 무슨 말을 하고 있는지가 중요한 게 아니었을걸요. 그래서였을 거예요. 애인에게 자기가 바람피운 이야기를 신나게 떠든 건. 심지어 그건 여자의 집에서 일어난 일이었어요. 그 여자도 그때만큼은 도저히 참을 수 없었나 보죠? 화를 내고, 소리치고, 따귀도 때렸지만, 그 남자는 여자의 기분 따윈 전혀 관심이 없었는지 아주 신이나서 수다를 떨 뿐이었죠. 도저히 말을 멈추지 않나 봐요. 여자가 남자의 목을 자르는 그 순간까지도요.

켁켁, 아이고, 이거 진짜야? 아니지? 장난이지? 웩, 켁, 푸컥, 콜록콜록.

하지만 남자의 몸뚱이와 머리는 결국 영원한 작별을 했고, 여자는 그제야 자기가 무슨 짓을 했는지 깨닫고 넋이 나가서 피바다가 된 바닥에 주저앉았죠. 멍한 눈으로. 멍한 정신으로. 거의 만 하루를 그렇게 앉아 있었을 거예요. 겨우겨우 정신을 차렸을 때, 여자는 자기가 해야 할 일을 깨달았죠. 옷을 갈아입고, 샤워하고, 철물점에서 공구를 사왔어요. 물론 현금으로요. 그리고 남자의 시체를 욕실로 끌고 들어갔죠. 최대한 자르고, 발라내고, 끄집어내고, 잘게 잘게 썰어서 변기에 내릴 수 있는 것들은 내리고, 남은 것들은 욕조 안에 집어넣고, 오븐 클리너를 쏟아부었어요. 그 작업이 다 끝난 후엔 욕실 문을 닫고 나와 집을 청소했죠. 꼬박 이틀이 걸렸어요. 그런데 문제는 이놈의 머리가 말이죠, 여전히 말을 멈추지 않는 거예요.

이런 각도에서 보니까 천장이 엄청 높아 보인다. 옛날에 내가 엄청 비싼 호텔에서 하룻밤 잔 적이 있거든? 거기가 진짜 천장이 높았어. 위에 샹들리에도 있었고. 저기다 샹들리에 달면 딱 좋겠다. 빨간 벽지 바르고 핑크 골드로 도금한 샹들리에 걸고 그 밑에서 와인 마시면 죽여줄 거 같은데. 와인이라고 하니까 말이지, 내 친구 중에 부르고뉴에 어학연수 다녀온 애가 있거든. 거기가 사실은 원래 엄청 깡촌….

그런 이야기를 재잘거리고 있었죠. 사실은 꿈이 아니었을까. 남자를 죽였다는 건 착각 아니었을까. 사실은 이 밑에 몸이 있는 게 아닐까. 여자는 쉴 새 없이 재잘대는 머리를 번쩍 들어 절단면을 보았어요. 이미 지혈이 다 되어 있었죠. 여자는 머리를 들고 남자의 눈을 바라보았어요. 남자의 눈은 여자의 눈을 마주 보며 웃고 있었죠. 어쩌지. 이걸 어쩌지. 여자는 그것을 바닥에 두고 쭈그려 앉아서 계속 눈을 바라보았죠. 오랫동안

그러고 있는 사이, 괴이함과 불쾌감, 위화감 같은 부정적 감정
은 옅어지고, 익숙함과 그리움, 그리고 마음을 간지럽히는 따
뜻함이 더 진해졌죠. 여자는 그렇게 남자의 머리 곁에 앉아서
귀를 간지럽히는 끝없는 수다를 즐기기 시작했어요. 그렇게 해
서 그날부터 잘린 머리와의 생활이 시작됐죠.

여자는 남자의 머리를 침대맡에 두고 생활했어요. 낮에는
남자의 목소리를 들으며 남자의 남은 몸뚱이를 썰고, 잘 때는
남자의 수다를 들으며 잠이 들었죠. ASMR 같은 느낌이었을까
요? 처음에는 남자의 머리를 관리하는 데 어려움을 느꼈지만,
일주일 정도 하다 보니 익숙해졌죠. 남자는 쉬지 않고 말했기
때문에 혀가 빨리 말랐어요. 하루에 세 번 정도는 물을 주어야
했죠. 절단부에는 가끔 벌레가 꼬이기 때문에, 주기적으로 아
래쪽을 살피고 닦아주어야 했어요. 워낙에 칠칠맞은 남자라,
벌레가 자기 살을 비집고 들어오는 것도 모르고 수다에만 열중
하곤 했으니까요. 아침에는 눈곱이 끼니까 눈을 닦아주어야 해
요. 그리고 머리카락을 감기고, 세수를 시켰죠. 목 아래쪽에는
새살이 빨리 돋도록 매일 연고를 바르고 소독을 해주었어요.

하지만 언제까지나 집에 있을 수만은 없잖아요. 결국은 밖
에 나가야 해요.

그래서 여자는 AI 스피커와 강아지 급수기 따위를 샀어요.
남자의 머리는 로봇청소기 위에 고정해 놓았죠. 여자가 집에

없어도 물을 보충하고, 필요하다면 집 안을 돌아다닐 수 있도록. 그리고 나서의 하루하루는 정말 즐거웠어요. 여자는 차로 출근하면서 스마트폰을 통해 남자의 수다를 들었죠. 긴 출근길이 너무나 즐거웠어요. 집에 돌아오면 깨끗하게 청소된 방 안에서 로봇청소기에 탄 머리가 재잘거리며 배웅을 나왔죠. 가끔은 날씨 좋은 밖으로 혼자 나가서 풍경을 스마트폰으로 찍어 머리에게 보내주었어요. 그러면 그 머리는 또 재잘거리며 끝없는 수다를 떨었죠. 여자는 행복했어요. 머리를 자르길 잘했어. 그렇게 진심으로 생각했어요. 눈물을 흘릴 정도로요. 저기, 듣고 있는 거 맞죠?

"…그런 이야기를 하고 있었단 말이지?"

여자는 거품을 물고 대자로 쓰러져 있는 낯선 남자를 물끄러미 내려다보며 말했어요. 저는 고개를 끄덕이고 싶었지만 끄덕일 고개가 없었기 때문에, 대신에 로봇청소기에 타고 앞뒤로 두 번 움직였어요. 그리고 나선, 남자가 흘린 오줌을 열심히 닦으며 이야기했죠.

응응, 이야기하다 보니까 신이 나서 말이야. 기절한 줄도 모르고 계속 이야기했지 뭐람. 손님이 온 건 오랜만이라 텐션이 막 올라가더라고. 근데 잘 생각해보니까 손님이 아닐지도 몰

라. 그도 그럴 게 저 남자 창문을 따고 들어왔거든. 빈집털이나 뭐 그런 거 아닐까? 빈집털이라니 그런 게 아직도 있는 줄은 몰랐네. 그러고 보니까 예전에 부다페스트에 유학 갔던 친구가 말이야. 집에서 나가다가 잊은 게 있어서 돌아갔는데 빈집털이랑 딱 마주친 거야. 알고 있어? 부다페스트가 유럽 최초로 지하철이 들어선 도시라는 거. 물론 영국까지 포함하면 두 번째지만…. 아 참, 내 정신 좀 봐. 빈집털이랬지? 경찰에 신고해 줄까?

"아니야. 신고는 못 해. 널 봤잖아."

여자는 한숨을 푹 쉬고는 기절한 남자를 질질 끌고 욕실로 갔어요. 잠시 후 끼릭끼릭, 탁탁, 드륵드륵 하는 규칙적인 소리가 들려왔죠. 여자는 그 후로 며칠간 휴가를 썼어요. 낮에는 저와 이야기하고 밤에는 제 이야기를 들으며 잠이 들었죠. 화장실에 들어간 남자는 그 후로 도통 나오지 않았어요. 변비였을까요? 그게 벌써 일 년 전이거든요. 아 참, 내 정신 좀 봐. 덥죠? 손님이 왔는데 에어컨 정도는 틀었어야 하는데. 요즘 전기세가 많이 올라서 평소엔 꺼두거든요. 저기요? 듣고 계세요? 여보세요?

인면분

바다 건너 왜국에는 구단이라는 이름의 인면우가 있다고 한
다. 말 그대로 사람의 얼굴을 가진 소다. 여기서 구단에 대해
구구절절 설명할 생각은 없다. 내가 찾는 것은 그것과는 조금
다르다. 내가 찾는 것은 인면분, 즉 사람 얼굴을 달고 있는 똥
이다.

나는 지금 업산이라 불리는 산속을 헤매고 있다. 업산. 본래
이름은 따로 있을 것이다. 하지만 누가 그렇게 부르기 시작했
는지 몰라도 지금은 업산이라는 이름이 더 많이 알려져 있다.
이 산이 바로 그 인면분이 나타난다는 곳이다. 본래라면 이런
험한 산속에 사람이 드나들 일은 없을 것이다. 아마도 삼을 캐
러 떠돌아다니는 약초꾼들 사이에서 인면분에 대한 이야기가
알음알음 퍼졌으리라. 그 인면분이라는 것은 말 그대로 사람의

얼굴 모양이며. 크기도 그와 같다고 한다. 질감은 분명 인분과 같으나 크기가 사람의 것이 아니오, 냄새도 사람의 것과는 달리 기이한, 마치 향을 태운 것과 같은 냄새가 난다고 한다.

워낙에 기이한 이야기를 좋아하는 나이기에 반쯤은 호기심으로 시작한 일이었다. 사람의 얼굴을 한 똥이라니, 기이하긴 해도 무서울 것은 없지 않은가. 더구나 사람의 것처럼 독한 냄새도 나지 않는다 하니 더욱 꺼릴 것이 없었다. 하지만 나는 지금, 그 선택을 후회하고 있다. 인면분은 물론 찾았다. 하지만….

또다시 그 냄새가 풍기기 시작한다. 어딘가에서 그것들이 온다. 나는 좌우를 살폈다. 달빛도 어스름한 밤의 산, 달무리 곁까지 창대처럼 뻗은 나무 무리 사이로 흔들리는 그림자 여럿이 보인다. 거뭇거뭇한 그 그림자들은 얼핏 사람처럼 보이지만 잘 보면 다르다. 그것들이 나를 향해 이리저리 흔들거리며 다가온다. 어떻게 찾은 것인지 모르겠으나, 분명 내가 있는 곳을 알고 찾아온 것이다. 나는 다시 달리기 시작했다. 돌뿌리가 발에 채인다. 발밑은커녕 무릎 언저리도 제대로 보이지 않는 숲이다. 자칫 넘어지거나 걸리기라도 했다간 크게 다칠지도 모른다. 재수 없으면 산짐승 덫에 걸리거나 절벽 따위에 떨어져 죽을 수도 있다. 하지만 개의치 않았다. 저것들로부터 멀어지는 것이 먼저다. 저 꾸물텅거리는 긴 팔에 잡히면….

헐떡거리는 숨을 집어삼키며 달리다 보니 어느 순간 그 냄새가 느껴지지 않게 되었다. 주위를 둘러보니 빽빽한 갈대밭이다. 머리 위까지 갈대가 올라와 있다. 갈대에 가려 눈으로는 보이지 않지만, 냄새로 알 수 있다. 그것들로부터 충분히 멀어졌다는 것을. 어서 내려갈 길을 찾아야 한다. 하지만 어디로 가야 찾을 수 있는가. 나는 가야 할 곳도 모르면서 무작정 갈대밭을 헤치고 나아갔다.

얼마나 시간이 지났을까. 발이 축축한 땅에 닿았다. 눈앞의 갈대를 헤치자 바위로 가득한 땅이 나왔다. 이리저리 뻗은 바윗돌 사이로 희미하게 흔들리는 불빛이 깜빡이며 새어 나온다. 됐다. 찾았다. 나는 불빛을 놓치지 않으려 안간힘을 쓰며 바위 틈을 더듬어 나갔다. 불빛이 일렁인다. 불빛이 점점 커진다. 바위 틈을 빠져나와 평야에 발을 디뎠다. 온전히 보인다. 서른 걸음쯤 앞에서, 호롱불을 한 손에 든 채 서 있는 검은…검은?

나는 혼비백산해서 뒤로 돌아 다시 도망치려 했지만, 방금 빠져나온 바위에 부딪혀 뒤로 자빠지고 말았다. 얼른 땅을 짚고 상반신을 일으켰다. 그것이 천천히 다가오고 있다. 도망쳐야 해. 빨리 일어나야 해…. 하지만 허겁지겁 일어서려다가 발목에 강한 통증을 느끼고 비명을 지를 뻔했다. 발이…. 좀 전에 넘어지면서 발이 바위틈에 끼었던 모양이다. 나는 일어선 것도 아니고 넘어진 것도 아닌 엉거주춤한 자세로 발을 끌며 다시 바위틈을 더듬었다. 점점 다가오는 그것을 흘끔흘끔 뒤돌아보며. 도망쳐야 한다. 냄새가 나지 않는 곳으로. 냄새가… 어라? 뭔가 다르다. 뭔가…. 나는 다시 뒤를 돌아보았다. 다르다. 그것과는 다르다. 한 손에 호롱불을 들고, 내게 손짓을 하고 있다. 그 냄새는 나지 않는다. 사람이다. 그것도 여자. 검은 저고리와 검은 치마를 입은, 백옥처럼 하얀 얼굴의 여자다. 나는 발목을 질질 끌며 그녀를 향해 다가가기 시작했다. 내가 다가가는 것을 알아챘는지, 그녀는 뒤로 돌아 천천히 걷기 시작했다. 따라오라는 걸까? 발밑에 물이 고이기 시작한다. 철벅철벅하고. 이대로 철벅철벅 따라가다가 강물 깊은 곳까지 가게 되는 것은 아닐까 걱정했지만, 금세 마른 땅에 도착했다. 여자가 발을 멈춘 것은, 집…이랄까, 커다란 움막 앞이었다. 그녀는 들어오라는 듯한 고갯짓을 하고는 먼저 그 움막 안으로 들어갔다.

움막 안은 밖에서 보는 것보다도 훨씬 넓었다. 게다가 허름하긴 해도 세간이 다 갖추어진 것이, 분명히 생활감이 있었다. 이런 곳에서 사람이 살고 있다…. 하지만 그보다 더 내 눈을 사로잡은 것은 여기저기 널려 있는 기다란 널빤지들이었다. 사람 키 정도 되는 균일한 크기의 그 널빤지들은 모두 초승달마냥 반원을 그리며 휘어 있었다. 통이라도 짜려는 것인가. 하지만 저렇게 커다란 통을 대체 어디에… 문득 정신이 들었다. 이산에 올라온 이후로 자꾸만 이런다. 중간에 멍해지거나, 기억이 끊기기도 한다. 피곤한 탓일까. 여자가 나를 바라보며 손짓을 한다.

"앉으시지요."

그녀의 목소리에는 묘한 울림이 있었다. 아름답지만 어딘가 땅속 깊이에서 새어 나오는 어둠 같은 기운이. 나는 자세를 고치고 바로 앉았다. 그제야 그녀의 얼굴을 제대로 볼 수 있었다. 아름다운 얼굴이다. 하얗고 선이 고운 얼굴, 활처럼 곧게 구부러진 눈썹과 물기 어린 검은 눈. 또렷한 콧날 좌우로 아주 얇게 번진 홍조. 그리고 그 아래로 얇지만 도톰한 입술이 벌어지며 하얀 이빨이 보일 듯 말 듯하다. 묘하다. 얼굴로 보아서는 스물이 갓 넘었을까. 하지만 풍기는 기운은 그보다 훨씬 나이 들어 보인다. 나이에 비해 원숙한 사람이거나, 혹은 나이에 비해 훨씬 어려 보이는 사람이리라. 하지만, 이토록 아름다운 사람이 왜 이런 곳에 사는 걸까.

순간 눈이 마주쳤다. 너무 빤히 바라보았나? 나는 멋쩍어서 눈을 위로 슬쩍 올렸다. 벽에 걸린 빨간 날의 창이 눈에 들어온다. 묘하게 어정쩡한 길이다. 포졸들이 들고 다니는 것보다는 작지만, 단창이라기엔 길다. 장식용이라기엔 기묘하게 생겼고 호신용이라기엔 투박하다.

"이 산엔 어쩐 일로 오르셨나요?"

생각하는 와중, 갑작스럽게 끼어든 그녀의 말에 흠칫 놀랐다. 잠시 마음을 읽히기라도 한 것인가 하는 생각이 들었지만, 그것이 아니라는 걸 금방 알았다. 그렇구나. 그녀는 나에게 묻는 것이다. 왜 이 산에 들어왔냐고. 나는 어쩐지 부끄러운 마음이 들어 우물쭈물 말했다.

"그…인면분이라는 걸 찾으러….."

그녀가 짧게 탄식을 흘렸다. 눈치를 보니 놀란 것 같기도 하고 슬퍼하는 것 같기도 하다. 왜 그런 표정을 짓는 걸까.

"그래서, 찾으셨나요?"

인면분이 무엇인지는 묻지 않는다. 이미 알고 있는 것일까.

"…예."

산에 오를 때는 꽤 이른 아침이었다. 하지만 인면분을 찾아낸 것은 이미 오후 나절이 되어 햇볕이 한창 뜨거울 즈음이었다. 기이한 대변을 찾겠답시고 땅바닥만 헤집으며 느릿느릿 산을 올랐으니 그럴 만도 하다.

반쯤 땅에 묻혀 있는 그 얼굴을 마주친 건 잡초가 우거진 풀숲에서였다. 눈을 부릅 뜬 사내의 얼굴이었다. 처음 눈이 마주쳤을 때는 깜짝 놀라 뒤로 자빠졌지만, 곧 그것이 인면분이라는 것을 깨달을 수 있었다. 나는 그것을 찬찬히 쳐다보았다. 옅은 향냄새. 감탄이 절로 나올 만큼 사람의 얼굴과 같았다. 그 어떤 조각가도 빚어낼 수 없을 만큼, 땀구멍 하나하나 정교한 얼굴이었다. 듣던 것과는 조금 다르긴 했다. 이미 다 말라버렸

는지 딱딱하게 굳어 있었고, 그 탓인지 조금 작아 보였다. 표정
도 어쩐지 슬퍼 보였다.

이야기를 들려주니 여자는 또다시 탄식을 내뱉었다. 물기를
머금은 눈가가 파르르 떨린다. 긴 손가락으로 저고리 고름을 들
어 눈가를 훔치는 모습이 묘하게 요염하다. 그녀는 손을 저고리
매듭 앞으로 가져가 만지작거리더니, 다시 내게 물어왔다.

"그런데 어째서, 바로 내려가지 않으셨습니까?"

그거다. 그게 나도 이해할 수 없는 점이다. 인면분에 홀리기
라도 한 것일까. 한참을 들여다보다가 정신을 차렸을 때는, 이
미 밤이었다. 정신을 차린 것은 뭔가가 달라졌다는 사실을 깨
달았기 때문이다. 향냄새가 코를 찌르고 있었다. 뒤통수에 시
선이 느껴졌다. 그것도 한 개의 시선이 아닌… 나는 머리를 돌
려 그 시선을 마주보았다. 인간이, 대여섯 명의 인간이 모여 나
를 내려다보고 있었다. 나는 놀라 벌떡 일어났다. 이런 산속
에…. 마음을 추스르고는, 그들의 묘한 행색을 둘러보며 뭐라
도 말을 걸어보려고 했다. 하지만 이내 깨달았다. 그들은 인간
이 아니다…!

그것들은 어딘가 분명히 달랐다. 사람의 모습을 흉내 낸 무
언가였다. 마치 미완성의 깨진 조각 같은. 어떤 것은 한쪽 눈만
커다랗게 되어 입가까지 내려와 있었는데, 그 눈이 녹아내린
듯 꾸물텅거렸다. 어떤 것은 양팔이 발까지 내려와 있었고, 어

떤 것은 머리가 없었다. 움직임도 좌우로 흐물텅흐물텅 흔들리는 것이 끔찍하기 짝이 없었다. 그것들의 손이 꾸물텅 하고 내 가슴께를 향해 다가오기 시작했을 때…. 나는 달리기 시작했다. 그것들이 느려서 다행이었다.

"그때 이미… 였군요."

여자는 기묘한 말을 했다. 역시 알고 있는 걸까? 그것들에 대해서도. 하지만 아까 인면분에 대해 이야기했을 때와 달리, 냉정한 표정이었다. 어딘가 화가 난 것 같기도 하다. 나는 어렵게 입을 열어 물어보았다.

"그것들이 무엇인지… 아십니까?"

여자는 다시 슬픈 표정을 지었다. 가련하다는 듯이. 동정하는 걸까? 그것들을….

"인면분이라 불리는 것에 대해 얼마나 알고 계시나요?"

"예? 예 그, 업산에 오르면 인면분을 찾을 수 있다, 그 정도로만…."

"업산이라고요?"

"예, 여길 그렇게 부르더군요."

여자는 곰곰이 뭔가 생각하는 듯하더니, 뭔가 깨달은 듯한 표정으로 크게 탄식을 내뱉었다.

"거기까지 알고 있으면서 어째서…."

무슨 이야기인지 좀처럼 이해할 수 없다. 어리둥절한 표정

으로 여자를 보고만 있으려니, 여자가 다시 자세를 고쳐 앉고
말한다.

"변이 어떤 것인지는 아시지요?"

"예? 밥 먹으면 나오는 거 아닙니까?"

"동물이 무언가를 삼키면, 위와 장을 지나면서 소화가 됩니
다. 본래 입에서부터 위, 장에 이르기까지는 한 줄기로 바깥과
통하지요. 그 통로를 미끄러져 나가면서 채 소화되지 않은 부
분들이 변입니다."

"예…."

"그런데 동물에 따라서는, 그것이 빠져나가는 동안 충분히
소화를 못 시키는 것들이 있지요. 토끼 같은 것들이 그렇습니
다만… 그런 것들은 자기 변을 다시 주워 먹는 습성이 있습니
다. 미처 소화하지 못한 걸 다시 소화하는 것이지요."

예쁜 입에서 변이니 배변이니 하는 말이 흘러나오니 기분이
기묘하다. 그런데 왜 이런 말을 하는 것일까.

"이 산을 업산이라 부르는 것은 아마도 업단지라는 말에서
따온 것일 겝니다."

업단지. 집안의 화복을 빌며 구렁이나 뱀신 따위를 모시는
항아리다. 업단지에서 따와 업산이라….

"뱀신…같은 것이 있단 말입니까?"

여자는 바로 대답하지 않고 고개를 살짝 기울이며 생각에

잠겼다. 멀리서 천둥소리 같은 것이 아련하게 들린다. 목덜미에 땀이 맺히는 것이 느껴진다. 이 날씨에 땀이? 여자는 잠시 천둥소리에 귀 기울이는 듯하더니, 다시 자세를 바로 하고 말했다.

"이 산에는, 사람을 잡아먹고 홀리는 것이 있습니다. 뱀처럼 긴 몸뚱이에 노랗고 주름진 닭발 같은 비늘을 두른… 입을 벌린 모습은 마치 닭이 발을 크게 펼친 듯하고, 목구멍에서는 쐐액쐐액, 하는 소리가 나지요. 그것은 산에 오른 사람을 발견하면 한입에 삼키고, 배설합니다. 그것이 내놓는 변은 삼켜지기 전의 상태와 크게 다른 형상이 아니지요."

삼켜질 때와 크게 다르지 않은 형상… 인면분이 그런 것이란 말인가.

"하지만 그것은 한 번에 소화를 시키지 못합니다. 그래서 토끼처럼 다시 주워 먹고, 배변하기를 반복하지요."

"예….."

"그러기를 열 번 정도 반복합니다. 그렇게 해서 마지막에 나온 변은 아주 딱딱하고, 얼굴만 남은 형태가 됩니다."

몸에 으스스 한기가 돌았다. 여러 번 삼켜지기를 반복해서… 천둥소리가 조금 가까워진 것 같다. 그런데, 그것들은 대체 뭐란 말인가.

"열 번을 삼켜야 소화하는 만큼, 처음 배변한 것들은 꽤 사람 모양을 갖추고 있는 경우가 많습니다."

여자는 슬픈 눈으로 말을 이었다.

"심지어 의식을 가지고 있기도 하지요."

의식을 가진…. 흠칫했다. 설마 아까 그것들은….

"의식을 가지고는 있지만, 어딘가 부족합니다. 지식이나 기억 따위의, 형체 없는 것들까지 조금 소화되어 버린 것처럼요. 그렇게 되다 만 것들은 목적 없이 산속을 배회하다가, 다시 잡아먹히기를 반복합니다. 그렇게 대여섯 번을 반복하면, 머리만 남고 몸은 뱀처럼 쪼그라든 상태로 기어다니게 되지요. 그때쯤 되면 사실상 의식은 없다고 봐야 할 겁니다."

등에 식은땀이 흐른다. 나는 조심스럽게 물어보았다.

"의식이 있을 때, 산에서 내려가면 되지 않습니까?"

여자는 고개를 저었다.

"가지 못합니다. 가야 할 길이 어디인지 알지 못하니까요. 집으로 돌아가는 길, 그것까지 소화된 상태가 됩니다. 남이 이끌어 주지 않으면 돌아갈 수 없으니, 사람을 찾아 따라가려고 합니다."

그것들이 나를 따라온 것은, 그래서….

"하지만 이 산속에서 사람을 만나기도 쉽지 않고, 만난다 한들 금세 도망쳐버리겠지요. 결과적으로 사람 하나가 나타나면 그것들이 모여들고, 그 결과 자기들끼리 몰려다니며 배회하게 됩니다."

배회하고, 삼켜지고, 배회하고, 삼켜지고를 반복하다가… 그러다 인면분의 형태로….

"도망은 못 치더라도 어딘가에 숨거나 할 수는 없습니까?"

내 조심스러운 질문에, 그녀는 조용히 고개를 저었다.

"그것은 한 번 먹었던 먹이는 놓치지 않습니다. 냄새가 나니까요."

"아아… 그 향냄새…."

"처음에 당신이 발견한 것은, 열 번 삼켜진 사람이겠지요."

'사람'이라고 말할 때 그녀의 눈시울이 붉어지는 것을 나는 놓치지 않았다. 그녀의 파르르 떨리는 입가가 벌어지며 말했다.

"아마도 제 남편이었을 겁니다."

"…!"

어느새 천둥소리가 대화를 방해할 정도로 커졌다. 바닥이 흔들리는 것 같아 움찔 일어서려 하니, 그녀가 제지했다.

"여기 계시면 됩니다."

그녀는 자리에서 일어나 주섬주섬 잡동사니를 챙기기 시작했다. 휘어진 널빤지를 주워 철끈을 걸고 칭칭 감는다. 그리고 다시 반대편 끝에 칭칭 감는다. 나는 널빤지 활을 만들고 있는 그녀의 모습을 불안하게 지켜보며 물었다.

"그것은 그러면… 어디에 있습니까?"

여자는 놀란 듯 나를 홱 돌아보더니, 굉장히 곤란하다는 듯 눈썹을 찌푸렸다.

"그렇군요… 제 설명이 부족했군요. 이해하실 줄 알았습니다."

"죄, 죄송합니다."

어느덧 그녀의 손엔 커다란 활이 들려 있었다. 벽에 걸린 작은 창, 아니 커다란 화살로 그녀의 한 손이 뻗는다. 화살을 활에 걸면서 그녀는 이야기를 마저 했다.

"어디에나 있습니다."

"예, 예?"

"업산…이라고 하시지 않았습니까? 업단지는 업이 깃드는 단지이지요. 그것은, 이 산에 깃들어 있습니다."

이 산에 깃들었다… 산… 어쩌면 산 자체가 그 괴물… 나는 침을 꿀꺽 삼켰다. 여자는 내게 눈인사를 건네고는, 활시위를 당긴 채 문밖으로 나갔다. 나가면서 나에게 뭐라고 말했지만, 이미 그 천둥 같은 으르렁 소리가 고막을 찢을 지경이었기에 알아들을 수 없었다. 하지만 그 순간 그녀가 보인 눈빛은 분명, 가련함이었다. 그 서글픈 동정의 눈빛을 본 순간, 나는 모든 것을 깨달았다. 아아 그랬구나. 그것들이 내게 몰려온 것은, 내 기억이 중간중간 빠져 있는 것은.

바닥이 지진이라도 난 것마냥 크게 흔들린다. 어느새 목에는 땀이 가득하다. 목덜미에 손바닥을 가져가 땀을 훔쳤다. 그렇구나. 이것은 땀이 아니다. 손안에 느껴지는 짙은 향냄새를 맡으며, 나는 그렇게 생각했다.

삼키는 것

이글거리는 횃불 사이로 비참하기 이를 데 없는 몰골이 흔들린다. 불빛에 물들어 붉게 달아오른 그 형체는, 인간이라고 부르기 망설여질 정도다. 머리털은 죄 잡아 뜯겼고 머리 가죽이 반쯤 벗겨져 있다. 그 벗겨진 부위에는 거뭇한 색과 붉은색이 어지러이 섞여 있고, 누런 콧물 같은 고름이 사이사이에서 배어 나온다. 맹수가 할퀸 듯 깊게 파인 발톱 자국도 있었는데, 그것이 눈썹에서 뒤통수까지 세 갈래로 길을 내었다. 피는 멎었으되 속살이 거뭇하게 부풀어 올라 터질 것만 같다. 왼쪽 눈은 눈꺼풀이 뜯겨나가 눈알이 그대로 드러나 있었고 검은자위 중간이 노랗게 부풀어 올랐다. 입술은 오른쪽 가에서부터 귀밑까지 찢어져 있었는데, 완전히 찢어진 것이 아니라 근육이 드러날 정도로만 파여서 분홍 속살이 드러나 있었다. 입술 가장

자리로 새어 나온 끈적한 침이 바닥까지 늘어져 땅에 자국을 만들었다. 용케도 살아남았다 싶다. 왼팔은 찢겨 나갔고, 온몸을 크게 할퀸 상처마다 끈적하게 피가 흘러 찢어진 무명옷에 들러붙어 있다. 저래선 옷을 갈아입히지도 못할 것이다. 쌔액 쌔액 하는 숨소리조차 심상치 않게 들렸다. 아마 오래 버티지 못하고 죽어버릴 테지. 아니, 이미 죽은 것이나 마찬가지다. 저 사내가 살아있음을 증명하는 거라고는, 나를 노려보는 저 고약한 눈빛뿐이로다… 현령은 마당에 널브러지듯 겨우 앉아 있는 사내를 내려다보며 그렇게 생각했다.

대체 이게 무엇인가. 여기가 염라의 대청인가. 내가 지금 지옥을 보고 있는 것인가. 야밤에 이런 것을 상대로 신문이라니. 참으로 불길하도다. 이미 시체나 다름없는 자를 신문하는 건 아무래도 꺼림칙하다. 하지만 그렇기에, 언제 죽을지 모르는 자이기에 죽기 전에 어서 신문을 마쳐야 한다. 사내의 곁에는 의원과 군졸들이 대기하고 있다. 상태가 나빠져 신문을 중단해야 할 것 같으면 의원이 이야기할 것이다. 물론 중단할지 말지는 오직 현령이 선택할 몫이다. 현령은 곁에서 머리를 조아리고 있는 형방에게 조용히 물었다.

"무엇을 하는 자라고 했는가?"

형방이 소곤거리며 대답했다.

"마을 밖에서 닭과 오리를 치는 홀아비입니다. 열 살 난 아들이 하나 있사옵고, 그 외엔 식솔이 없습니다."

닭과 오리를 치는 자라. 그런 것치고는 범부의 상이 아니다. 눈빛이 범상치 않다. 아니, 불온할 지경이다.

"그런데 왜 나를 저리 노려보고 있는가?"

"그것이 저….."

형방이 머뭇거리며 손에 든 문서를 보여주었다. 형조의 기록. 일주일 전 장형 50대를 맞고 풀려난 죄인의 조서다. 죄목은 가축을 함부로 도살하고 요망한 말로 변명하여 세간을 어지럽히려 든 죄… 아하, 그자였는가. 얼굴이 이리 엉망이 되어 있으니 알아보지 못할 법도 하다.

일주일 전 마을 밖에서 괴이한 일이 일어났다. 울타리를 두르고 닭과 오리, 개를 키우던 집에서 가축들이 참살당한 것이다. 안 그래도 한창 마을 외곽에 늑대가 출몰한다는 소문이 있던 터라, 현령이 조사차 직접 그 집을 찾아갔다. 가서 보니 참으로 뒤숭숭한 광경이었다. 울타리의 말뚝에는 검둥개의 머리가 걸려 있었고, 닭과 오리의 피 묻은 털이 문밖까지 가득했다. 마당에는 뼈와 살이 여기저기 흩어져 있었고 흙바닥에 발로 할퀸 듯한 자국이 수없이 새겨져 있었다. 멀쩡한 형태로 거품을 물고 죽은 가축도 몇 마리 보였지만, 대부분은 형체가 남아 있지 않았다.

부상을 입은 가축도 많이 있었다. 예를 들어 아마도 수탉일

29

듯한 닭 한 마리는 머리의 절반이 사라져 뇌가 드러났고, 다리도 한쪽만 남아 있었다. 살아있다는 걸 안 까닭은, 그것이 한쪽뿐인 다리로 용케도 서 있었기 때문이다. 부상 없이 살아남은 가축들도 사실 멀쩡하다고 볼 수는 없었다. 개 몇 마리는 대청마루 밑 깊숙한 곳에서 끙끙거리고 있었고, 후다닥거리며 정신없이 뛰어다니는 오리도 몇 마리 있었다. 무슨 참극이 있었는지 몰라도, 공포에 빠져 제정신을 잃었으리라. 저 머리가 날아간 닭은 눈이 없어 그 참극을 끝까지 보지 못했을 터이니 차라리 다행일지도 모르겠다. 난장판이 된 마당과 별개로, 대청마루부터 집 안쪽까지는 깨끗해 보였다. 적어도 피나 털이 튀지는 않았다.

그리고 문제의 대청마루에는 한 남자가 가만히 앉아 있었다. 눈에는 초점이 없고 어깨에는 힘이 쭉 빠져 있지만, 그렇다고 실성한 것처럼 보이지는 않았다. 현령은 사태를 파악하기 위해 곧바로 남자를 압송하여 신문하였다. 남자는 묻는 말엔 답하지 않고, 발톱이 어쩌고 하는 괴이한 소리만 늘어놓았다. 발톱이, 모든 것을 잡아먹는 발톱이 점점 다가온다고.

수없이 되물어보았지만, 남자의 말은 알아듣기 힘들 정도로 요망한 것이었다. 안 그래도 늑대가 민가를 들쑤시고 다니는 차에 그런 말에 놀아나고 있을 수는 없는 터라, 결국 현령은 그 남자가 요망한 말로 세간을 희롱하기 위해 요사스러운 짓을 벌였다고 판결하고 장형 50대로 마무리했다. 그러고 나서 일주일. 그 남자가 피투성이가 되어 관아까지 기어온 것이다. 마을 외곽의 목장에서부터 관아에 이르기까지 핏자국이 길을 만들어 놓았다. 급히 의원을 데려와 필요한 조치를 하긴 했지만, 저렇게 피를 흘리고도 살아있을 수 있는가…. 현령은 남자가 숨을 쉬고 있다는 사실 자체가 괴이하게만 느껴졌다.

쌔액쌔액, 하는 숨소리. 눈빛만은 분명히 살아있다. 현령은 대청마루 위에 앉은 채 마당의 사내에게 물었다.

"무엇이 너를 그렇게 만들었느냐. 늑대라도 침범했더냐?"

스스로 말하고도 어이가 없었다. 늑대 같은 것일 리가 없다. 곰 정도는 되어야…. 하지만 저 발톱 자국은 곰과도 다르다. 저런 것을 어디서 보았던가…. 남자는 현령을 노려보며 힘겹게 말했다.

"…발톱."

현령은 한숨을 쉬었다. 사내의 몸이 성했더라면, 즉시 회초리를 때리라고 명했을 것이다.

"또 요망한 소리를 할 셈이냐."

"…사실이오…."

현령은 형방의 손에 들린 문서를 빼앗아 다시 한번 읽어보았다. 일주일 전 이 사내를 신문했을 때의 진술이 상세히 적혀 있었다. 남자의 주장은 이랬다.

한 달 전, 열 살 난 아들과 함께 장에 갔다가 돌아오는 길에 남자는 집 안의 가축들이 무언가와 싸우는 것을 보았다. 닭과 오리가 푸드덕거리며 날뛰고 있었고, 검둥개는 조금 떨어진 곳에서 한없이 짖고 있었다. 남자가 서둘러 문 안으로 들어가 닭과 오리들을 단속하고 나서 보니, 대단치는 않으나 이곳저곳에 상처를 입은 짐승이 많았다. 오리 두어 마리는 털이 조금 뜯겨 있었고, 닭 한 마리는 얼굴에 작은 상처가 나 있었다. 다른 닭 한 마리는 발을 다쳤는지, 한쪽 발이 살짝 부어올랐다. 얼굴에 상처가 난 녀석을 보니 작은 짐승의 발톱 자국 같은 것이 보였다. 세 줄로 할퀸 상처였다. 족제비라도 숨어들어온 것인가 하여 집 안 구석구석을 뒤졌지만, 이미 도망쳤는지 보이지 않았다. 하는 수 없이 일단 어질러진 마당부터 청소하기 시작했다. 온 데 흩어진 깃털과 닭둥우리에서 나온 지푸라기, 깨진 달걀과 오리알… 버릴 것들을 그러모아 치우고 나서는, 둥우리를 돌아다니며 살아남은 알들을 주워 담았다. 그런데 망태기에 알을 모두 넣고 돌아서려는 순간 어떤 위화감이 느껴졌다. 사내는 자기가 무엇을 잊었는지 주변을 휘휘 돌며 생각해보았지만, 알 수 없었다. 다음날부터였다. 그것이 나타나기 시작한 것은.

"무엇이 나타났다는 것이냐?"

현령은 이미 들어서 알고 있는 것을 또다시 물어보았다.

"발톱 자국이오…."

아침에 일어나 마당에 나가보면, 아주 작은 발톱 자국이 조금씩 조금씩 눈에 띄었다. 때로는 흙바닥을 긁은 듯한 자국이, 때로는 울타리에 발톱을 꽉 박아 넣은 듯한 자국이. 그것은 매일 조금씩 커지고, 많아졌다.

있는 것이다. 집 안 어딘가에, 무언가가. 사내는 다시 집 안을 샅샅이 뒤져보았지만, 그때마다 허탕을 칠 뿐이었다. 날이 갈수록 사내의 집에는 불길한 기운이 흘렀다. 발톱 자국도 발톱 자국이지만, 어딘지 모르게 찬 기운이 밤마다 방으로 스며드는 것이 참으로 흉했다. 그 흉한 징조들에 서로 연관이 없지는 않을 것이다. 때로는 거대한 세 개의 발톱이 자신을 노려보는 꿈을 꾸기도 했다. 그 발톱이. 생소하지만, 분명 어디서 본 듯한.

발톱 자국은 점점 실질적인 위협이 되었다. 어느 날인가는 검둥개의 꼬리가 발톱에 찢겨 피를 흘렸고, 어느 날인가는 수탉의 닭 볏이 찢겨 나갔다. 하필이면 지난번에 발을 다쳤던 그 닭이다. 많은 수탉 중에서 그 닭이라는 것을 어떻게 알아보느냐 하면, 도저히 낫지 않았기 때문이다. 그즈음 닭의 발은 통통 부어올라 있었다. 한쪽 발만 하도 부어 있다 보니 서 있는 자세도 한쪽으로 기우뚱했고, 그 기우뚱한 자세로 걸어 다니다 옆으로 넘어지곤 했다. 때로는 부어오른 발을 부리로 콕콕 쪼기도 했는데, 고름이라도 빼내려는 듯했다. 평소라면 무슨 병에 걸릴지도 모르니 치료하든가 폐기를 하든가 했을 텐데, 그런 당연한 것도 생각하지 못할 정도로 남자는 쫓기고 있었다.

"…무엇에 말이냐?"

사내는 쌔액쌔액, 거리며 대답했다.

"그 차가운 것이… 다가오고 있었소…."

밤마다 느껴지는 한기는 점점 더 심해졌다. 게다가 그 끈적하면서도 흉측한 것이, 조금씩 소리를 동반하기 시작했다. 눈을 감으면, 쉬익-쉭, 하는 소리가 문틈으로… 바람인가? 바람이 부는 것인가? 벌떡 일어나 서둘러 마당으로 나가보면, 바람한 점 없는… 아니, 바람은 있을지도… 마치 바람 한가운데에 있어 느끼지 못하지만, 한기만은 그대로 느껴지는 그런 감각이었다. 다시 방으로 돌아가 누우면, 눈을 감으면 다시 쐐액 하고….

사내는 점점 잠을 이룰 수가 없게 되었다. 그 차갑고 끈적한 기운이 더할 나위 없이 두려웠다. 더 큰 문제는 열 살 난 아들이었다. 아이는 밤마다 오한에 시달렸다. 불을 더 때고, 아이를 안아 어르고 이불을 두껍게 덮어도 소용없었다. 그 한기는 마치 몸 안에 담긴 것처럼, 뼛속에서 풍기는 것처럼… 그렇다는 것을, 사내는 알아차렸다.

한기를 느끼는 것은 사람만이 아니었다. 닭들이, 오리가, 개가. 죽어가기 시작했다. 허약한 놈부터. 오들오들 떨며 하나씩

픽픽 쓰러졌다. 하지만 희한하게도 그 닭, 발을 다친 닭은 쓰러지지 않았다. 발은 더 심하게 부어올라 있었고, 걸을 때마다 몸이 앞뒤로 크게 휘청거렸지만 마치 발에 달려 끌려가는 것처럼 쓰러지진 않았다. 아니, 이 지경에 와서도 그것을 여전히 닭이라고 부를 수 있는 것일까….

커다란 발 위에 얹힌 몸은 마치 바람에 날리는 풍경처럼 크게 휘청휘청하고 있었다. 더 이상 그 부리는 발을 쪼지 않는다. 아니, 아무것도 쪼지 않는다. 자세히 보면 부리에 금이 가 있다. 그 금 간 부리에서 침이 줄줄 떨어진다. 몸이 휘청일 때마다 그 침이 실을 이루어 허공에서 흔들린다. 남자는 닭이 움직이는 것을 볼 때마다 뭐라 말할 수 없는 불길함에 휩싸였다. 마치 옷 속에서 개미 떼가 기어다니는 것 같은 기분. 불길함과 불쾌함, 공포가 이리저리 뒤섞인 감각을. 그 뒤뚱거리는 몸을, 커다랗게 부어오른 발을 볼 때마다 척추를 얼어붙게 만드는 뭔가가 있었다. 다른 가축들도 마찬가지였을 것이다. 모두가 그 닭을 피했다. 때때로 그것은 울타리를, 대청마루를 머리로 한없이 들이받았다. 휘청휘청하며, 쿵- 쿵- 쿠-웅.

"그 닭이…."

현령은 그날 자신이 보았던 것을 떠올렸다. 피투성이가 된 마당에서 다리 하나로 버티고 서 있던, 머리가 잡아 뜯긴 닭. 머리의 절반이 날아가 뇌가 그대로 드러난… 그날 그것을 자세히 보았던가? 아니, 아닐 것이다. 피투성이가 된 현장에만 눈이 팔려 있었다. 그 닭은 한쪽 다리가 사라졌고… 그것뿐인가? 정말 그것뿐이었나? 그렇다 해도, 그 상태로 살아있을 수 있단 말인가?

"아니… 아니오."

"뭐라 하였느냐?"

"그것은 닭이 아니라… 발톱이오."

닭이 머리를 찧는 쿵쿵, 하는 소리와 쇄액쇄액, 하는 한기는 점점 더 가까워졌다. 때때로 그것은 밤에도 대들보를 머리로 두들겼다. 다른 가축들의 비명소리가 때때로 들리기도 했다. 그리고 그것을 더 이상 견디지 못하게 되었을 때, 그 일이 일어났다.

남자는 대청마루에서 그 참상을 목격했다. 닭의 몸을 질질 끌고 다니며 그 발이 날뛰는 광경을, 가축들을 잡아 뜯는 광경을. 아니, 잡아먹는 광경을. 남자는 마당으로 나갈 수 없었다. 가축들이 내지르는 비명소리를 들으며 그대로 얼어붙어 있을 수밖에 없었다. 털이, 뽑힌 핏줄이, 뼈가 날아다닌다. 그것은 마치 만신을 모신 무당의 춤사위와 같았다. 무당의 색동옷이 활개 치는 것처럼 붉은 피가 분수를 뿜고, 무당의 발이 뜀뛰는 것처럼 허공을 날뛰며, 세 개의 발톱이 제물을 고르듯 검둥개의 몸을 움켜쥔다. 그것이 그대로 오므라들며 검둥개의 목이 날아간다. 마치 손으로 움켜쥐고 목을 뜯는 것 같기도 했지만 한편으로는, 그것은 마치 어떤 짐승… 어떤 짐승이… 그래, 예를 들면 커다란 뱀 같은 것이 검둥개의 목을 물어 뜯는듯한 장면이었다. 가축 대부분을 도륙한 그것은 어느 순간 대청마루 앞에서 우뚝 섰다.

보고 있다… 나를… 사내는 그렇게 느꼈다. 물론 닭의 몸은 거의 뒤로 넘어가 있었지만, 이미 그 닭의 눈은 사라진 상태였지만, 닭과 상관없이, 그것이 나를 보고 있다… 그렇게 느꼈다. 흥분한 듯한, 쐐액쐐액, 하는 소리, 그리고 그 어느 때보다도 깊숙이 스며드는 한기… 순간 어쩐지, 그것이 처음 들어왔던 날의 일이 떠올랐다.

깨지지 않은 알들을 주워 담으며 느꼈던 위화감. 그것은 아마도, 숫자 때문이었을 것이다. 깨진 것들이 있다고는 해도, 알이 평소보다 턱없이 적었다. 그때 가축들은 무엇과 싸웠던 것일까. 왜 싸웠던 것일까. 알을 지키기 위해? 싸웠다… 싸웠다고? 수없이 발을 쪼던 닭의 모습이 떠오른다. 아아 그것은 고름을 빼고자 한 것이 아니라, 싸우고 있었던 것인가.

처음에 그것은 아주 작았을 것이다. 그것은 알 몇 개를 힘겹게 훔쳐먹는 정도의 일밖에 할 수 없었다. 하지만 그것은 점점 자라고, 더 큰 것을… 예를 들어 가축을… 아니다. 아니다! 대체 그것은 무엇이란 말인가!

"으어데… 새액….."

"뭐라는 것이냐?"

"크서…크서….."

사내의 목소리는 점점 작아지고 있었다. 이대로는 알아들을 수가 없겠구나. 현령은 대청마루에서 내려와 사내의 앞에 다가갔다. 그리고 그 허물어져 가는 입가에 귀를 가까이했다. 사내의 거의 죽어가는 말소리가 겨우겨우 이해되었다.

"그랬는데… 당신들이 왔지요."

사내는 불손한 말투로 현령에게 말했다. 관아에서 신문을 받고 장형을 당한 남자는, 절뚝이며 다시 집으로 돌아갔다. 그것이 대청마루 앞에 서 있는 집으로. 돌아가고 싶은 마음이 들지 않았지만, 아이가 있다. 아이가. 그것이 있는 집에 아이가 있다. 그것은….

그것은 장승처럼 서 있었다. 어느새 대청마루보다 조금 못 미치는 크기까지 성장해 있었다. 발목에 달린 닭의 몸이 장난감처럼 보일 정도로. 그것은 비웃듯이, 댓돌 앞에서, 가운데에서 자랑스러운 표정으로… 표정? 표정이라고? 아니, 그럴 리가 없다. 하지만 분명히 사내는 느꼈다. 그 표정…이라는 느낌을. 그것은 어디서 오는 것인가. 그것은 마치 쐐액쐐액, 하는 소리와 함께 오는 한기처럼… 남자는 덜덜 떨리는 다리로 대청마루 가장자리로 다가가서, 기듯이 위로 올라갔다. 그대로 안방까지 기어서….

아이는 앓고 있었다. 몸에 푸른 기운이 돈다, 덜덜 떠는 몸, 차갑게 부어오른 손발…. 파랗게 보일 정도로 투명한 종아리에 핏줄들이 드러난다. 그 파란 핏줄… 그것은 한기를 머금은… 아니, 부어오르고 있다.

그날 밤, 가축들의 비명에 귀를 막으며 잠을 청했다. 아니다. 잠을 청했다고 볼 수는 없다. 머릿속에는 끊임없이 생각들이 달리고 있었으니까. 그것을, 어떻게 할 것인가. 아니, 언어도단이다. 그것은 더 이상 가축이 아니다. 그것과 싸울 용기는 없다. 하지만 저것은 결국, 끝끝내 방으로 올라올 것이다. 먹어 치울수록 자란다. 자랄수록 더 큰 것을 원한다. 아주 작은 것부터 시작해, 점점 큰 것을 먹어 치우는 그것은… 아이를… 아니 어쩌면 나까지 한꺼번에… 똑같은 생각, 같은 두려움을 머릿속에 흘려가며 일주일을 지냈다. 그동안, 그것은 점점 더 커졌다. 한번 뜀박질로 댓돌에 오를 수 있게 되었다.

일주일째의 밤, 그 어떤 추운 바람보다 강한 한기가 집을 에워쌌다. 사내는 얼어붙은 아들의 몸을 쉴 새 없이 주무르고 있었다. 그때 쐐애액, 하는 소리와 함께 쿵, 하고 뭔가가 부딪히는 소리가 들렸다. 잠깐이지만 바닥이 흔들린 것 같은 느낌도 있었다. 사내는 소스라치게 놀랐다. 이 소리, 이 소리는… 발톱이 대청마루에 부딪히는 소리다.

도망치자. 그 수밖에 없다. 날이 밝으면 아이를 데리고 도망치자. 집을 버리고… 하지만 그것이 과연 도망치게 놔둘 것인가? 따라오지 않을까? 쐐액쐐액- 한기가… 사내는 벌떡 일어났다. 아니다. 지금이다. 그것이 알아차리기 전에 도망쳐야 한다. 아직 앓고 있는 아이를 안아 올리고 창문을 열었다. 대청마루와는 반대쪽이다. 여기서 창을 넘어, 울타리를 넘어가면… 아니다. 아이를 안고 울타리를 넘는 것은 무모한 짓이다. 차라리 부술까. 부서질까. 나무와 짚을 엮어 만든 울타리, 하지만 확신은 없었다. 그것이 눈치채기 전에 부술 수 있을지도 불분명하다. 되도록이면 한 번에… 빠르게….

남자는 아이를 안고 창문을 넘어, 울타리로 냅다 달리기 시작했다. 살면서 한 번도 내본 적 없는 속도로. 울타리가 눈앞에 가까워지면서 반사신경이 몸을 멈추려고 했지만, 사내는 본능을 억지로 밀어 내리며 더욱 속도를 올렸다. 그리고 쾅- 하고.

울타리 밖 풍경이 보였다. 살았다. 이대로 달리면… 아니, 달릴 수가 없다. 몸이 앞으로 나아가지 않는다. 어째서… 남자는 잠시 시간이 지나고서야 상황을 이해했다. 울타리 밖으로 빠져나간 건 머리뿐이다. 울타리가 부서지진 않은 것이다. 어깨가 구멍 난 울타리에 끼어 있었다. 몸을 잡아 빼야 한다. 하지만 아무리 비틀어도 빠지지 않는다. 아이를 안은 채로는… 손을 쓰지 않고는….

어쩔 수 없다. 사내는 아이를 두 손에서 떨어뜨렸다. 둔탁한 소리가 들린다. 보이지는 않지만 괜찮을 것이다. 이 정도로는… 손을 기둥에 대고 힘을 준다. 빠져라, 빠져! 어깨가 나뭇결에 쓸린다. 가시와 철선이 몸을 찢는다. 한기가… 쐐액… 목이 부러지더라도, 빨리 빼내야 한다. 남자는 기둥을 잡고 밀어내며, 발로 울타리를 쾅쾅 찼다. 이제 소리를 신경 쓸 틈이 없다. 이미 그것에겐 들켰을 것이다. 왜냐하면, 그것은, 그 쐐액쐐액, 하는 소리는 이미 등 뒤에서 들리고 있으니까.

콰지직….

뭔가가 부서지는 소리와 함께, 남자는 앞으로 넘어졌다. 앞으로? 어떻게 된… 남자는 벌떡 일어나 뒤를 돌아보았다. 울타리가 무너져 있었다. 마지막 한 방에 울타리가 부서지면서, 남자의 몸이 울타리 밖으로 쓰러진 것이었다. 하지만 그것은 중요한 게 아니다. 그것이 크게 입을 벌리고 서 있었다. 아이 하나의 머리 정도는 간단하게 들어갈 정도로 크게. 그것은 송곳니가 아래위로 달린 뱀의 입 같기도 하고, 커다란 독수리의 발톱 같기도 했다. 그것은….

"크스…크스…."

"어떻게 되었단 말이냐?"

남자의 목소리는 이제 거의 알아들을 수 없는 지경이 되었다. 숨소리도 작고, 느려졌다. 이 남자의 숨도 끝나가는가. 하지만 신경 쓰이는 부분이 있다. 꼭 들어야 할 말이 있다. 처음 피투성이로 관아까지 기어 왔을 때, 이 남자 곁에 아이는 없었다. 현령은 사내를 돌아보며 소리쳤다.

"네놈, 아이를 버리고 혼자 도망친 게냐!"

아니, 소리치려고 했을 것이다. 어쩌면 소리를 쳤는지도 모르겠다. 단지 소리가 되어 나오지 않았을 뿐이다. 사내의 눈은 이미 빛을 잃었다. 머리는 뒤로 넘어가 있다. 더 이상 그 숨은 남아 있지 않을 것이다. 아니, 넘어가 있다는 말은 이상하다. 정확히는 머리 윗부분만 넘어가 있었다고 해야 할 것이다. 아랫부분은 분명하게 현령을 향하고 있었다. 사내의 입은 있을 수 없는 크기로 벌어져 있었고, 위아래의 분홍색 잇몸이 앞으로 불쑥 튀어나와 있었다. 살을 찢고 나오려는 무언가처럼, 쉴 새 없이 흐르는 침이 실을 만들고, 세 개의 송곳니가 돌출한 채로 그 입에서 한기를 내뿜고 있었다. 쐐액쐐액, 하며. 그것은, 눈이 없는 그것은, 노려보고 있었다.

여와의 마을

공기가 어째 찐득하다. 정체를 알 수 없는 기름이 보이지 않는 유증기가 되어 주변을 흐르고 있는 것 같다. 방바닥을 손으로 짚었다가, 뜨끈하게 달라붙는 느낌이 들어 얼른 뗀 때였다. 물뱀이라도 맨손으로 잡았던 것 같은 싫은 기분이다. 가을이지만 낮은 아직 덥다. 창호지가 발린 얼룩덜룩한 창문을 통해 햇빛이 쏟아져 들어온다. 슬근… 하고, 목덜미에 땀 한 방울이 흐른다. 어쩐지 땀이 아니라 기름이 흐르는 것 같아 얼른 닦아냈다.

"날이 많이 덥지요?"

맞은편에서 이장이 말을 건넸다. 인자해 보이는 인상, 일흔 살이라는 나이에 어울리지 않게 건장한 외모다. 하기야 그러니 아직도 현역으로 있겠지만. 이 마을은 들깨 산지로 유명하다. 내가 이 마을에 온 것도 들깨의 대량 매입 계약을 위해서다. 오기 전에도 이미 소문을 들었고 사진으로도 보았지만, 직접 보니 감흥이 여간 다른 게 아니었다. 마을에 들어서 이 집에 들어올 때까지 정말 호수처럼 풍성하게 늘어선 들깨밭을 보며 감탄하지 않을 수 없었다.

"오면서 들깨밭을 좀 구경했습니다. 정말 대단하던데요."

"뭘요, 그래봤자 흔한 농촌의 밭이지요."

그렇게 말하면서도 이장은 흐뭇하게 웃었다. 마을 농사의 칭찬을 듣는 것이 은근히 기쁜 모양이다.

"들깨가 이렇게 풍성하게 자라는 데 무슨 비법이라도 있나요?"

"자연이 키우는 것이지요. 들깨라는 게 키우기 어려운 작물도 아닌 데다가, 땅의 풍토가 아무래도 들깨를 키우기에 걸맞은 모양입니다. 옛 어르신들은 '들깨는 여와가 키운다'라고들 하셨으니까요."

"여와라면… 그 복희여와할 때의…."

복희와 여와는 동양 신화의 창세신이다. 여와는 대홍수로 지구상의 생명체가 싹 쓸려나간 이후에 인간을 만들었다고 하는데, 그런 연유로 생명, 질서 같은 것들을 상징하는 신으로 여겨지는 모양이다.

"뭐… 아마도 거기서 비롯되었을 것 같긴 합니다만…."

이장은 어딘가 개운치 않은 표정을 짓더니, 종이와 펜을 가져와 한자를 써서 보여주었다.

"보세요. 보통 여와할 때 쓰는 여신 '媧' 자를 쓰지요? 우리 마을에서는 달팽이 '蝸' 자를 씁니다."

"토착신인가요?"

"그런 셈이지요."

들깨를 키우는 토착신이 있다? 묘한 이야기지만 잘하면 마케팅 포인트가 될 것도 같다. 그만큼 이 마을이 들깨 산지로서 역사가 깊다는 뜻이기도 하니까. 나는 이장에게 좀 더 자세히 이야기를 들어보기로 했다.

"그… 여와에 대해서 좀 더 이야기해주실 수 있겠습니까?"

이장은 턱을 만지며 곰곰이 이야기를 떠올리는 듯하더니, 채광창을 가리켰다.

"저 창문이 보이시지요? 한지로 만든. 저 창이 햇빛을 거의 반절 정도 투과시킨다고 합니다."

"그런가요? 한지는 참 신기하네요."

이장은 고개를 가로저었다.

"그냥 한지만으로는 그렇게 되지 않지요. 저것은 들기름을 먹인 한지랍니다. 물론 먹는 들기름과는 달라서, 볶지 않고 생들깨로 짜는 기름이지만요."

이장은 설명을 시작했다. 지금이야 들기름이 식용일 뿐이지만, 아주 옛날에는 생들깨로 짠 기름을 공업용으로 다양하게 사용했다고 한다. 장판에 들기름을 먹이기도 하고, 목공 과정에서 나무의 광택제로 사용하기도 했다. 한지에 들기름을 먹이면 빛을 투과하기에, 유리가 없던 시절엔 채광창으로 쓸 수 있었다. 가구나 장식품, 뭐든 간에 들기름을 먹이면 품위 있는 광택이 흘렀다고 한다.

예로부터 이 마을에는 들깨가 풍족했던 만큼, 일상생활의 온갖 것들에 들기름칠을 하고는 했다. 마을에서 누군가 결혼을 하고 나면 혼수 가구에 들기름을 잔뜩 먹여 광택을 내었고, 그래서 집안의 가구 광택을 보고 이 집은 신접살림이구나, 이 집은 후사가 마땅치 않구나, 하는 것을 알 수 있었다.

조선시대에 혼인은 중한 일이었다. 그렇다 보니 스무 살만 넘어도 노처녀 노총각으로 치부되어 어른들의 근심거리가 되어야 했다. 왕이 직접 나서서 전국의 노처녀 노총각을 조사하고, 나라에서 경제적 지원을 해가며 짝짓기 정책을 펼칠 정도였다. 혼기를 놓친 자식이 있는 집안의 가장은 죄인으로 취급해 벌을 받았을 정도라 하니, 기를 쓰고 시집, 장가를 보내는 터라 한창때는 이 마을의 모든 집이 번쩍번쩍하였다고 한다. 하지만 그런 중에도, 들기름 먹은 가구 하나 없는 집은 있었다. 아무리 나라가 지원을 하고 벌을 주어도 배필 될 사람이 나서지 않는 데야 어쩔 수 없는 일이기 때문이다. 그런 부분에서 마을의 큰 근심이 된 노처녀가 하나 있었는데, 이씨 집안의 외동딸이었다.

그녀는 풍족한 집에서 태어났기에 경제적 근심은 없었으나, 스물이 되기 전에 부모가 덜컥 죽고 말았다. 그 후로 마음 둘 사람 하나 없이 스물을 넘겨 노처녀가 되었다. 이 처녀의 배필이 도통 나타나지 않는 이유는 바로 그녀의 외모 때문이었다. 찬찬히 뜯어보면 못나지 않은 얼굴이지만, 피부가 문제였다. 그 검고 울퉁불퉁한 피부를 보면 남정네들이 질색을 하였으니, 어디에 중매나 청혼서를 넣어볼 엄두도 나지 않았더라고 한다.

요즘이라면야 여자 혼자서 씩씩하게 살아가면 되지, 하고 마음을 고쳐먹을 만도 하다만 그 시기에 결혼하지 않은 사람, 특히 여성은 독립된 한 사람으로 인정받을 수 없었다. 아내나 어머니가 되어야만 겨우 한 사람으로 대접받을 수 있던 시절이다. 그러니 결혼을 하고 싶냐느니 노후가 어쩌느니 하기 이전에, 결혼은 사람 대우를 받느냐 못 받느냐의 문제였던 것이다. 그런 세상인 만큼 이 시집 못 간 처녀의 마음도 까맣게 타들어 갔다. 이 꺼멓고 돌 같은 살결, 이것만 투명하고 반짝거리면 어찌어찌 될 텐데.

어떻게 시집을 가볼까 하는 고민으로 몇 달 몇 해를 지새운 끝에, 동네의 의원을 찾아가 이런저런 처방을 받았더란다. 헌데 이 의원이 돌팔이인지, 피부가 좋아지기는커녕 얼굴은 상하기만 하고 심지어는 체취까지 고약해졌더란다. 그렇게 쓸모없는 고생을 하고 돈을 써댄 끝에 결국 의원도 두 손을 놓았다. 그 의원이 마지막으로 자신 없게 툭 던진 처방이 하나 있었으니, 들기름 처방이었다.

대저 들기름이라 하는 것은 창을 투명하게 만들고 가구를 빛나게 해주는 바. 그것이 나무와 돌과 종이를 가리지 않고 효력을 발휘하니 살아있는 몸에도 효과가 있지 않겠는가.

지금 들으면 참으로 얼토당토않은 소리이건만, 그 시대의 처방이라는 것이 대개 이런 식이었다. 처녀가 듣기에는 이 처방이 그럴싸하였고, 다행히 들기름이야 풍족한 마을이니 돈이 많이 들지도 않을 것 같았다. 하여 집에 돌아가 옷을 몽땅 벗고 들기름을 몸에 문대보았더니, 일시적이긴 하나 과연 몸에 광택이 돌더란다. 그 후로 매일 종이에 기름먹이듯 몸에 들기름을 덧발랐는데, 얼굴이 번쩍번쩍하고 기름이 옷에 배어 나오는지라 동네 사람들은 더욱 처녀를 기피하게 되었다. 그러든가 말든가, 처녀는 더욱 열심히 들기름을 덧발랐다.

지성을 다하면 하늘도 감동한다지만, 기름을 먹인답시고 씻지도 않고 매일 몸에 기름을 덧바르니 그 지성이 어디로 가겠는가. 체취와 기름 냄새가 섞여 역한 냄새가 나고, 몸을 뒤덮은 기름이 산패되면서 잠자리에 벌레가 꼬이고는 했다. 얼굴을 만지면 마치 식은 돼지기름마냥 두껍게 덩어리가 묻어나오는데, 온몸과 옷과 신발이 미끄덩미끄덩 하여 결국 잘 걷지도 못하는 지경이 되었다. 하여 마실을 나갈 때는 지팡이를 짚고 나가는 신세가 되었으니, 스물네 살에 시집은 커녕 지팡이를 짚고 다닌다고 마을에서 근심이 가득했다. 지팡이를 짚고도 기름칠하기를 그만두지 않은 것은, 얼굴과 온몸 여기저기에 하얀 부분이 생겨났기 때문이다. 그녀는 그것이 약효가 도는 증거라 믿고 기름칠에 더 몰두했다. 보통 사람이라면 몸에 버짐이 생겼구나 하겠지만, 처녀에게는 흰 부분이 생겨났다는 사실이 그저 희망적인 조짐으로만 보였던 것이다. 그렇게 다니는 동안 하얀 얼룩이 점점 몸을 뒤덮어갔다. 눈꺼풀에도 딱딱한 각질이 생기고 마른 기름이 들러붙었다. 눈을 크게 뜨지도 못하거니와 눈을 뜰 때마다 찐득한 고름처럼 기름이 늘어져 보기가 흉했다.

이 즈음에는 지팡이도 제대로 잡기 힘들어서 거의 기어다니는 신세가 되었다. 그 기는 꼴이 미끌미끌하여 뱀 같기도 하고, 얼룩덜룩한 몸이 지나간 자리에 기름이 남으니 달팽이 같기도 하였다. 마을 사람들은 점점 그렇게 되어가는 처녀의 몰골을 두려워하여 관아에 신고했다. 그 신고 내용이란, 시체보다 심한 냄새가 나고 몸에는 벌레가 꼬이며 얼룩덜룩한 몸으로 기름을 흘리며 돌아다니는 흉물이 있어, 아이들이 두려워하여 밖을 나가기 힘들다는 것이었다. 관아에서 나와 보니 과연 그런 꼴이라, 형리를 시켜 신문한다는 핑계로 처녀를 잡아 가두었다. 처녀의 집에 가보니 이미 벌레와 냄새의 소굴이 되어 있었다. 이미 돌이킬 수 없는 상태인데다 방치했다간 자칫 역병이 나올까 하여 그 집은 불태우게 되었다.

처녀를 옥에 가두고 관아에서 지켜보니, 그야말로 괴이하였다. 먹지 않는데도 피둥피둥 살이 찌고, 기름을 바르지 않아도 기름을 흘리고 다니더란다. 옥 안에서 기름을 흘리며 기어다니는 꼴이 마치 달팽이 같았던지라, 모두 달팽이 여자라 하여 '여와' 혹은 '와녀'라고 불렀다. 잡아놓기는 했다만 관아의 입장에서는 이 여와를 어찌할 것인지가 참으로 골칫거리였다. 신문을 핑계로 세월아 네월아 가두어 둘 수도 없고, 그렇다고 마을에 도로 풀어놓기도 곤란한 노릇이었다. 하여 꾀를 낸 끝에 여와를 밖으로 끌어내어 옷을 벗기고 관아의 뒷산에 생매장을 해버린 다음, 옥문의 여기저기에 들기름을 발라두었다. 그러고 나서는 동네 사람들을 동원해 여와가 도망갔다며 헛소동을 일으켰더란다. 말인즉슨, 여와가 달팽이가 되어 창살을 빠져나갔다는 것이다. 그런 소문을 누가 믿겠냐마는, 대충 사연을 눈치챈 사람들은 그 헛소동에 동조하여 열심히 소문을 퍼트렸다고 한다. 그 와중에는 여와의 모습이 심히 두려웠기에 진실로 그 말을 믿은 자들도 있었던 모양이다.

헛소동이 아닌 진짜 소동이 일어난 것은 이듬해의 여름이었다. 여와의 집이 있던 빈터에 가을이 되기도 전에 무성하게 들깨가 자라 들깨밭이 되었던 것이다. 땅이 불에 그슬려 일궈지기도 했을 것이오, 워낙에 생들깨를 많이 쓰던 집이라 북새통에 종자가 심어졌을 법도 하건만, 장소가 장소다 보니 사람들은 '여와가 돌아와 들깨를 키운다'라며 소동을 벌였다. 이 해에는 기후가 좋아 온 마을의 들깨밭이 풍년을 맞았는데, 그 당연한 현상마저도 사람들을 두려움에 떨게 했다. 관아에서 이 소동을 잠재우려면 어찌할까 고민하다가, 여와가 죽었다는 사실을 알면 소동이 잦아들겠거니 하여 시신을 파내기로 하였다. 그런데 정작 여와를 묻은 곳을 파보니, 시신은 간데없고 기름 고인 구덩이에 옷가지만 둥실둥실 떠 있더란다.

그 후로 사람들은 들깨밭을 여와가 사는 곳이라 여기며 두려워했고, 가구나 창호에도 함부로 들기름을 바르지 않게 되었다. 들깨 키우기를 생업으로 삼는 자도 자연히 점점 줄어들었건만, 그래도 야생 들깨만은 항상 넘쳐났다고 한다.

"그리하여 조선 후기쯤에는 들깨를 키우는 사람이 하나도 없게 되었지요. 그래도 나중에는 대를 이어 전설도 흐릿해지고, 새로 태어난 사람들은 그런 미신 같은 것을 잘 믿지 않게 되니, 결국에는 들깨 키우는 집이 다시 늘어나게 되었습니다. 지금 사람들이야 여와에 대한 이야기는 재미있는 전설 정도로 생각할 뿐이지요. 오히려 추수기에는 여와제라는 축제를 지내며 풍년과 마을의 안녕을 빌기도 한답니다."

이장이 말을 마쳤을 때, 이장 부인이 장지문을 스르륵 밀어 열고 들어왔다. 손에는 차 쟁반을 들고, 미끄러지듯 우아한 걸음걸이. 이장과 내 앞에 찻잔 하나씩이 놓였다. 찻잔을 내려놓는 손에 하얀 얼룩 같은 것이 보인다. 착각인가. 찻잔에는 율무차 같은 것이 찰랑인다. 이장이 흐뭇하게 웃으며 차를 권한다.

"요즘 우리 마을에서 특산품으로 홍보하고 있는 차입니다. '여와차'라고 하지요. 우리 마을에서 난 들깨를 썼습니다."

방금 들은 이야기 때문인지 아니면 찻잔에 둥둥 떠 있는 기름기 때문인지, 기분이 영 메스껍다. 아니, 찝찝하달까. 나는 꺼림칙한 기분을 떨치고자 웃으며 실없는 농담을 던졌다.

"설마 달팽이가 들어간 건 아니겠지요?"

이장의 얼굴에 순간 못마땅한 기운이 스쳐 간다. 어이쿠, 실언을 했구나. 나는 눈을 피하고 얼른 찻잔을 들어 입으로 한 모금 넘겼다. 굳은 기름인지 고체인지 모를 것이 헛바닥을 타고 목구멍으로 꾸물텅, 넘어간다. 마치 식도를 기어가는 것처럼. 헛바닥에 남은 기름기가 쓰게 느껴진다.

바늘 비사

추운 겨울에 내리는 비는 꼭 쇠바늘이 떨어지는 것 같죠. 따끔따끔하게 찌르는 느낌. 바늘비라고나 할까요. 그런데 가끔 진짜로 바늘비가 내리는 건 아닐까 의심스러울 때가 있어요.

우리 집에는 대대로 써온 바늘이 하나 있었어요. 그냥 바늘과는 뭔가 달라요. 딱 보면 알죠. 빨간색 바늘이거든요. 검은색 안쪽에 빨간색이 있는 느낌. 겉면의 색깔이 약간 피단 같아요.

외양만 다른 게 아니에요. 위상도 달랐거든요. 우리 집에서 바늘은 단순한 도구가 아니라, 단지에 모시는 대상이었어요. 하얀 항아리 안에 햅쌀을 가득 담고, 한가운데에 바늘을 꽂죠. 그리고 그 위에 깨끗한 한지를 덮은 다음 새끼줄로 묶어 봉하고 별당에 놔두었어요.

때때로 엄마는 별당에서 바늘에게 무언가를 빌곤 했어요.

할머니도, 증조할머니도 그랬나 봐요. 그렇다고 바늘을 바느질 용도로 쓰지 않는 것은 아니었어요. 필요할 땐 꺼내서 썼죠. 아니, 오히려 그 바늘 외에 다른 바늘을 쓰는 걸 본 적이 없어요. 이상하죠? 그런데 바늘을 꺼낼 때도 절차가 있어요. 바늘이 모셔진 항아리에 기원을 드리고, 향을 피워서 항아리 주둥이 주위로 세 번 돌려요. 그러고 나면 새끼줄을 풀죠. 바늘을 꺼내고 나면 항아리는 깨끗이 비우고 다시 햅쌀을 채워 넣어요.

바느질할 때의 엄마는 어딘가 좀 무서웠어요. 계속 뭔가 중얼거렸거든요. 바늘과 이야기를 하는 것처럼요. 기도나 주문 그런 거요. 엄마한테 한번 물어봤어요. 바늘에게 비는 것이 무엇이냐고. 엄마는 그렇게 이야기했죠. 가족의 이어짐. 그걸 비는 거라고요.

엄마는 그 바늘이 여와의 바늘이라고 말했어요. 여와라고 알아요? 세상을 만든 신이래요. 여와 복희 할 때 그 여와. 엄마는 그 바늘이, 여와가 태산을 갈아서 만든 바늘이라고 했어요. 여와의 바늘은 하늘도 깁는다… 그런 말도 했죠. 아주 옛날 전설에 그런 이야기가 있었나 보죠? 그래서 바늘에게 치성을 드리며 다친 마음을 깁고, 아픈 몸을 깁고, 가족의 사이를 깁는다…라고요. 그런 걸 정말 믿는 걸까 생각했지만, 엄마는 진짜로 믿는 것 같더라고요. 바늘은 우리 집안을 지켜주는 존재이기 때문에 치성을 다 해야 한다. 너도 그래야 한다. 가족을 위해서. 그렇게 말할 때의 엄마 표정은 참 따스해 보였지만, 그 내면에서 흘러나오는 묘한 한기가 있었어요. 그래서 제게는 그 바늘이 신성하다기보다는 괴기스러운 것이었죠. 불길했어요. 엄마가 바늘에게 무언가를 빌 때도, 엄마가 바느질을 하며 중얼거릴 때도.

커가면서 점점 더 엄마의 그런 모습이 싫어졌어요. 그땐 무섭다기보단 창피한 느낌이었던 것 같아요. 엄마의 얼굴이 늙어가는 것과 엄마의 머리가 푸석해지는 것도 그 감정이 깊어지는 데 한몫했을 거예요.

그럼에도 바늘을 더 이상 무섭게 느끼지 않게 된 건, 어쩌면 바늘의 노화 때문일지도 몰라요. 그 신비롭던 빨간색이 어느새 연해져서, 제가 고등학생이 될 무렵에는 평범한 은빛 바늘이 되었거든요. 무엇으로 그런 빨간색을 냈는지 몰라도, 색이 빠지는 속도가 빠른 걸 보니 애초에 만든지 그리 오래되지 않은 물건이겠구나 했죠. 엄마는 어디선가 사기를 당한 거야. 점점 그렇게 믿게 되었어요.

지금 생각해보면 사실은 그게 오히려 이상한 일이었어요. 속도가 지나치게 빨랐거든요. 바늘은 어느새 쓸 수 없을 만큼 낡고 헤져서, 은색보다는 거무튀튀한 회색에 가까운 느낌이 되었죠. 그러더니 결국, 사라졌어요. 아니, 색이 아니라 바늘 자체가 사라졌다고요. 그런데 참 이상하죠? 엄마는 바늘이 사라진 걸 알고도 별로 놀라지 않았어요. 찾으려는 기색도 보이지 않았고요. 대신 그날부터 점점 기력을 잃어갔죠.

스무 살이 넘어서 저는 독립하게 되었어요. 사실 좀 어거지로 가출하다시피 해서 나왔죠. 부모가 보기 싫었으니까요. 집 안에 관심이 없는 아빠도, 무기력한 엄마도. 음… 아빠는 그즈음부터 바람을 피우고 있었던 모양이에요. 나중에야 안 일이지만요. 무엇보다도 엄마의 무기력이 그땐 극에 달해서, 곁에 있는 사람까지 끌고 지하로 내려갈 것 같은 마이너스 에너지가 풍겨 나오고 있었어요. 여기 있으면 안 되겠다. 그렇게 생각했어요.

독립한 후에는 하루에 한두 번 명절 때나 내려가곤 했지만, 그럴 때도 앉기가 무섭게 일어나 나오곤 했어요. 하지만 그렇게 앉아 있는 그 짧은 시간 동안에도 확실히 눈치챌 수 있었죠. 나란히 앉은 아빠와 엄마 사이의 벽을. 나만큼이나 아빠는 엄마를 꺼림칙하게 생각하고 있었던 거예요. 아니, 어쩌면 그보다 더했을지도 모르죠. 아빠의 감정은 거의 공포에 가까운 것 같았으니까요. 음… 어쩌면 아빠가 느낀 건 어떤 예감 같은 것이었을지도 모르겠어요. 언젠가는 엄마에게 죽게 될지도 모른다는.

실제로 아빠는 결국 불륜 상대와 함께 죽고 말았어요. 출혈과다로. 두 시체가 껴안고 있었는데, 팔과 팔이, 허리와 허리가 촘촘하게 꿰매어져 있었대요. 두꺼운 하얀 실에 두 사람의 피가 스며들어 검붉게 변해 있었다나 봐요. 살아있을 때 꿰맸다는 뜻이겠죠. 흉기인 바늘은 발견되지 않았어요. 하지만 어쨌든 엄마는 교도소에 가게 되었죠. 교도소에 면회 갔을 때 물어봤어요. 왜 그랬냐고. 엄마는 그렇게 대답했죠. '여와님이 하신 일이란다' 하고.

제 가슴 어딘가에 꺼림칙한 것이 있었나 봐요. 계속 누르며 살아왔던 그것이, 이젠 누를 수 없게 되었나 봐요. 설움과 후회가 구토처럼 올라왔죠. 결국 울며 소리쳤어요. 엄마, 그게 아니야. 여와님의 바늘은 없어. 내가 몰래 갖다 버렸다고. 엄마가 그런 것에 매달리는 게 싫어서, 엄마가 늙어가는 게 싫어서, 엄마가….

하지만 엄마는 웃으면서 고개를 저었어요. 그렇지 않아. 네가 버린 게 아니야. 넌 버렸다고 생각할 뿐이란다. 엄마도 어렸을 때 너랑 같았어. 바늘이 싫어서 갖다 버린 기억이 엄마에게도 분명히 있단다. 하지만 지금은 알지. 때때로 그 바늘은 사라지고, 때때로 돌아온다는 걸.

엄마가 미쳤구나. 그렇게 생각했어요. 그렇게 되게 만든 게 나라고 생각하니 더욱 괴로웠어요. 엄마를 보살펴야 해. 저는 계속, 계속 면회를 갔어요. 그렇게 거듭하는 동안 엄마의 표정에는 생기가 돌아왔죠. 블랙홀 같던 그 마이너스 에너지도 어느새 사라지고 없었죠. 하지만 대신에, 엄마는 점점 말라갔어요. 거식증 때문이었죠. 어느 순간부터, 엄마는 식사를 전혀 하지 않게 되었다고 해요. 점점 마르고, 약해지다가, 그러다 결국 엄마는 죽고 말았죠.

엄마의 시신은 화장을 했어요. 엄마의 몸이 연기가 되어 날아오르는 걸 저 혼자 지켜봤죠. 엄마가 남겨준 유산이라고는 하얗게 재가 된 뼛가루, 그뿐이었어요. 하지만 저는 그 유골 단지를 열자마자 발견하고 말았어요. 그 뼛가루 속에서 붉게 반짝이는 바늘을. 그래요. 하얀 쌀알 사이에 꽂혀 붉게 빛나던 그때처럼, 그것은 하얀 뼛가루 사이에 모셔진 채였어요. 그리고 눈앞에 있는 바늘의 색깔은, 제 어린 시절의 기억보다 훨씬 붉고 영롱했어요. 이것 때문이었구나. 엄마의 거식증은. 왠지 알 것 같았어요. 엄마는 바늘을 낳고 죽은 거구나. 그런 생각이, 묘하게 합리적인 것처럼 느껴졌어요.

그동안 저는 결혼을 하고, 아이를 낳고, 아이가 학교에 다니게 되었죠. 엄마처럼 단지를 모시거나 하지는 않았어요. 그저 작은 금고에 넣어두고, 바늘이 사라졌는지 때때로 확인했죠. 그뿐이에요. 어느 날 밖에 나갔다가 돌아오니, 아이의 눈치가 이상하더라고요. 묻지 않아도 알 수 있었죠. 바늘이 또, 떠났구나.

상상하게 돼요. 바늘은 언제 돌아올까, 어디로 돌아올까 하고요. 하늘에서 내리는 바늘 같은 비를 보면 저 사이에 섞여서 떨어지지 않을까 하고, 건강검진을 받으러 갈 때는 내 배 속에서 나오는 게 아닐까 하고. 어쩌면 한 입 베어 문 과일 속에서, 어쩌면 노랗게 익은 군고구마 속에서 나오는 건 아닐까. 그렇게 생각하니, 아무것도 못 먹겠더라고요. 아무것도.

모시는 자에게는 마르지 않으리

"칡즙입니다."

나이 든 아낙은 까만 액체가 담긴 하얀 자기 그릇을 내 앞에 내려놓았다. 예순 살쯤 되었을까. 몸은 빼빼 말랐지만 깔끔한 무명옷 밖으로 드러난 살짝 그을린 피부가 건강해 보인다. 허리도 꼿꼿하고 자세도 안정되어 허약과는 거리가 멀어 보이는 인상이다.

"속을 편안하게 하고 갈증과 피로를 풀어준다고 하지요. 저희 집에서야 늘상 마시는 것입니다만⋯."

이 집은 대대로 칡꾼을 생업으로 해왔다고 들었다. 칡뿌리를 캐 즙을 내어 시장에 팔고, 남은 뿌리는 잘 말려서 갈근이라는 약재로 한약방에 판다. 갈근. 말 그대로 칡뿌리라는 뜻이다. 이 집의 성씨도 갈씨다. 나는 자기 그릇을 들어 입으로 가져가며, 슬쩍 장지문을 바라보았다. 아낙의 눈이 내 눈길을 따라 장지문으로 향한다.

"아아, 할머님입니다. 인사를 드렸어야 하는데, 몸이 많이 안 좋으셔서…."

"아, 예…."

건성으로 대답하며 방금 봤던 장면을 떠올렸다. 저 장지문 안에는 노파 한 명이 누워 있다.

노파라고는 해도, 도대체 몇 살인지 알 수 없을 정도의 외양이었다. 고목처럼 피부가 쭈글쭈글하고 얼굴 여기저기에 피딱지가 앉은 것이 참으로 괴이했다. 피부가 완전히 말라붙어 뼈와 근육의 형태가 그대로 보이는 얼굴에, 눈만은 크고 맑게 빛나고 있어 더욱 그랬다. 처음 보았을 때는 잠깐 시신인가 했지만, 내가 들어서자 눈알이 뱅그르르 돌아 내 쪽을 보기에 산 사람이라는 것을 알았다. 내가 그 노인을 신경 쓰게 된 것은 그기이한 몰골 때문만은 아니었다. 아낙이 방을 나와 장지문을 닫는 순간, 안쪽에서 키킥 하고 웃는 소리가 들렸기 때문이다. 하지만 그것은 그 몰골에 어울리지 않는, 마치 어린아이의 웃음 같은….

"실례지만 할머님의 춘추가 어떻게 되시는지…."

"올해로 116세가 되십니다."

116세라. 나이가 세 자릿수인 산 사람은 처음 보았다. 덕분에 하마터면 본래 목적을 까먹을 뻔했다. 나는 정신을 차리고 자세를 바로 했다.

"일전에 인편을 통해 말씀을 이미 드렸습니다만, 저는 관청의 명을 받아 각지의 성씨와 가계를 조사하는 일을 하고 있습니다."

"예, 예, 그래서 저희 집을 찾아오셨다고… 오시는 데 힘들지는 않았습니까?"

"뭘요, 금세 찾을 수 있었습니다."

확실히 그렇다. 금세 찾을 수 있었다. 나는 칡즙을 한 모금 들이켜고 다시 말했다.

"여러 성씨를 조사하다 보니 알게 된 사실입니다만, 조선 땅에 갈씨 성을 가진 집이 꽤 여럿 있더군요. 사람 수로 따지면 적긴 합니다만, 대국의 제갈씨로부터 비롯된 남양 갈씨를 제외하고는 도통 시조나 연원을 알 수 없는 경우가 대부분입니다. 하여 이참에 그런 가계들을 찾아 연원을 묻고자…."

"…그렇군요. 도움이 될 것이 있을지 모르겠습니다. 부끄럽지만 조상의 일에 대해서는 잘 모르거든요. 그저 대대로 칡을 다루는 집안이니 그러려니 하고…."

나는 고개를 끄덕였다.

"이 집도 남양 갈씨와 같은 글자를 쓰지요?"

"예, 칡 갈 자를 씁니다."

갈씨는 모두 그렇다. 본관과 사는 곳은 달라도, 모두 칡 갈자를 쓴다. 어찌하다 이런 가문이 여럿 생겨났는지는 아무도 모른다.

"조상에 대해서는 잘 모른다고 하셨습니다만, 작은 것이라도 들은 이야기 같은 것은 없으십니까?"

순간, 장지문 안에서 다시 키킥거리는 소리가 들린 것 같아 한눈을 팔았다. 그 사이에 아낙이 대답했다.

"아니요, 시조에 대해서는 잘⋯."

"시조가 아니라도 좋습니다. 그리 멀지 않은 옛이야기라도⋯."

키킥.

순간 아낙의 입에도 작은 미소가 떠올랐다. 웃음소리에 반응한 것이다. 분명 내가 잘못 들은 것도, 잘못 본 것도 아니리라. 아낙은 금세 미소를 얼굴에서 지우고 이야기를 계속했다.

"제가 아는 가문의 가장 오래된 이야기는 증조할아버님의 이야기입니다. 그분께서 살아계셨다면 올해로 140세가 되시지요."

살아계셨다면 이라니, 묘한 말이다.

"실례지만, 증조할아버님은 언제 돌아가셨는지요?"

키킥.

"⋯재작년에 작고하셨습니다."

재작년. 138세. 이게 무슨 소린가.

아낙의 얼굴에 또다시 작은 미소가 핀 것을 나는 놓치지 않았다. 나를 놀리려는 것인가, 아니면 참말을 하고 있단 말인가.

"증조할아버님은 어려서부터 칡꾼이셨습니다. 칡에 대해서는 누구보다 잘 아는 분이셨지요."

아까의 미소가 착각이었나 싶을 만큼, 차분하고 진지한 표정으로 아낙은 이야기를 계속했다. 증조할아버지가 어렸을 때, 한 역술가가 그런 말을 하였다고 한다. '너는 칡으로 하여금 생계를 이어야 목숨을 건질 것이고, 너의 자손도 오래 살 수 있을 것이다.' 그래서 증조할아버지는 어려서부터 칡꾼이 되었다. 이 가문은 증조할아버지가 서른 살쯤 되었을 때부터 이 마을에 정착했다. 증조할아버지는 키도 크고 몸도 다부진 장사였는데, 뒷산에서 좋은 칡이 많이 나기에 매일 칡을 캐러 산을 오르곤 하였다. 산에는 칡넝쿨이 온통 울룩불룩하게 덮여서 꼭 근육이 넘치는 남정네의 어깨 같았더란다.

한번은 증조할아버지가 산에서 칡을 캐다 낭떠러지에서 굴러떨어졌다. 구르면서 돌벽 틈에 끼는 바람에 발목을 삐어 큰일이 날 뻔하였는데, 두 팔로 울룩불룩한 칡덩굴을 잡고 아등바등 기어서 산 밑에까지 내려올 수 있었다고 한다.

"증조할아버님은 입버릇처럼 그렇게 말씀하셨습니다. '우리가 칡으로 먹고살고, 칡 덕분에 산에서도 살아남았으니 칡이 우리 집안의 뿌리다'라고요."

산에는 해마다 칡넝쿨이 넘치고, 서로 얽히고 더 자라서 마치 산 자체가 성장하는 것처럼 보였다고 한다. 그만큼 오르내리기에는 번거로운 험산이 되었지만, 그래도 증조할아버지는 넝쿨을 부여잡고 잘만 오르내렸다고 한다. 하지만 산이 그리 자랄수록 마을엔 근심이 늘었는데….

"잠깐만요, 마을이라고요?"

키킥.

아낙이 미소 지으며 말했다.

"예, 그 당시에는 아주 융성한 마을이었지요. 벼와 작물을 키우는…."

마을 사람들의 근심이란, 산의 칡이 자라 땅으로, 밭으로 뿌리를 뻗는 것이었다. 이 산의 칡은 뿌리도 많고 굵고 단단하여, 논밭을 침식하기 시작하면 어찌 될지 몰랐다.

염려는 현실이 되어 마침내 칡이 마을로 뻗어 내려왔고, 작물을 해치기 시작했다. 증조할아버지 처지에서야 어차피 칡이 많아서 나쁠 것 없으니 본래라면 염려될 것이 없었으나, 마을 사람들의 근심이 커지면서 그도 결국 말려들게 되었다. 마을의 어른들이 깊이 논의한 결과, 힘센 장정들을 모아 산의 칡을 모조리 걷어내기로 작정한 것이다. 칡으로 살아야 하는 증조할아버지의 처지에서는 칡을 걷어낸다는 것이 여간 염려되는 것이 아니기도 하였을뿐더러, 그 작업을 할 장정들의 우두머리로 뽑힌 것이 하필 증조할아버지였으니 여간 고민되는 것이 아니었으리라.

"그러다가 한 여자아이를 데려오셨지요."

"예… 예?"

키킥.

"한 여섯 살쯤 된 여자아이를 증조할아버지가 데려오셨답니다. 그러고는 말씀하시기를, 걱정할 것 없다. 이 아이만 있으면 된다…. 그렇게 말씀하셨지요."

증조할아버지는 그 아이를 어디서 데려왔는지는 말하지 않았다고 한다. 그저 세끼 잘 먹이고 지극정성으로 돌보았다고 한다.

그 후로 산의 칡도 마을로 뻗은 칡뿌리도 점점 말라가기 시작했다. 말라비틀어진 칡뿌리는 증조할아버지가 슬금슬금 주워 모았다. 어디다 쓰는지는 알 수 없었지만, 마을에서는 그런 증조할아버지의 행동을 신경 쓰지 않았다. 마을의 근심이 사라진 이상, 그런 것은 신경 쓸 일이 아니었다.

"잠깐, 그러면 이후엔 칡을 캐지 않았습니까?"

"예, 한 일 년은 캐지 않았습니다."

"그러면 그동안은 대체 생계를…."

"예… 칡즙과 갈근을 팔아서…."

"칡이 없어졌다면서요?"

키킥.

나는 휙 장지문 쪽을 돌아보았다. 그러면서도 그사이 아낙이 또 미소 짓는 것을 놓치지 않았다.

"웬걸요, 증조할아버지가 다 생각이 있으셨던 게지요."

왠지 목이 탔다. 나는 남은 칡즙을 들어 벌컥벌컥 마셨다.

"목이 많이 타시는 모양이군요. 한 그릇 더 드릴까요?"

"예, 예… 부탁드립니다."

아낙은 빈 그릇을 들고 일어나, 장지문을 열었다. 열린 장지문 사이로 노파의 얼굴이 보였다. 노파의 눈은 내 쪽을 향하고 있다.

아낙이 방에 들어가 장지문을 닫고 나자, 나는 조심조심 무릎걸음으로 다가가 틈새로 장지문 너머를 엿보았다. 아낙은 노파에게 물을 먹이고 있었다. 꿀꺽꿀꺽. 노파가 물을 다 마신 후 아낙은 빈 그릇을 바닥에 놓고, 광목천을 위에 덮었다. 그리고 노파의 팔을 들어 그 위로 가져가 힘껏 비틀어 짰다. 노파의 여윈 팔이 걸레처럼 배배 꼬이고, 팔꿈치쯤에서 검은 물이 뚝뚝 떨어졌다. 그것은 광목천에서 걸러져…. 아낙이 그릇을 들고 일어나려 했을 때, 나는 황급히 제자리로 돌아갔다. 아낙이 그릇을 들고나와 내 앞에 앉았다. 나는 내 앞에 내밀어진 그릇을 슬쩍 내려다보았다. 입에 댈 생각은 별로 들지 않았다. 아낙은 말을 계속했다.

"이상한 일이지요. 아이가 울거나 땀을 흘리면 희한하게도 까만 물이 나오더군요. 처음엔 불길하다 생각했으나, 한번 용기 내어 맛을 보니 틀림없는 칡즙이었습니다. 하여 때때로 아이를 울리거나 땀을 흘리게 하여 칡즙을 모으고, 아이의 팔을 잘라 말려서 한약방에…."

"뭐요? 팔을 잘라?"

"아, 괜찮습니다. 또 자라니까요."

나를 놀리는 것인가. 아니면 진심으로 말하는 것인가.

"일 년이 지나자 칡은 또다시 자라기 시작했습니다. 다만 이번엔 산에서 자라난 것이 아니었지요."

일 년 뒤, 칡뿌리가 여기저기서 솟아나기 시작했다. 구들장에서, 밭에서, 때로는 아기들의 입에서 불쑥불쑥 칡넝쿨이 솟아났다고 한다. 그것은 마지막에 도착한 곳에서 자라나 점점 넝쿨을 뻗으며 산으로 돌아가려 하기 시작했다.

"그렇게 되니 마을 사람들도 도저히 여기서는 못 살겠다 싶었던 게지요. 하나둘씩 마을을 떠나고 나니, 힘쓰는 장정도 씨가 말라서 칡을 뿌리 뽑자 같은 말도 꺼내기 어려웠던 겝니다. 그래서 결국, 모두 마을을 떠났지요."

이 집을 찾아올 때의 풍경이 떠오른다. 정말 찾기 쉬웠다. 허허로운 들판 위에 오직 이 집 하나만 서 있었으니까.

키킥.

순간 등에 오한이 달렸다. 번쩍 눈을 뜨며 등을 꼿꼿이 세웠다. 목에 식은땀이 맺힌다. 나는 정신을 차리고 물었다.

"그 아이라는 것이….'

"예….'

"혹시… 할머니가….'

"예?"

나는 떨리는 손으로 장지문을 가리켰다.

"저 안의 할머니가 그 아이인 것은….'

"할머니는, 할머니이지요."

나는 고개를 세차게 내저었다.

"그것이 아니라!"

아낙은 고요한 눈으로 나를 마주 보고 있었다.

"그, 데려왔다는 그 아이가 자라서, 저 할머니가….'

아낙의 입에 인자한 미소가 떠오른다. 그 눈은 나를 보는 것이 아니라 어딘가 멀리 있는, 형체 없는 뭔가를 보는 듯했다. 인자한 입술을 비집고 고요한 목소리가 흘러나온다.

"아이는, 아이이지요."

"지금 놀리는 겝니까!"

키킥.

나는 자리를 박차고 벌떡 일어났다. 순간 뭔가 이상함을 느졌다. 어쩐지 어깨가 무겁다. 내 어깨 뒤를 바라보던 여자의 눈동자가, 내가 일어나면서 동시에 위로 올라갔다. 아낙은 여전히 인자한 미소를 띤 입으로 말했다.

"장난이 짓궂구나."

분명 그것은 나에게 하는 말이 아니었다. 나는 소스라치게 놀라 방문을 걷어차고 뛰쳐나왔다. 그리고 마을 밖을 향해 달렸다. 달리다 보니 풍경이 새롭게 보였다. 울퉁불퉁하고 마른 땅. 풀과 넝쿨로 뒤덮인 집.

박차는 발바닥에 느껴지는 단단한 나무와도 같은 촉감, 이 아래엔, 오래된 마을이 묻혔으리라. 달리고 달리다가, 무언가가 발을 잡아 그만 넘어졌다. 발이 걸린 쪽을 보니 칡뿌리가 고리마냥 땅 위로 솟아 있다. 나는 깨진 무릎을 부여잡고 다시 일어나 달렸다. 아무것도 생각하지 않고, 아무것도 보지 않고. 귓가를 스치는 바람이 느껴진다. 등이 점점 무거워진다.

키킥.

가마구비

내가 이 짝에서 염쟁이 일을 육십 년을 했소. 기자 양반 평생 산 것보다 내가 염친 날이 훨씬 많아요. 염 한 번 안 하는 집이 있답니까? 그래 내가 이 동네 사람들, 살림들 다 알아요. 이 마을을 내만치 아는 영감이 없어. 이, 가마구비? 알지요. 동네 영감들은 다 알지. 원래 내가 염을 가마구비에서 해요. 마을 풍토가 그렇거든.

저 산에 구비구비허게 도는 길이 나 있지요? 그 뭐냐 코브라맨치 산을 돌돌 감아서 올라가는 거이, 저거이 길이 웃동네 조상님들이 파고 다져서 만든 길이라 카드만. 왜 저렇게 길을 내놨느냐 하믄, 저그 산너머 마을에 갈라믄 본래는 마을 뒷쪽으로 뺑 돌아서 큰 강을 하나 건너야 했거든. 그란데 그 강이 워낙 험하고 겨울에는 추워요. 그래가 밤에 강을 건너다가 빠져 죽고 얼어죽고 그런 일이 많았다카대. 가마모태라고 들어본 적 있어요? 모태가 모퉁이여. 옛날엔 그렇게 불렀는가 보지요. 원래 각시가 시집갈 때 가마를 타고 가잖여. 근데 이 가마란 것이 디게 느리거든. 으이. 한겨울에 각시를 태운 가마가 하룻밤을 꼬박 가다가 보니, 가마꾼들이 생각하기에 어딘가 이상한 거여. 그래서 이상타이상타, 하면서 모퉁이를 지날 때 슬쩍 가마문을 열어봤더랬지. 근데 이게 뭔 일이래. 각시가 콱 얼어죽어삔기라. 그래서 그 모퉁이가 가마모태라고 불렸다 그런 이야기지라. 이 마을에서 저 뒷동네로 시집을 가는 일이 많았거든요. 큰 경사거든 그기. 근데 각시가 시집가다가 죽어뿔믄 안 되잖아요. 그래서 조상님들이 잘 논의해가, 산을 저렇게 파가꼬 길을 맹글었잖겠소. 물길로 가지 말고 산길로 가라고. 산길도 어둑할 때 가면 위험하기야 하겠지만요, 일찍 일찍 가면 해지기 전에 도착하거든. 그래가 새벽에 가마꾼들이 가마를 지고 저 가마구비로 올라가믄, 해가 산에 딱 걸릴 때쯤에 저 위에서 가마가 돌아서 안 보이게 돼요. 저 꼭대기 바위 보이지요? 그거. 이. 아무튼 그래서 가마구비지요. 어렸을 때는 두렁에서 놀다가도 가끔 산에 까마득하게 벌레 기어가는 것처럼 뭐가 올라가는 게 보이믄, 아… 각시가 시집가나보다… 했지요. 뭐 별거라고 손뼉을 치고 좋아했나 몰라요. 근디 어른들도 그랬소. 해가 딱 산에 걸릴 때쯤 올려다보고, 가마가 딱 사라지면 '아 즈짝집

애기가 이제 부인이 되셨구만. 좋은 집 가는 갑다' 하고 좋아했지요. 뒷동네에는 높은 사람들이 많이 살았그든. 그러니깐 가마가 저 산을 넘어가면 높은 사람이 되는 것이다…. 어른들 생각엔 그랬지요.

그런데 요 가마라는 것이 밤에도 올라갔거든. 이. 또래들은 몰랐지만 나는 봤소. 어려서는 뭐 이 산골에 놀 게 있다고, 놀고 싶으면 산에 가서 벌레 잡고 열매 줍고 그랬지요. 근데 밤에는 별이 참 이쁘거든. 그래서 가끔은 어른들 몰래 밤에 산에 올라갔지요. 그래 산에 올라갔는데, 시집가는 가마가. 이? 아, 가마가 집처럼 생겼고 문이 달려 있으면 그건 시집가는 가마요. 하여간 빨갛고 파랗고 한 각시 가마가 가마구비를 올라가는데, 가마꾼들이 까만 옷에다 얼굴도 까맣게 칠하고 뭐라뭐라 중얼거리면서 올라가더란 거지. 이상타하긴 했지만 어릴 때 호기심이란 게 그런 거잖소. 오밤중에 시집가는 각시는 어떤 각시일꼬하믄서 몰래 숨어서 따라가 봤지. 그란디 따라가다 보니 살짝 문이 열려 있는 거예요. 옳다. 바위 뒤로 앞질러 돌아가서 보면 잘하면 안이 보이겠구나 해서 후다닥 갔그등. 근디 그 가마가 딱 구비를 도는 순간, 고 얼굴에 그 볼 있잖소. 살결이 딱 보이는 기라. 아주 하얗고 고운 것이 분을 바른 것 같지도 않은데 그리 예쁠 수가 없었소. 어쩌면 저 안에 있는 각시는 참으로 고운 처자겠구나 했지요.

그라고 난 다음에 어떻게 집에 왔는지는 잘 기억이 안나는디, 참 이상한 일이지요. 집에 돌아와서 열병이 나버린기라. 온몸이 뜨겁고 또 오한도 들고 몸이 천근만근 무거운디, 어째 자꾸 산에 올라가고 싶은 거예요. 그래봤자 어쩌겠소. 몸을 못 일으키는데. 그라고 있는데 어매가 누워 있는 나한테 독촉을 하대. 이놈아 뭘 하다가 몸이 이리 되었느냐, 대체 어딜 갔다 왔느냐. 참 이상하제. 나는 잠깐 밤에 나갔다 온 것인디, 꼭 며칠을 집을 나갔던 것마냥 그러더라고. 하도 시달리다가, 하여간 그래서 어매요 내가 밤에 시집가는 각시를 따라갔소. 했더니 난리가 또 났제. '이놈아 니가 구천각시를 따라갔구나 구천각시에게 씌인 것이여' 하고 어매가 펑펑 울대요. 그러더니 마을에서 무당을 불러와 굿을 하고 난리가 났제. 뭐 효과가 있간디요? 돌팔이제 그냥. 하여간 그래도 시간이 지낭게 몸도 슬슬 움직일만 하고, 어예저예 낫습디다.

어매에게 들었는디, 밤에 시집가는 각시는 따라가면 안 된다카대요. 그것은 가짜 결혼식이라는 기라. 시집 못 가고 죽은 처자를 밤중에 가마에 태워서 가마고개를 올라가는데, 가면서 가마꾼들이 '시집가오, 시집가오, 뒷동네로 시집가오' 하고는 가마구비를 돌아서 바위 뒤에 슬쩍 내려놓고 온다 이 말이지. 생전에 시집 못 간 처녀는 한이 남으니께 죽은 다음에 가마에 태워가 시집을 보낸다는 거여. 아니 그럼 신랑은 누구요 했더니, 뒷동네에서 총각이 산을 오르다가 처음 가마를 보면, 그 사람이 씌어서 신랑이 된다 카드만. 아주 어거지로 시집을 보내는 거요. 그렇게 씌인 신랑이 가끔 죽은 신부를 업고 집으로 돌아가는데, 구천각시를 데려간 신랑은 사흘 밤낮을 아프고 앓다가 싸악 낫아버린대요. 지가 뭐 했는지도 까먹고. 이쟈 사흘 신방을 꾸렸으니께 각시도 만족하고 구천으로 가는 것이고, 신랑은 저도 모른 채 홀아비가 되는 것이제. 그런데 내가 그 가마를 따라가는 바람에 각시가 씌어서 신랑이 되어버린 것이다. 그래서 아팠다카대요.

그런데요, 생각해보니까 아니거든. 왜냐면 내 기억은 멀쩡해서, 가마를 따라갔던 밤도, 그 각시의 살결도 다 기억이 나거든. 그것이 죽은 사람이라고? 아니여, 아니여. 죽은 사람 살결이 어찌 산 사람보다 예쁘당가. 그래서 생각했지, 아니 혹시 그것이 가마가 아즉 안 죽은 사람을 태우고 간 것 아닌가? 산 사람을 구천각시로 만들어가, 버려뿐 것 아니냐 이거요. 암만 생각해도 그것이 맞는 것 같어. 그래서 또 언제 밤에는 어른들 몰래 밤에 오르는 가마를 따라갔지. 따라가면서 들으니 그 말이 맞어. 가마꾼들이 '시집가오, 시집가오' 하드라고. 또 저 짝 바위 뒤로 돌아가서 가마구비로 돌아오는 가마를 보니께, 문이 빼꼼 열려 있대. 달빛이 살짝 새어들어가면서 고 하얀 살결이 보이는데, 어찌나 고운가. 몸서리가 쳐지더구만. 그라고 돌아와서는 또 며칠 밤낮을 앓아누워부렀어. 머리엔 열이 오르고 몸이 무거운 것이, 가만 누워서 생각했지. 그것이 무엇인가… 내가 왜 아픈가… 하고. 뭣인지 잘 모르겠는데 또 자꾸만 보고 싶고 그렇더라고. 또 그렇게 낫으면 산에 올라가고, 돌아오면 앓아눕고 하다가 보니 알겠더라고.

상사병인 것이지. 구천각시의 그 하얀 볼에 반해버린 것이구만. 뭐 그렇다고 매번 구천각시가 같은 사람일 리는 없잖소? 그래서 안 것이라. 아 내가 죽은 사람의 고 핏기 없는 살결을 보면 정분이 나버리는구나. 그래 매번 산에 오르고 오르고 할 때마다 각시는 다르지만 정분은 더 깊어졌소. 그래서 생각했지, 내 세상 구천각시들을 다 내 색시로 삼아야겠다. 그래서 염쟁이가 된 것이오. 이.

악마와 커피

"커피 한 잔 사주시겠어요?"

낯선 목소리에 A는 고개를 들었다. 여행의 마지막 날이었다. 돌아갈 채비를 하고 커피를 마시고 있는데 맞은편에 한 여자가 불쑥 앉아 말을 걸었다. 처음 보는 얼굴이다. 말쑥한 정장 차림에 곱게 빗은 머리, 얼굴은 사십 대 초반 정도로 보이지만 실제론 그보다 더 많을지도 모른다. 구걸하려는 건 아닌 것 같다. 신종 헌팅? 그럴 리가 없다.

"한 잔이면 돼요. 대신에 재미있는 이야기를 들려드릴게요."

혹시 전도 같은 건가? 하지만 그것도 아닐 거라고 생각했다. 그녀의 얼굴에서 애원하는 듯한 눈빛을 읽었기 때문이다. 시계를 슬쩍 보았다. 삼십 분 정도 남았나? 뭐 이대로 앞에 앉아 있게 놔두는 것도 나쁠 건 없겠다. 여자는 접객원을 손짓으로 불러 뭐라 뭐라 말을 했다. 손가락으로 A의 커피잔을 가리키는 걸 보니 같은 것을 달라고 하는 모양이었다.

"고마워요. 여기 커피는 정말 오랜만이라, 잘 마시겠습니다."

A는 대꾸하지 않았다. 하지만 여자는 이야기를 계속했다. 목소리가 맑고 시원하다. 기분이 좋아지는 목소리다. 녹음해서 잘 때 듣고 싶어질 정도다.

"커피는 참 좋죠. 느긋하게 쉴 때도, 아침에 숙취가 남은 몸을 깨울 때도. 너무 마시면 심장이 좀 뛰긴 하지만요. 잠이 안 오기도 하고. 아세요? 유럽 쪽 얘기지만, 옛날엔 악마의 유혹이라고 불렀다고 하더라고요. 커피가 이슬람 국가들을 통해 퍼진 거잖아요. 매번 멀리 전쟁 나갈 때마다 커피나무를 들고 가서 심었다나? 이교도의 음료라는 이유로 가톨릭에서 규제하던 시절도 있었다는데, 그래도 사람들이 먹는 걸 끝까지 막지는 못했다죠. 결국 교황까지 굴복시킨 셈이니, 정말 악마의 유혹이라는 표현이 딱 맞는지도 몰라요."

의미를 전혀 모르겠다. 커피 이야기를 하고 있다는 건 알겠지만.

"그런데 여전히 어떤 사람들은 악마의 유혹이라는 말을 말 그대로 받아들이고 있다는 거 아시나요?"

A는 커피를 한 모금 마셨다. 머리를 돌리고 창밖을 바라보

고 있지만, 귀는 그녀 쪽을 향해 있다. 그녀는 그가 어떤 태도를 보이든 상관없이 이야기를 계속했다. 도무지 이해할 수 없는 이야기를.

"아는 남자가 말인데요, 악마와 커피를 마신 적이 있다고 하더라고요. 악마라고 해도, 굉장히 건실해 보이는 청년이었대요. 물론 그 청년이 자신을 악마라고 소개했던 건 아니에요. 당시에는 그저 호감 가는 청년을 우연히 만나 우연히 함께 자리에 앉고, 청년이 대접하는 커피를 마셨을 뿐. 그뿐이라고 하더군요. 그 남자가 꽤 커피광이거든요. 커피를 사러 해외 쇼핑을 다닐 정도로. 그런데 청년이 대접한 커피는 먹어본 적이 없는 맛이었대요. 아주 그윽하고 고소한 향. 단맛에 가까운 연한 와인 같은 산미. 고아한 풍미가 콧속으로 사르르 들어왔다고. 그렇게 표현하더군요."

A는 흘깃 곁눈질했다. 그녀의 눈에서 애원하는 듯한 빛은 이제 사라지고 없었다. 심지어 그녀의 눈은, 그를 보는 듯하지만 실제로는 허공을 보고 있었다. 자기가 하는 이야기에 스스로 몰입한 것마냥.

"그런데 그 커피를 마신 직후부터 남자의 신변에 변화가 생겼어요. 첫 번째는 커피의 맛을 못 느끼게 되었다는 것. 어떤 커피를 마셔도 맛이 느껴지지 않았죠. 두 번째는 도저히 잠이 오지 않더라는 것. 그날 밤, 남자는 침대에 누워 눈을 감은 채로 밤을 새웠어요. '자야 한다'라는 말을 반복해 되뇔 뿐인 열 시간 동안 그렇게나 고통스러웠다고 하더군요. 이틀을 그렇게 지내고 나서 남자는 한 가지 결론을 내렸죠. 몸에 이상이 생겼다는 결론을요."

A는 다시 커피잔을 들어 커피를 한 모금 마셨다.

"남자는 병원에 갔죠. 하지만 병원에서는 아무 이상도 발견하지 못했어요. 미각의 이상은 분명히 아니었어요. 냄새를 맡지 못하거나 맛을 못 느끼는 건 오직 커피뿐, 다른 건 모두 괜찮았거든요. 불면증의 원인도 발견하지 못했어요. 그렇다고 병원 입장에서는 그냥 돌려보낼 수도 없으니, 아주 강한 수면제를 처방해 주었죠. 덕분에 그날 밤엔 숙면을 취할 수 있었대요. 약이 아주 잘 들었나 보죠? 그런데 다음 날 아침, 일어나서 거실에 나가보니 따끈하게 김이 올라오는 커피 한 잔이 테이블에 놓여 있었어요. 잠시 아내가 타놓았나 싶었지만, 아내는 아직 자고 있었죠. 애초에 서로에게 커피를 타주는 사이좋은 부부도 아니었고요. 무엇보다도 그건 아내가 탔을 리가 없는 커피였어요. 그윽하고 고소한 향. 단맛에 가까운 산미. 고아한 풍미… 그래요. 그것은 그때의 그 커피. 남자는 그 커피 잔을 들어 맛을 보았어요. 분명히 그 맛이었어요. 미각이 돌아왔구나. 그땐 그렇게 생각했죠."

여자는 손가락으로 테이블을 톡톡 두들겼다. 아직 여자의 커피는 나오지 않았다.

"하지만 회사에 출근해서 다시 커피를 입에 댔을 때, 그게 아니란 걸 깨달았어요. 향도 맛도, 아무것도 느껴지지 않았죠. 어떻게 된 일인지 영문을 알 수 없었죠. 그보다 더 알 수 없는 건, 대체 누가 언제 그 커피를 탔느냐는 거였어요. 이상한 일은 더 있었어요. 퇴근하고 집에 돌아가자, 아내가 눈을 동그랗게 뜨고 물어보는 거예요. '병원에서도 소용없었나 보네. 삼 일 동안 안 자고 괜찮겠어?' 하고. 이야기를 들어보니, 남자가 침대에 눕자마자 일어나더니, 밤새 거실에서 불을 켜놓고 있더라는 거예요. 분명히 잤다고 생각했는데. 수면제의 부작용으로 몽유병이라도 생긴 걸까요? 아무래도 이상해서 남자는 그날 거실에 카메라를 설치해두고 잤어요. 그리고 아침에 일어났을 땐, 또다시 테이블에 놓여 있었죠. 커피 한 잔이. 남자는 전날 밤에 설치해 둔 영상을 확인하고서야 어떻게 된 일인지 알 수 있었어요. 밤사이 커피를 타놓은 건 그 남자 자신이었던 거죠. 남자는 그때 대충 눈치를 챘다고 해요. 그 커피가 악마의 커피라는 사실을."

여자는 입술이 타는 듯 살짝 혀로 매만지고는 이야기를 이어갔다.

"한동안은 괜찮았던 모양이에요. 크게 신경 쓰지 않았대요. 어쨌든 맛있는 커피를 아침마다 먹을 수 있으니까. 하지만 날

82

이 갈수록 조금씩 변화가 생겼어요. 커피가 점점 쓰게 느껴지더니, 아예 썩은 물맛이 나기 시작했대요. 그즈음에는 얼굴도 변하기 시작했죠. 처음엔 '오늘따라 젊어 보이는데?' 하고 거울을 보며 생각하는 정도였어요. 하지만 얼굴은 실제로 젊어지고 있었죠. 어느 날 남자는 깨달았어요. 자기 얼굴이 그 악마와 닮아가고 있다는 것을. 그리고 자는 시간도 점점 길어졌어요. 남자는 공포에 사로잡혔죠. 자기 자신이 다른 무엇이, 악마가 되어가고 있다는 생각에 두려워했어요. 벗어나고 싶었지만 벗어날 방법을 알 수 없었죠."

A는 여자의 말에 귀를 기울이며 마지막 남은 한 모금을 훅 들이켰다. 쓰다.

"하지만 악마의 얼굴과 닮아가면서, 조금씩 악마의 생각도 이해하게 되었다고 해요. 결국 어느 날 밤, 남자는 깨달았죠. 악마가 원하는 것을. 왜 그 악마가, 아니 어쩌면 남자와 마찬가지로 악마에게 홀렸던 누군가가 왜 자신에게 커피를 대접했는지. 악마는 딱히 남자를 괴롭힐 생각은 아니었을 거예요. 악마가 원한 건 퍼져가는 것. 그뿐이었던 거죠. 그래서 커피를 대접했던 거예요. 커피가 점점 쓰고 맛없어져 간 건, 악마의 메시지였던 거죠. 그게 아니야. 네가 먹을 게 아니야. 그래요. 아침마다 테이블 위에 올려둔 커피는 그 남자를 위한 것이 아니었던 거죠. 그리고 다음 날 아침, 남자는 30년 만에 아내에게 모닝 커피를 대접했어요."

그때, 접객원이 따뜻한 커피 한 잔을 쟁반에 받쳐 들고 와 여자의 앞에 내려놓았다. 여자는 손을 덜덜 떨면서 커피 잔을 붙잡고, 아주 조심스레 입으로 가져갔다. 작게 한 입, 그리고 여자의 눈가에 눈물이 흐른다.

"아아, 커피는 이런 맛이지. 그래. 이런 맛이었어. 이런 향이었어."

여자는 커피잔을 테이블에 내려놓고, 눈가를 닦았다. 입가의 그 미소를 보니, 어쩐지 한 모금 더 먹고 싶어진다. A는 눈을 내려 자기 커피 잔을 보았다. 접객원이 여자의 커피를 가져오는 김에 새로 채워놓았는지, 비어 있어야 했을 터인 잔에는 어느새 커피가 가득 채워져 있었다. 잔을 들어 한 모금 입에 흘려 넣었다. 그윽하고 고소한 향. 단맛에 가까운 산미. 음, 와인 향 같은 것이 퍼진다. 고아한 풍미가 콧속으로 사르르 들어와 온몸으로 퍼져나간다. 멋진 맛이다. 아까와는 다른, 비교도 할 수 없는….

"잘 먹었어요."

여자가 웃으면서 말했지만, A는 어떻게 대답해야 할지 몰라 눈을 창밖으로 돌리고 커피만 마셨다. 여자의 말은 한마디도 이해할 수 없다. 아마도 한국말이겠지. 한국말을 배운 적이 없으니 알 수가 없었다. 그는 그저 여행을 왔을 뿐이니까.

배고픈 숲속 동물 친구들

"형, 저 녀석, 죽은 거 아냐?"

곰이 말했습니다.

여우는 시커먼 털로 덮인 곰의 손가락이 가리키는 곳을 보았습니다. 거기에는 나무늘보가 대자로 엎어져 있었습니다. 눈 주변이 시커메서 눈을 뜨고 있는지 감고 있는지도 잘 알 수 없었고, 나무늘보 특유의 긴 발톱에는 까만 흙이 잔뜩 끼어 있었습니다. 여우는 한숨을 쉬었습니다. 덩치만 커다란 곰의 덜 떨어진 기억력이 한심했기 때문입니다.

"나무늘보잖아. 전에 얘기했지? 나무늘보는 원래 거의 안 움직인다고. 움직일 때도 눈치채기 힘들 정도로 느리게 움직이고."

"어어 그렇구나. 맞아, 전에 호랑이가 나무늘보라고 그랬어."

"여름이니까 더 움직이기 싫겠지. 죽었는지 안 죽었는지는 보면 알아. 신경 끄고 빨리 먹을 거나 찾으러 가자."

여우와 곰은 나무가 엄청 우거진 숲속으로 들어갔습니다. 바람에 풀잎이 살랑거리며 서로 부딪히는 소리가 귀를 간지럽힙니다. 여우는 낙엽을 차내며 땅에 코를 킁킁거리고, 곰은 나무를 하나씩 흔들며 나아갑니다. 나무에서 떨어지는 열매나 뿌리식물 따위를 찾는 것입니다. 곰은 툴툴거리며 말합니다.

"새라면 날아서 하늘 위에서 먹을 걸 찾을 수 있을 텐데."

여우는 계속 땅속을 헤집으며 시큰둥하게 대답했습니다.

"날아보던가."

"그런데 이 산엔 왜 새가 없어?"

"흥, 새는 좀 무리 아냐?"

곰은 잠시 생각해보더니 대답했습니다.

"그러네."

여우는 하늘을 올려다보았습니다.

"진짜 새가 있으면 사냥이라도 좀 해볼 텐데."

"아까 그거, 먹으면 안 돼?"

"뭐, 나무늘보?"

"응. 약하잖아?"

"아서라, 그건 먹을 게 못 돼. 나무늘보가 왜 나무늘본데. 근육이 거의 없어서 잘 못 움직이는 거라고. 단백질은 없고 가죽은 질기고, 완전 마이너스 칼로리일걸? 게다가 곰팡이랑 벌레 같은 게 기생한다던데."

"으에엑 그건 좀 싫다."

"그럼 먹을 거나 열심히 찾아 봐."

여우는 다시 킁킁거리며 낙엽을 발로 차댔습니다. 새가 없는 여름의 산은 가혹합니다. 작은 동물들은 씨가 말랐고, 익은 열매도 찾기 어렵습니다. 사실 작은 동물이 없어진 건 다 잡아먹었기 때문이기도 하지만요. 한참 킁킁거리는 동안, 곰이 뭔가를 발견했습니다.

"어? 머루다."

여우는 얼른 곰이 가리키는 쪽으로 뛰어갔습니다.

"진짜네. 머루다."

"머루는 독이 없지?"

곰은 머뭇거렸습니다. 얼마 전에 광대버섯을 주워 먹고 아파서 뒹굴었던 경험이 있기 때문입니다.

"있겠냐. 그리고 있으면 좀 어때. 먹고 죽으나 굶어 죽으나지."

곰과 여우는 머루를 떼어먹기 시작했습니다.

"형, 이거 아까 그 녀석한테도 가져다줄까?"

"남길 자신 있어?"

곰은 잠시 생각해보다가 대답했습니다.

"아니."

둘은 머루를 잔뜩 포식하고는, 풀밭에 뒹굴었습니다. 곰이 트림을 하며 말했습니다.

"고기 먹고 싶다."

"왜 날 보면서 그런 소리를 하냐."

"동물원에 있는 곰은 매일 고기 먹을 텐데."

"그럼 동물원에 가서 키워달라고 해보던가."

"형."

"왜?"

"나무늘보는 어디서 왔대?"

"몰라, 안 물어봤어. 물어봐봤자 말도 느려터져서 제대로 된 대답은 듣기 힘들 걸?"

"원래 나무늘보는 숲에 사는 동물이야?"

"뭐 그야 그렇지. 이런 숲이 아니라 정글 같은 곳일 테지만."

곰은 갸우뚱하고 고개를 기울였습니다.

"근데 왜 나무늘보가 여기 있어?"

"몰라, 어떤 동물이 이 숲에 살지는 호랑이가 정했으니까."

그런 호랑이도 한 달 전에 죽어버렸죠. 그러고 보니… 여우는 곰에게 물었습니다.

"맞다. 너 호랑이 죽었을 때 시체 가져갔었지? 박제로 만들

거라고. 어떻게 됐냐?"

"해보려고 했는데 잘 안되더라. 그냥 걸레짝이 됐어. 금방 썩어버려서."

"그럴 줄 알았다. 그냥 먹자니까. 너 하는 일이 다 그렇지."

"그땐 먹을 게 많았으니까. 그리고 호랑이는 좀 먹기 그렇잖아?"

"살아있을 때나 호랑이지 무슨."

둘은 숲 사이를 어슬렁어슬렁 걸어 나와서 처음의 자리로 돌아왔습니다. 여전히 거기엔 나무늘보가 대자로 엎드려 있었습니다.

"형, 이 녀석, 죽은 거 아냐?"

"아니라니까."

여우는 나무늘보에게 다가가 툭툭 발로 건드려 보았습니다. 움찔하는 것 같기도, 아닌 것 같기도 했습니다. 여우는 코를 나무늘보의 얼굴 쪽에 가져가 킁킁거리기 시작했습니다. 시취는 아니지만 좋지 않은 냄새. 귀를 가져다 대니 꼬르륵 소리가 났습니다.

"너무 굶어서 그런가 본데?"

"형, 나뭇잎이라도 긁어다 먹여볼까?"

"아서라, 진짜 나무늘보도 아니고."

곰은 나무늘보를 걱정스럽게 들여다보며 여우 곁에 앉았습니다.

"진짜 죽은 거 아니지?"

"얘기했잖아. 나 원래 산으로 도망 오기 전에는 의사였다고. 보면 안다니까."

"형, 그런데 우리는 왜 동물 이름을 쓰는 거야?"

"호랑이가 그렇게 정했으니까. 어차피 본명을 밝히고 싶은 녀석은 이 산에 없잖아?"

"기왕이면 곰 말고 좀 멋있는 이름을 쓰고 싶었는데. 트리케라톱스라던가."

"발음하기 힘들어. 그리고 넌 곰이 딱이야."

이방인

"따뜻한 차 한 잔 드릴까요?"

"아뇨, 괜찮아요."

여자는 의자에 앉아 힘겹게 고개를 저었다. 초췌한 얼굴에 피로가 가득하다. 여자는 졸린 것처럼 눈을 아래로 깔고 말을 이었다.

"뭣보다 지금은 목으로 넘기기 힘들 것 같네요."

나는 여자의 행색을 바라보며 속으로 고개를 끄덕거렸다. 그럴 만도 하다. 나는 따뜻한 차가 담긴 도자기 잔을 구태여 그녀의 앞 테이블에 내려놓았다.

"앞에 두기만 해도 피로가 한결 풀릴 겁니다."

여자의 두 손이 찻잔을 감싸 쥔다.

"참 따뜻하네요."

나는 뒤쪽의 보온국통을 가리켜 보였다.

"항상 이만큼 만들어 두거든요. 요즘은 날씨가 춥기도 하고."

여자는 희미하게 웃어 보이더니, 고개를 오른쪽으로 기울였다. 그리고 왼손을 귀에 갖다 대며 하늘 방향으로 귀를 기울이는 시늉을 했다.

"들리나 보군요."

"네, 야호 하고."

나는 쓴웃음을 지었다.

내려다보는 야경 때문인지, 이 산에는 야간산행을 즐기는 사람이 은근히 많이 몰려든다. 덕분에 이런 산 중턱에 있는 작은 별장에도 손님이 끊이지 않는다. 때로는 길 잃은 등산객이 흘러들기도 하고, 오늘처럼 몸이나 녹이라고 일부러 등산객을 초대해 안으로 들이는 일도 있다. 별장이라고 해도 은퇴한 후로는 줄곧 여기서 살고 있기 때문에, 이렇게 하룻밤에 한두 명씩 초대하는 건 별로 귀찮은 일도 아니다.

"이 산에는 자주 올라오시나 보죠?"

나는 그녀의 복장을 보며 말했다. 겨울 등산객치고는 좀 가볍게 입은 감도 있지만 활동성을 최대한 고려한 복장이다. 공간이 여유로운 큰 가방, 작은 삽, 랜턴 하나. 한두 번이 아닐 것이다. 이 산을 잘 알고 있다. 그런 느낌이 드는 행색이다.

"네, 예전엔 매일 올라오던 때도… 그러던 것이 일주일에 한 번, 한 달에 한 번."

"아무래도 나이가 들수록 생업을 중시하게 되니까요."

내 말에 여자는 쓴웃음을 지으며 고개를 끄덕였다. 초췌한 얼굴이지만 서른이 채 되어 보이지 않는다. 그녀는 다시 왼쪽으로 고개를 기울이고 오른손을 귀에 가져다 댄다.

"들리나 보죠?"

"네, 야호-야호-야호- 하고 꼭 돌림노래 같네요. 메아리는 아닌 것 같고…."

"아, 그건 아마 집단산행을 온 사람들일 겁니다."

그녀가 고개를 갸우뚱한 채 나에게 눈빛으로 질문을 던진다.

"여러 사람이 줄지어 올라가다 보면 누군가 뒤처질 수도 있잖습니까? 그래서 낙오된 사람이 없는지 한 번씩 확인해야 하니까요. 밤이라 아무래도 시야에 한계가 있으니, 저렇게 번호처럼 부르는 겁니다. 야호-의 숫자가 사람 수와 맞는지 확인하는 거죠."

"숫자가 하나 모자라면 슬퍼지겠네요."

여자는 농담처럼 말했다가 금방 시무룩해졌다. '슬퍼진다'라. '무섭다'가 아니라. 특이한 표현이다. 나는 다 식은 찻잔을 비우고 새로 차를 따라 그녀의 앞에 놓아두고 맞은 편에 앉았다. 그리고 조용히 위로하듯 말을 걸었다.

"등산은 좋아하시나요?"

여자는 힘겹게 고개를 저었다.

"아뇨, 저는….'"

"좋아하는 사람이 있었던 거군요."

여자의 손이 떨면서 찻잔을 감싸 쥔다.

"애인이 좋아했어요. 툭하면 산에 올랐죠."

"그러다가 이 산에서."

"행방불명됐죠."

나는 그녀의 짐에 시선을 던졌다. 여유 공간이 많은 큰 가방, 랜턴과 삽.

"살아있지 않다면, 유해라도 찾아올 수 없을까 하고."

"그래서 몇 년이나."

그녀는 찻잔으로 고개를 떨구고 잔잔하게 말한다.

"지금은 그냥 의식이죠. 찾는 건 포기했지만, 잊어가고 있다는 사실을 견딜 수 없어서. 그래서…."

가끔 있다. 산이 좋아서가 아니라, 목적이 있어 오르는 이들이. 그녀의 머리가 다시 오른쪽으로 기울어진다.

"들리시나요?"

"네, 야호- 야호- 하고, 여러 군데서 들리는 것 같네요. 서로 대화하는 것 같기도 하고. 메아리일까요?"

"아뇨, 메아리는 아닙니다. 정말로 대화 비슷한 걸 겁니다."

"야호로 대화한다고요?"

"어디선가 야호- 하는 소리가 들리면, 꼭 야호- 하고 돌려주는 사람들이 있어요. '너도 산에 왔구나, 나도 산에 왔다' 같은 느낌이죠. SNS에서 남의 글에 하트를 찍는 것과 비슷한 행동이라고 생각하세요."

그녀는 고개를 갸우뚱하더니 생각에 잠겼다. 내 말의 의미를 이해해보려고 노력하는 걸까. 하긴, 그녀의 입장에서는 이해가 안 갈지도 모르겠다. 야호-로 대화하는 사람들의 심정이.

"반가운 겁니다. 나와 같은 생각, 혹은 같은 취미, 혹은 같은 날 나와 같은 공간에 머무른 사람. 그런 사람이 반가워서, 서로의 존재를 알리고 서로의 존재를 찾는 거죠."

"…그렇군요."

'찾는다'라는 말 때문인지 금세 그녀의 표정이 우울해졌다. 화제를 바꾸는 게 낫겠다.

"그런데 실은, 밤에 들리는 야호-에 두 번 이상 대답하면 안 된다는 이야기가 있습니다. 한 번 야호-라고 대답을 했는데 또 다시 같은 야호-가 돌아오면, 절대 대답하지 말고 그 반대 방향으로 가라고 하더군요."

"어째서인가요?"

"나쁜 마음으로 내 위치를 확인하려는 것일 수도 있으니까요. 한 번 야호-소리가 난 쪽을 향해 어느 정도 이동한 다음, 다시 야호-를 외쳐서 대답이 오면 다시 그 방향을 향해 걷고, 그런 식으로 정확한 위치를 찾으려고…."

"아아…."

"강도나 범죄자가 등산객을 노리는 것일 수도 있다, 뭐 괴담에 가까운 이야기죠. 하지만 저는 대답을 해주는 편입니다. 조난객일 수도 있으니까요. 사실 어렸을 때부터 할머니가 절대 밤에 들리는 야호-에는 대답하지 말라고 신신당부하셨습니다만 지금은 할머니도 돌아가신 지 오래되었고, 지금까지 찾아온 사람들도 다 평범한 조난객이었어요."

"할머니는 그 괴담을 믿으셨던 건가요?"

"글쎄요, 약간 다르긴 합니다. 할머니는 밤의 야호-는 헤매는 것들의 울음소리라고 하셨어요."

"헤매는 것…."

"네, 뭔가를 잃어버린 것들이 그것을 찾아 헤매는 거라고, 거기에 대답하면 잃어버린 것을 찾은 줄 알고 다가온다고요."

그녀의 고개가 다시 갸우뚱한다.

"무엇을 잃어버렸을까요?"

"글쎄요, 여러 가지가 있을 수 있겠죠. 해야 할 일, 남겨둔 것, 혹은 두고 온 사람, 많은 것들이 있겠죠. 만약 이승에 두고 온 사람을 부르고 있는 거라면, 그것은 그 사람을 찾은 즉시 저승으로 데리고 갈 거라고 할머니는 말씀하셨습니다."

그녀는 다시 고개를 숙이고 찻잔을 내려다보았다. 기분이 많이 가라앉은 것 같다. 나는 더 말하지 않고 조용히 앉아 그녀를 지켜보았다. 멀리서 들리는 야호-를 제외하고는 아무 소리도 들리지 않았다. 야호-에 귀를 기울이던 그녀가 조용히 입을 열었다.

"그 사람도, 나를 부르고 있을까요?"

"부르고 있을 겁니다."

짧은 침묵이 흐르고, 그녀가 자리에서 일어났다.

"가실 겁니까?"

"네."

그녀의 표정에 깨끗한 결심이 자리잡았다. 나는 일어나 문을 열고 그녀를 배웅했다. 눈길을 뿌드득뿌드득. 그녀가 몇 걸음을 걸어가서 멈추어 선다. 그리고 야호- 하고 산 정상을 향해 소리친다. 다시 뿌드득뿌드득. 야호- 하고, 반복한다. 갸우뚱갸우뚱하면서. 부러진 목이 머리를 지탱하지 못해 머리가 시계추처럼 왼쪽으로, 오른쪽으로 흔들린다. 목 한가운데로 굵은 나뭇조각이 박혀 있다. 아마도 저 목이 원인이었을 것이다. 멀어져 가는 그녀를 보며 생각한다. 그녀가 이 별장에 온 게 몇 번째인지. 내가 그녀의 야호-에 대답해 준 것이 몇 번째인지.

아이스크림의 불문율

"선생님께 인사 잘하고, 아이들하고도 친하게 지내렴. 길 잃지 않도록 조심하고. 모르는 길로는 다니지 말고."

"응, 알았어."

"그리고 하나 더, 모르는 사람이 사탕 사준다고 해도 절대 따라가면 안 된다?"

"아이스크림은?"

"응?"

"아이스크림 사준다고 하면 따라가도 돼?"

"안 돼. 아이스크림도, 과자도 안 돼요."

"이상하다?"

"뭐가?"

"음… 아니야, 학교 갔다 올게요!"

딸은 어딘가 미심쩍은 듯한 표정을 지으면서도 활기차게 집을 뛰쳐나갔다. 오늘로 이사 온 지 4일째. 어제부터 아이는 새로운 학교로 등교를 시작했다. 정작 엄마인 나는 어제까지 이삿짐을 정리하고 집에 이것저것 꾸리다 보니 이웃집에 인사는커녕 동네 마실 한 번 나가지 못한 상태다. 아이가 나보다 먼저 동네에 데뷔를 한 셈이다.

"슬슬 나도 데뷔해볼까?"

구태여 소리 내 말하고는 집을 대충 청소한 뒤 장을 보러 나간다. 거리는 한산하다. 작은 마을, 아이들도 어른들도 많지 않다. 언덕길을 걸어서 쭉 내려가면, 커다란 아이스크림 가게가 보인다.

아이스크림 가게를 지나 오른쪽으로 꺾어 들어가면 마트가 하나 있다. 집에서 마트까지는 걸어서 이십 분. 적당히 산책 삼아 걷기 좋은 거리다. 여름이라 조금 덥기는 하지만. 마트에서 달걀과 우유, 버터와 초콜릿, 밀가루를 사서 집으로 돌아온다. 가끔 길에서 마주치는 사람마다 반갑게 인사를 한다. 마을 사람 모두가 인사를 하는 사이. 좋은 동네다. 이사 오길 잘했다. 집에 돌아와 우유와 달걀을 거품기로 휘젓는다. 오늘은 가토 쇼콜라를 만들 셈이다. 오븐에서 달콤한 냄새가 난다. 갈색으로 구워진 가토 쇼콜라를 꺼내 한 김 식히고, 식칼로 썬다. 마트에서 사 온 작은 비닐과 리본으로 포장하고, 작은 바구니에

담아 팔에 걸었다. 앞집과 옆집에 나누어줘야지. 집을 나서는
데, 어쩐지 빨간 망토가 된 것 같다.

앞집에 먼저 들렀다. 벨을 누른다. 응답이 없다. 기다려보았
지만 소용이 없다. 어쩔 수 없다. 문고리에 걸어둘까? 카드라
도 적어둘 걸 그랬나. 그때 뒤에서 목소리가 들렸다.

"저…."

휙 돌아보니, 정갈한 느낌의 여성 한 명이 서 있다. 반백의
머리, 균형미 있는 얼굴 주름, 온화한 표정. 누가 봐도 어른이
라는 느낌을 주는 사람이다.

"그 집은 비어 있어요. 무슨 용무가 있는지 여쭤봐도 될까
요?"

충분히 예의 바르지만 단호한 말씨. 나도 모르게 엄한 선생
님을 대하는 듯 자세를 바로잡았다.

"아, 안녕하세요. 저는 저쪽 집에 며칠 전에 이사 왔는데
요…."

그녀는 물끄러미 내 바구니를 들여다보더니 웃음을 짓는다.

"인사를 다니고 있나 보군요. 이 근처에서 인사할 만한 곳은
우리 집밖에 없을 거예요."

그녀는 내 옆집을 손가락으로 가리키며 말을 이었다.

"오래된 시골 동네니까요. 아이들이 장성하면 도시로 떠나
고, 이렇게 늙은이가 되어 돌아오기 마련이죠. 시간 괜찮으면

우리 집에 들렀다 가시겠어요? 케이크의 답례로 맛있는 커피 한 잔 대접할게요."

어쩐지 거절하기 힘든 분위기랄까, 그녀의 기품에 압도되었달까. 나는 그녀의 집에 따라 들어갔다. 조용하고 차분한 집. 은은한 커피 향이 감돈다. 우리는 커피와 가토 쇼콜라를 나누어 먹으며 이런저런 이야기를 나누었다. 주로 이야기하는 것은 그녀 쪽이었다. 동네에 대한 여러 정보들, 어떤 식당이 맛있고 어떤 물건이 싼지, 어느 집의 아이가 이번에 결혼을 했고 어느 집엔 얼마 전에 아이가 태어났다든가, 어느 집은 아이가 커서 취업하면서 다 함께 도시로 이사를 갔다든가. 어찌 보면 시시콜콜한 이야기들이었지만 듣는 게 불편하지는 않았다. 오히려 그런 이야기들로 마음을 편하게 해주는 능력이 있었다. 그녀의 표정과 어조에는.

그녀는 이 동네에서 태어나 스무 살쯤까지 살다가, 취업을 하면서 도시로 나갔다고 한다. 도시로 나가서 지금의 남편을 만나고, 결혼해서 아이를 낳았다. 한동안은 향수병에 시달렸다고 한다. 일이 성공을 거두고 생활이 안정된 뒤에는, 도시 생활을 정리하고 가족들과 함께 고향으로 돌아왔다. 아이들은 장성해서 도시로 떠났고, 아이들이 다시 아이들을 낳았다.

이야기를 들으면서 마음이 점점 편안해졌다. 떠나간 아이들이 돌아오는 마을. 얼마나 멋진 곳인가. 이야기를 끝내고 슬슬 일어날 즈음, 그녀가 달력을 쳐다보며 말했다.

"내일이 토요일이네요."

"아, 네, 토요일이에요."

"내일은 마을 부녀자 모임이 있답니다. 간단히 차 마시고 담소 나누는 정도이긴 하지만, 친분도 쌓을 겸 한번 들러볼래요?"

"네, 그렇게 할게요."

인사를 하고 집으로 돌아왔다. 좋은 동네, 좋은 이웃을 만났다. 저녁 준비를 할 즈음 딸이 돌아왔다. 뛰어왔는지 얼굴에 홍조를 띠고 있다.

"다녀왔습니다!"

신발을 벗기 무섭게 엄마 품으로 뛰어든다. 아직은 응석쟁이다. 이럴 땐 머리를 쓰다듬어 줘야 한다. 딸이 문득 고개를 들어 반짝이는 눈으로 나를 올려다본다.

"엄마, 엄마, 괜찮대."

"응?"

"아이스크림은 괜찮대."

"뭐라고?"

"선생님한테 물어봤는데, 아이스크림 사주는 사람은 따라가도 괜찮댔어."

아이는 기쁜 듯이 말하고는 후다닥 주방으로 뛰어갔다. 엄마가 뭘 만들고 있는지 궁금한 모양이다. 선생님이 그렇게 말했다고? 아이스크림을 사주는 사람은 따라가도 괜찮다고? 이게 무슨 소리인가. 확인해 봐야겠다. 나는 학교 상담실로 전화를 걸었다.

"저…. 여쭤볼 게 있어서."

"네, 말씀하시죠 어머님."

"우리 아이가 오늘 학교에서… 저 뭐 저도 실제로 그랬을 거라고 생각하진 않는데, 선생님이 아이스크림을 사주는 사람은 따라가도 괜찮다고 했다고 해서요."

"…."

"혹시라도 사실이라면 좀 문제가 있는 게 아닌지…."

"어머님."

"네."

"아이스크림은 괜찮습니다."

"네?"

"아이스크림은 괜찮아요. 따라가도 괜찮고, 자기 전에 먹어도 괜찮습니다."

"뭐라고요?"

"물론 담임 선생님이 어떤 맥락으로 이야기하셨는지 알 수는 없으니, 제가 함부로 단언할 수는 없습니다. 괜찮으시다면 월요일에 출근하시면 전화 한 번 드리라고 해놓겠습니다. 괜찮으실까요?"

"아… 아니, 아… 그… 네….."

결국, 내가 도대체 무슨 말을 들은 건지 이해하지 못한 채로 전화를 끊었다. 내가 뭘 모르고 있는 건가? 이 마을만의 무슨 풍습 같은 게 있는 건가? 어른들이 아이들에게 툭하면 아이스크림을 사준다던가, 모두가 얼굴을 알고 지내고 모두가 아이들을 돌본다던가…. 아니, 그렇다면 왜 사탕은 안되고 아이스크림은 된다는 건가. 게다가 자기 전에 먹어도 된다는 건 대체… 혼란스러웠다.

다음날, 부녀자 모임이 있는 집으로 찾아갔다. 커다란 아이스크림 가게를 지나, 마트를 지나, 커다란 집. 마당에서 집 안까지 깔끔하게 정리되어 있고, 집 안에 기품이 흘렀다. 모인 사람 중에는 젊은 주부도 있었지만, 대다수가 50대 이상이었다. 옆집 부인처럼 한 번은 마을을 떠났다가 귀향했다는 사람도 있었다. 다과가 놓인 테이블에 모두가 넓게 둘러앉았고, 옆집 부인은 내 옆에 얼른 앉았다. 처음 온 모임에서 마음을 편하게 해주려는 배려가 느껴졌다. 다른 사람들도 처음 온 내게 친절하게 대했다. 내가 그 화제를 꺼내기 전까지는.

"그런데, 저희 딸이 학교에서 선생님께 그런 말을 들었다더라고요. 아이스크림은 자기 전에 먹어도 괜찮다고. 저도 아이가 하고 싶은 건 다 하게 해주고 싶지만, 그렇게까지 말하는 건 너무 응석을 받아주는 꼴이 아닌지 걱정이에요."

순간, 분위기가 경직되었다. 공기의 색깔이 바뀐 것을 확실히 느낄 수 있었다. 그 자리에 모인 여러 쌍의 눈빛이 적대적인 성격으로 바뀌었다는 것을. 힐끔 옆으로 눈길을 주니, 옆집 부인이 매우 걱정스럽고 난처한 표정으로 나를 바라보고 있었다. 그때, 이 집의 주인인 여성이 찻잔을 내려놓고 입을 열었다.

"부인."

"네?"

"괜찮아요. 아이스크림은."

무섭게 말한 것도, 대단히 무서운 말을 한 것도 아니다. 하지만 나는 그 말을 듣고 그대로 굳어버렸다. 그 후로 모임이 어떻게 흘러갔는지는 기억나지 않는다. 나는 그 잠깐의 분위기에 짓눌려, 모임을 끝내고 그 집에서 나올 때까지 제정신을 차릴 수가 없었다. 그 집 대문을 나섰을 때는 완전히 힘이 빠져 멍한 상태로 터덜터덜 걷고 있었다. 햇살이 따갑다. 땀이 난다. 왠지 짜증스럽다.

그렇게 걸으며 마트 옆을 지나갈 때쯤, 누군가 내 어깨를 톡톡 하고 가볍게 건드렸다. 돌아보니 옆집 부인이 그 온화한 웃음을 띤 채 나를 보고 있다. 그 웃음이 장난꾸러기 같은 표정으로 변하더니.

"아이스크림 사줄 테니까, 따라올래요?"

잠시 멍해졌다가, 그만 빵하고 웃음이 터져 나왔다. 마음을 짓누르던 말들이 사라지면서 마음이 녹아내렸다. 어린아이가 된 것만 같은 기분. 괜히 신이 나서 그녀의 팔에 매달렸다.

"네! 사주세요! 아이스크림 사주세요!"

그녀는 떼쓰는 손녀를 보는 것처럼—사실 그 정도의 나이 차 까지는 아니었지만—인자한 눈으로 내 손을 잡고 이끌었다.

"이 동네에는 아이스크림 가게가 하나뿐이에요. 동네 사람 들 모두가 거기에서 아이스크림을 사죠."

"마트나 편의점에서는 팔지 않나요?"

"팔지 않아요. 어차피 안 팔릴 거라는 걸 알거든요."

커다란 아이스크림 가게로 들어간다. 깨끗한 공간에 아이스 크림이 있는 냉장 쇼케이스, 점원 한 명이 전부다. 메뉴 소개 같은 게 없으려나 둘러보았지만, 깨끗한 흰 벽엔 아무것도 붙 어 있지 않았다.

"어… 어떻게 시키면 될까요?"

부인은 웃으며 내 어깨를 한 번 가볍게 치고는 점원 앞으로 갔다.

"아이스크림 두 개. 콘으로 주세요."

"네, 감사합니다. 오늘은 계산이신가요?"

"네, 친구가 있어서."

그렇게 답하고 그녀는 내 쪽을 돌아보았다.

"이 가게에 아이스크림은 한 종류밖에 없어요. 그걸로 충분하니까."

그만큼 맛있다는 이야기일까?

"아이스크림콘 두 개 나왔습니다. 감사합니다."

부인은 콘 두 개를 건네받아, 하나를 나에게 주었다. 부인은 자기 몫의 콘을 들여다보더니, 혀끝으로 살짝 핥았다. 굉장히 소녀 같은 표정이었다.

"이 맛은 잊을 수가 없더라고요."

마을을 떠나 있을 때의 이야기일까. 나도 살짝 혀를 내밀어 핥아보았다. 음. 그래. 이 맛은 확실히 잊을 수 없을 것 같다.

"우리, 걸으면서 먹을까요?"

콘을 들고 길거리를 걸으며 녹아가는 아이스크림을 먹는다. 어른이 된 후론 거의 해본 적 없지만, 왠지 멋지게 느껴져 고개를 끄덕였다. 나는 부인과 함께 아이스크림을 핥으며 언덕길을 걷기 시작했다. 두 입, 세 입째에도 그 맛이 변하지 않는다.

"이런 맛은 처음 먹어봐요."

"이 마을에만 있는 아이스크림이니까요."

"신기하네요. 이 정도로 맛있으면 체인점 같은 게 생길 법도 한데요."

"그런 시도가 한 번 있었던 것 같아요. 전 사장 때, 큰 기업에서 접근했었나 봐요."

"전 사장이면, 사장이 한 번 바뀌었나요?"

부인은 고개를 끄덕였다.

"제가 마을을 떠났을 때 일이라 자세히는 모르지만, 당시 사장이 어느 날 갑자기 사라지는 바람에 아이스크림 가게가 문을 닫을 뻔했대요."

"그러면 어떻게 다시 열게 된 건가요?"

"마을 사람들이 힘을 썼죠, 어떻게든 가게를 다시 영업하게 하려고. 이 가게는 마을 사람들에게 정말 소중하니까요."

확실히 그 말은 맞다. 이런 걸 먹다가 어느 날 못 먹게 되면, 삶의 질이 확 떨어질 것 같다.

"후원회가 생겼죠. 마을에서 기금을 모아 가게를 매입하고, 새로운 사장을 뽑았어요."

"뽑았다고요?"

"네, 투표로. 신기한 이야기죠?"

"그러면 운영은…."

"사장은 사실 가게를 관리할 뿐이고, 아이스크림 가게는 기금으로 운영돼요. 그래서, 실은 아이스크림 값을 내고 안 내고 도 자율적이죠. 얼마를 낼 것인가도. 이 마을에선 아이스크림을 파는 것 자체가 공공서비스에 가까워요. 돈을 낼 필요는 없죠. 그래서 메뉴판도 필요 없는 거고요."

"아… 그래서 아까…."

'오늘은 계산이신가요'라는 점원의 이상한 질문. 그 질문은 이 마을에서는 당연한 것이리라. 계산하는 게 오히려 특별한 행동이었기 때문이다.

"아이스크림을 돈을 내고 사는 경우는, 그것이 특별한 의미를 가진 행동일 때뿐이에요. 예를 들어 친구에게 선물한다거나."

'친구'라고 말했다. 얼굴이 괜스레 빨개졌다.

"이 마을에서 그냥 먹어도 되는 아이스크림을 굳이 사주는 것은 어떤 특별한 호의의 의미인 셈이죠. 그리고 유일하게 기록되는 행위이기도 하고요."

"기록이요?"

"그래요. 누가 얼마를 냈고, 누구에게 사주었는지. 계산하지 않을 때는 기록되지 않지만 계산을 하는 순간에는 기록하게 되어 있어요."

"아, 그래서…."

아이스크림을 '사준다'라는 행위는 애정을 표현하는 방식, 그리고 사주는 순간 누가 누구와 함께 있었는지 기록된다. 그래서 '괜찮다' 호의를 받고 호의를 베푸는 것은 '괜찮다' 언제 누구와 함께 있었는지 기록되니까 '괜찮다' 어쩐지 납득이 가는 이야기였다. 괴상하고 불안하게 느껴지던 것들이 어쩐지 낭만

적으로 느껴지기 시작했다. 낯설지만, 잘 되었다. 이 동네로 오길 잘했다. 도시로 떠난 아이들이 돌아오고, 사람들이 이곳에서 살아가는 이유도 아마 이것일 것이다. 그렇기에, 이 마을은 버려지지 않는다. 계속 주민이 생긴다.

"걱정할 필요 없어요. 아이들은 괜찮을 거예요. 지나치게 응석을 부리지도 않을 테고."

경험자이자 선배의 말에는 확실히 힘이 있다. 부인은 그렇게 말하고, 아이스크림이 모두 사라진 빈 콘을 한 입에 털어 넣었다. 아삭아삭 씹는 소리가 경쾌하게 느껴진다. 나도 따라서 빈 콘을 통째로 입에 넣었다. 아이스크림같이 멋진 맛이 나진 않았지만, 경쾌하다. 여름의 맛이다. 나는 조심스레 물었다.

"고향에 돌아오신 이유가 혹시…."

부인은 상쾌하게 웃으며 대답했다.

"아이스크림을 매일 먹고 싶었으니까요."

농담 같지만, 나는 그 말이 진심일 거라고 생각했다. 그런 작은 이유야말로, 어느 순간 인생에서 가장 큰 일을 결정하게 만든다. 어느새 우리는 서로의 집 앞까지 도착했다. 문을 열고 들어가려 하는데, 부인이 뒤에서 불렀다.

"괜찮을 거예요. 아이들은."

그녀는 쓸쓸한 웃음을 짓고 있었다. 그리고 말을 이었다.

"사람들이 응석을 받아주는 건, 응석을 부리는 건 아이들이 아니에요."

묘한 말을 남기고, 그녀는 자기 집으로 들어갔다. 집에 들어오니 딸은 낮잠을 즐기고 있었다. 아이가 깨면, 아이스크림 가게로 데려가야겠다고 생각하고 저녁 준비를 시작했다. 오늘은 아이가 좋아하는 함박스테이크를 만들 생각이다. 스마트폰에 저장해 둔 레시피를 꺼내어 본다. 벌써 수없이 많이 만들었지만, 여전히 습관적으로 레시피를 확인한다. 어쩐지 불안해서다. 레시피... 응? 아이스크림의 레시피는? 아이스크림은 뭐로 만들지?

순간 손이 멈췄다. 분명히 아이스크림 가게의 전 사장은 어느 날 사라졌다고 했다. 그래서 투표로 새 사장을 뽑았다. 어째서 사장을 찾아볼 생각을 하지 않은 것일까? 왜 사라졌는지 알고 있었으니까? 애초에 사장은 왜 갑자기 사라진 걸까? 도주? 그럴 리 없다. 대기업과 손을 잡고 큰 체인으로 사업을 확장할 수 있는 시기에… 아니면, '그래서' 사라진 것일까? 아이스크림 가게를 체인으로 만들려고 했기 때문에… 아니 그보다, 투표로 뽑힌 새 사장은 '어떻게' 아이스크림을 만들었을까. 투표로 사장을 뽑은 건, 누가 사장이든 '상관없기 때문'이었나? 누가 사장이 되든….

사장은 '관리만 한다'라고 말했다. 그러면 아이스크림은 누가 만드는 거지? '애초에 만들지 않는다?' '만들지 않아도 되니까?' 며칠간 이 마을에서 나눴던 수많은 대화가 머릿속을 어지럽힌다.

'아이스크림은 괜찮아.'

'이 맛은 잊을 수가 없었다.'

'이 가게는 소중하니까….'

아이들은 도시로 떠나고, 가족을 만들어 돌아온다. 거기서 태어난 아이들은 다시 도시로 떠나고, 가족을 만들어 돌아온다. 아이스크림은 떠난 사람들을 불러오고, 더 많은 사람에게 가기를 원한다. 그렇게 이 마을은 유지되고 살아남는다. 그렇기에 '아이스크림은 괜찮다' 아이들이 언제, 어떤 상황에서 먹어도, 잊지 못하도록, 많이 먹어도 괜찮다. 하지만 아이스크림 가게는 '체인이 되어서는 안 된다'. 아이스크림이 이 마을을 떠나서는 안 된다. 그렇게 마을과 아이스크림 가게는 '공생한다'. 그건 마치 생물과 생물의 관계… 꽃가루를 옮기는 벌… 아니, 아니야. 그보다 좀 더 음습하고 축축한 기생 관계다.

"응석을 부리는 건 아이들이 아니라…."

응석을 부리는 건, 누구? 응석을 부려도 괜찮은 건 누구?

아이들은 자란다

벨이 한번 울리더니 곧바로 쿵쿵쿵 하고 문을 두드리는 소리가 났다. 내 이럴 줄 알았다. 나는 거실에서 얼른 뛰어내렸다. 신발장 앞에서 빼꼼 문을 열어보니 아랫집 남자가 문 앞에 서 있었다.

"아니, 한두 번도 아니고 너무 시끄럽잖아요. 도대체 뭘 하길래 어?"

남자가 그렇게 말하며 은근슬쩍 내 어깨 너머로 집 안을 들여다보려 들기에, 얼른 까치발을 들어 시야를 가로막았다. 불쾌하다. 꼭 이런 인종이 있다. 아니, 좀 봅시다 어쩌고 하며 강짜를 부리는 남자를 밀어내며 '죄송합니다. 조심할게요' 하고는 문을 닫아버렸다. 밖에서 궁시렁거리는 소리와 '거 좀 조심하세요 예? 예?' 하는 소리가 들린다. 숨을 한 번 크게 들이쉬고 햇빛이 들어찬 거실로 발을 들이밀었다. 창밖에서 짹짹거리는 새소리가 들려온다. 이 아파트에는 어째서인지 새가 많다. 온종일 베란다 창가에 들러붙어서 뭘 하는지 옹기종기 모여 있다. 환기 때문에 살짝 열어놓은 창문 사이로 길잃은 새가 날아들기도 한다.

곧 여름이 온다. 저 창문을 언젠가는 다 열어두어야 할 텐데. 화장실에서 좋지 않은 냄새가 풍겨온다. 슬슬 화장실 청소도 해야 하는데. 하지만 지금 상태로는 무리다. 나는 문짝을 뜯어낸 화장실을 흘깃 보며 그렇게 생각했다.

처음에는 곰팡이인 줄 알았다. 작년 가을, 나는 화장실 변기 위에 앉아서 멍하니 바닥을 내려다보고 있었다. 그러다가 화장실 바닥 타일 사이로 봉긋 올라온, 마치 팽이버섯의 머리 같은 하얀 것을 발견했다. 처음엔 휴지로 닦아내려고 시도했다. 하지만 닦이지 않았다. 아주 약간의 탄력. 그런 것이 느껴졌다. 다음에는 칼로 긁어내려고 시도했다. 그러자 그것의 표면이 살짝 찢어지며 빨간색의 액체 같은 것이 배어 나왔다. 어쩐지 무서워서 칼을 뺐다. 나중에 업체를 불러서 청소하든가 하자. 그렇게 생각했다.

그것은 아무래도 버섯 같은 것인 듯했다. 자라고 있었으니까. 조금씩 조금씩, 위로 올라왔다. 그리고 그 왼쪽과 오른쪽에도 같은 것들이 생기기 시작했다. 나는 매일 아침 화장실 변기에 앉아서 그것들의 성장을 지켜보았다. 다섯 개의 줄기가 타일 밖으로 뻗어 나왔을 때, 그제야 알았다. 이것은 손가락이구나. 믿을 수 없을 정도로 하얗고, 아기의 피부처럼 티 없고 몰랑한 손가락. 검지손가락의 두 번째 마디가 올라왔을 때, 나는 무심코 그곳에 내 검지를 가져다 대보았다. 하얀 검지 마디가 구부러졌다. 내 손가락을 잡으려는 것처럼. 어째서인지 감동하고 말았다.

손가락이 모두 타일에서 빠져나오고 손바닥이 보이기 시작할 때쯤, 손가락 끝부분의 여기저기가 트기 시작했다. 겨울이 오기 시작하는구나. 나는 그 작고 하얀 손에 핸드크림을 발라주었다. 그러고 나면, 어쩐지 손가락들이 기뻐하는 것처럼 보였다.

손바닥이 전부 땅을 빠져나왔을 때부터는, 그 손은 타일 바닥을 덮고 손등만 내보이고 있었다. 손가락을 가져다 대보았지만, 움찔할 뿐. 잡으려 하거나 특별한 반응을 보이지는 않았다.

어느 날 나는 마트에서 작은 딸랑이를 사다가 그 손에 쥐어주었다. 놀이가 필요했던 모양이다. 그 손은 딸랑이를 잡고 계속 흔들었다. 그 손은, 기뻐하고 있었다. 매일 아침 나는 변기 위에 앉아 그 작은 손이 딸랑이를 흔드는 모습을 지켜보았다. 그것이 어쩐지 즐거웠다. 손은 계속 자랐다. 12월쯤에는 딸랑이가 손바닥 안에 다 들어갔다. 손목이 밖으로 다 빠져나왔고,

팔도 훌쩍 자랐다. 손목을 잡아보면, 맥박이 느껴졌다.

손은 이제 딸랑이에 관심이 식은 모양이었다. 언젠가부터 잘 흔들지 않게 되더니, 결국에 땅에 내려놓고 건들지도 않게 되었다. 손은 어쩐지, 시무룩해 보였다. 더 큰 장난감이 필요하겠구나. 무엇이 좋을까. 어느 날 마트를 돌던 길에 크리스마스 시즌 상품으로 내놓은 탬버린이 눈에 띄었다. 노래방에서 쓸 법한 반원형의 그것. 나는 그것을 사들고 집에 와서, 이제는 내 손과 비슷한 크기가 된 그 손에 쥐어주었다. 손에 탬버린을 잡는 순간 작은 금속판들이 부딪히며 작게 찰랑하는 소리를 내었다. 손이 움찔했다. 그리고 조심스럽게, 한 번 흔들었다.

찰랑. 다시 움찔. 시간이 걸리겠지만, 분명히 호기심이 생긴 모양이었다. 다음 날 아침 화장실에 갔을 때 손은 탬버린에 이미 익숙해져 있었다. 손은 즐겁게 탬버린을 흔들고 있었다. 착착착, 착착착 하고 어설프게나마 박자를 맞추고 있었다. 나는 변기에 앉아서 그 모양을 지켜보았다. 팔꿈치가 땅에서 빠져나왔을 때쯤에는 더욱 능숙해져서 흠잡을 데 없는 박자감을 갖추게 되었다. 변기에 앉아 변비로 고생하는 내 눈앞에서, 손은 응원하듯이 탬버린으로 착착착, 착착착 하고 연주했다.

팔이 1미터 정도 빠져나오고 탬버린이 손에 맞지 않게 될 때쯤에는, 더 이상 새로운 장난감을 고민할 필요가 없었다. 봄이 시작되고, 벌레들이 기어나오기 시작할 때였다. 어느 날 화장실에 들어가니, 손은 열심히 화장실 바닥과 벽을 때려대고 있었다. 차악차악 하고. 날벌레 몇 마리가 바닥과 벽에 눌어붙어 죽어 있었다. 그날부터 벌레를 잡는 것이 그 아이의 놀이가 되었다.

벌레를 잡는 솜씨는 점점 좋아졌고, 팔뚝 힘도, 손을 휘두르는 속도도 더 좋아졌다. 봄 날씨가 따뜻해서인지 손의 성장은 더욱 빨라졌다. 손이 내 얼굴만 해졌을 때는 팔 길이도 더 이상 화장실 안에만 있을 수 없는 길이가 되었다. 게다가 손이 방해되어 내가 화장실을 쓰기도 보통 불편한 것이 아니었다. 나는 화장실 문짝을 뜯어내고 팔을 밖으로 빼내 주었다. 그 아이는 처음 나와보는 거실이 신기한 듯, 바닥과 벽을 이리저리 만지고 더듬었다. 그 후로 그 아이는 거실에서 살게 되었다. 내가 화장실에 가야 할 때는 그 아이의 거대한 구렁이 같은 팔을 타고 기어서 들어갔다. 놀이가 부족해지면 안 되기 때문에 날벌레 따위가 쉽게 들어올 수 있도록 베란다 창문을 살짝 열어두었다. 벌레가 좋아할 만한 풀도 심어두었다. 그 아이는 이제 벌레 잡기의 전문가가 돼 있었다. 날벌레 한두 마리가 사정거리에 들어올 때마다, 놓치지 않고 차악하고 때려잡았다. 벌레는 아주 납작하게, 2차원의 존재가 되곤 했다.

문제는 층간소음이었다. 손바닥 힘은 점점 좋아졌고, 그만큼 충격도 커졌다. 그 아이는 때때로 장판이 갈라질 정도로 바닥을 내리치기도 했다. 처음 아랫집의 항의를 받은 날, 나는 바닥에 소음 매트를 깔았다. 그것만으로도 한동안은 괜찮았다. 하지만 손이 더 자라고 손바닥 힘이 더 좋아지면서는 그것도 소용없게 되었다. 나는 아랫집 남자의 항의를 받을 때마다 매트를 한 장, 한 장씩 위로 겹쳐 쌓았다. 이제는 거실에서 현관으로 나가려면 뛰어내려야 할 지경이 되었다.

문밖에서 궁시렁거리는 소리가 멈추고 발소리가 멀어져 간다. 다음번엔 어떻게든 집에 들어오려고 하겠구나. 그때는 어쩔 수 없겠다. 창밖에서 쨱쨱거리는 소리가 들려온다. 일단, 바닥을 치우자. 나는 그 아이의 팔뚝을 타고 화장실로 가, 작은 걸레를 빨아왔다. 그리고 비닐봉지 하나를 꺼냈다. 거실 바닥에는 종잇장처럼 납작하게 찌부러진 참새 한 마리가 붙어 있었다. 나는 그것을 힘겹게 떼어내 봉투에 넣고, 바닥의 핏자국을 닦았다.

일부러 불러들인 것은 아니었다. 하지만 언젠가는 이렇게 되리라고 생각했던 것도 사실이다. 그 아이는 처음으로 새를 잡은 경험에 흥분한 듯했다. 손가락이 베란다 창문을 향해 살랑거리고 있다. 이미 그 아이는 베란다 창문에 거의 닿을 만큼 자랐다. 여름에는 창문을 열어줘야겠다. 물론 그 아이는 스스로 창문을 열 수 있을 만큼 다 컸지만. 베란다 쪽으로 나가 아래를 내려다본다. 아래층 베란다 창문에 옹기종기 모여 앉은 새들이 보인다. 그리고 그 아래, 한참 아래에는 옹기종기 모여 있는 아이들이 보인다. 아주 작은 벌레 같다. 하지만 아이들은 자란다. 끝도 없이 자란다. 정말, 어처구니없을 정도로.

버킷리스트

　더운 건 어떻게든 참을 수 있었다. 하지만 모기 물린 자리에서 느껴지는 가려움만큼은 도저히 참을 수 없었다. 찐득한 열대야에, 나는 결국 침대에서 벌떡 일어나고야 말았다. 시계를 확인한다. 새벽 1시 반. 잠이 올 것 같진 않지만 어떻게든 자두어야 한다. 몸이 찐득하다. 일단 샤워를 해둘까. 옷을 훌러덩 벗어 던지고 욕실로 들어간다. 여름이지만 찬물 샤워는 내키지 않는다. 샤워기의 밸브를 살짝 열어 온수가 나올 때까지 기다리며, 나는 욕실 수납장 문에 달린 거울로 내 얼굴 상태를 살펴보았다. 많이 피곤한 모양이다. 없던 쌍꺼풀이 진하게 생겼다. 코밑이 거뭇하다. 아침에 출근하기 전에 면도를 해둘까. 아니다. 아직은 괜찮다. 샤워기에서 슬슬 김이 모락모락 올라오기 시작한다. 이제 씻어 볼까.

…탁.

그것은 한창 샤워 중에 일어났다. 아주 작은, 착각이라고 치부하려면 치부할 수도 있는 작은 소음. 나는 물기 가득한 얼굴을 손바닥으로 한 번 훑고 욕실 안을 둘러보았다. 뭔가 떨어졌나. 아니, 아무것도 달라진 게 없다. 역시 착각이었나. 샤워를 마치고 수납장 문 측면에 손가락을 대 살살 민다. 문을 열고 수건을 꺼낸다. 머리의 물을 털며 수납장 문 아래쪽을 손가락으로 눌러 다시 살살 닫는다. 수납장의 거울에는 손을 대지 않는다. 아내가 싫어하니까. 아내는 내가 수납장 거울에 손을 대는 것을 싫어했다. 손자국이 남는다며. 머리를 털고, 얼굴을 슥 훔치고, 고개를 든다.

손자국이 생겼다.

하얗게 김이 서린 거울 한복판에 손바닥 자국이 남아 있다. 왼손. 뭐지 이건. 내가 거울에 무심코 손을 댔나. 그런 것 같지는 않다. 어쩐지 이 손은, 내 손보다 작아 보인다. 무심코 손바닥을 갖다 대 크기를 비교하려다가, 손을 멈칫했다. 손자국 좀 내지 말라고. 피식 웃고는 수건을 들어 손자국을 지운다. 몸을 말리고 침대로 돌아오니 새벽 2시다. 일단은 침대에 누웠지만 바로 잠이 올 것 같지는 않다. 침대 양쪽에는 협탁이 있다. 왼쪽에는 내 것, 오른쪽에는 아내의 것. 아내는 왼손잡이이기 때문이다. 나는 손을 뻗어 협탁 위의 두꺼운 노트를 가져와 펼쳤다. 아내의 버킷리스트다. 버킷리스트의 항목은 이미 삼백 개를 훌쩍 넘긴 상태였다. 아내는 거기에 매일매일 새 항목을 추가했다. 그대로 계속 갔다면 1천 개를 넘겼을지도 모른다.

아내가 죽은 것은 고속도로 위에서였다. 철근을 실은 대형 차가 왼쪽으로 쓰러지면서, 옆 차선을 달리던 아내의 차를 덮쳤다고 한다. 아내의 차는 완전히 깔려버렸고, 아내는 그 안에서 납작해져 죽었다. 터지고 짓눌려 발기발기 찢어진 살점과 내장들이 차체에 들러붙어, 시신을 분리하기가 굉장히 까다로웠다고 한다. 멀쩡했던 부분이라고는 차창 밖에 나와 있던 왼손뿐이었다. 아마도 담배를 피우고 있었으리라. 차 안에서 담배 피우지 말라고 그렇게 이야기했건만.

시체의 신원을 확인하기 위해 안치소에 갔을 때, 솔직히 처음 느꼈던 감정은 슬픔, 분노, 공포, 징그러움 따위가 아니라, '어처구니없음'이었다. 도대체 뭘 어떻게 신원을 확인하라는 건지. 내장의 형태? 찢어지고 터진 몸의 색깔 분포? 제 형태를 갖춘 거라고는 왼손, 왼손뿐이었다. 나는 그 왼손바닥에, 내 오른손바닥을 가져다 댔다. 차갑다. 하지만 익숙한 느낌이다. 눈물이 터져 나왔다. 그제야 실감이 났다. 나는 뭐가 뭔지 잘 모르겠는 서류에 대충 사인을 하고, 그곳을 빠져나왔다.

아내가 죽었다는 사실을 받아들이는 데는 생각보다 시간이 오래 걸리지 않았다. 하지만, 아내가 없는 삶의 당혹스러움은 어찌할 수가 없었다. 하루하루가, 대체 뭘 해야 할지 모르는 상태였다. 아내가 집에 있을 때는, 소파에 앉아 멍하니 있어도, 침대에 누워 뒹굴거려도, 뭔가 하고 있는 것 같이 느껴졌다. '뭘 해야 하지?' 같은 고민은 없었다. 하지만 아내가 사라진 후에는 모든 순간이 '뭘 해야 하지?'로 가득 찼다. 그러다가 아내의 버킷리스트를 발견했다. 아내가 생전에 기록해 둔, 죽기 전에 한 번은 꼭 해야 할 일들.

언젠가부터 나는 아내의 버킷리스트를 조금씩 읽기 시작했다. 읽다 보면 아내의 인생을 되짚어가는 듯한 느낌이었다. 무슨 대단한 회고록 같은 내용은 아니었지만, 아내가 무엇을 이루었고 무엇을 이루지 못했는지 생각하는 재미가 있었다.

뭐든 생각나는 건 다 적어놓은 모양이었다. '1년에 책 300권 이상 읽기', '피아노 연주회 하기' 같은, 노력하면 어찌어찌 할 수 있을 것 같은 내용도 있었지만, '로또 1등 당첨' '예지몽 꾸기' 같은 의지와 노력만으로는 할 수 없는 일들도 적혀 있었다. '달리는 차 위로 과감하게 점프' '남편 엉덩이 발로 차기' '세상의 중심에서 사랑을 외치기' 같은 영문 모를 항목에서는 웃음밖에 나오지 않았다.

하지만 그런 두서없는 항목들이 내 일상을 채워주었다. 그리고 그런 두서없는 항목들이 좀 더 아내의 마음을 알게 해주었다. 세상에는 말로 전해지지 않는 것들이 있다. 세상에는 말하지 않아도 전해지는 것들이 있다. 노트 한 장 한 장마다 담긴 것은 그 어떤 수필보다도 솔직하고 그 어떤 소설보다도 격렬한, 꽉 차고 방대한 이야기였다. 또 한 페이지를 읽고, 나는 불을 끄고 잠이 들었다.

…탁.

그것을 발견한 건 다음 날 아침 출근 준비를 하면서였다. 화장대 앞에서 로션을 바르고 있는데, 화장대 거울 왼쪽 위 귀퉁이에 손자국이 있었다. 내 손보다 약간 작은, 왼손. 거울을 언제 닦았더라. 물티슈를 하나 뽑아 거울을 닦는다. 물티슈로 닦아도 되는 거였던가? 모르겠다. 생각해보면 거울이라는 건 그렇게 자주 닦지 않게 되는 물건인 것 같다. 그 후로 때때로 거울을 닦게 되었다. 그러면서 생각보다 여기저기에 손자국이 나 있다는 걸 알게 되었다. 화장대 거울, 신발장 앞의 거울, 그리고 유리문에도. 닦고 나서 얼마 지나면, 손자국이 나 있다. 그래서 알 수 있었다. 이건 오늘 생긴 손자국. 거울과 유리문을 닦을 때마다, 손자국이 새로 나 있는지 확인한다. 매일, 새로운 손자국을 만난다.

열대야는 계속되었고 그 후로도 자주 밤중에 깨어났다. 그런 날을 반복하면서, 손자국이 생기는 것은 보통 한밤중이라는 사실을 알았다. 그날 밤, 밤중에 깨어나지 않았다면 몰랐을 사실이다. 어느 날에는 욕실 거울에 무수히 많은 손자국이 찍혀 있기도 했다. 나는 잠에서 깨면 뜨거운 물로 샤워를 하고, 뿌옇게 김 서린 거울의 손자국을 지우고, 아내의 노트를 읽고 잠이 들었다. 부족한 것은 없었다. 그것으로 하루가 다 채워지는 듯한 기분이었다. '조금 더 넓은 집으로 이사 가기' 같은 문장을 보며 아련해지기도 하고, '박 부장 싸대기 때리기' 같은 문장을 보며 낄낄거리기도 했다. 어느 날 밤에는 '죽기 직전에 담배 꺼내 물고 죽기'라는 문장을 보고 펑펑 울었다. 원하는 장면과는 달랐겠지만, 어쨌든 아내는 그것을 이루었다.

…탁.

또, 소리가 났다. 머리를 털고, 얼굴을 슥 훔치고, 고개를 든다. 거울에 손자국이 생겼다. 하얗게 김이 서린 거울 한복판에 왼손바닥 자국이 남아 있다. 그리고 그 자국 가운데에는 까맣고 빨간 것이 눌어붙어 있다. 모기다. 그렇구나. 버킷리스트에 쓰여 있던 그 한 줄이 생각났다.

'남편 잘 때 모기 안 뜯기게 해주기'

내 손보다 약간 작은, 거울의 손자국에 가만히 손바닥을 댄다. 따뜻할 리가 없는데. 세상에는 말로 전해지지 않는 것들이

있다. 세상에는 말하지 않아도 전해지는 것들이 있다. 하지만
말은, 반드시 전하기 위해 하는 것만은 아니다.

"고마워."

✈

사랑의 선물

더벅머리 페터라는 동화책을 아시나요? 거기에 이런 이야기가 나옵니다. 손가락을 자꾸 빠는 아이가 있었는데, 어머니가 경고하죠. 자꾸 손가락을 빨면 손가락이 잘려 나가버린다고. 어머니의 경고에도 불구하고 아이의 손가락 빠는 버릇은 좀처럼 고쳐지지 않았습니다.

엄마가 집을 비운 어느 날이었죠. 엄마는 나가기 전에 손가락을 빨면 큰일 난다고 경고했지만, 아이는 엄마가 보이지 않게 되자마자 손가락을 빨기 시작했어요. 그러자 문이 덜컥 열리고, 웬 재단사가 큰 가위를 들고 뛰어 들어와 순식간에 아이의 손가락을 잘라버렸죠. 이 이야기는 거기서 끝났습니다. 뒷이야기가 없어요. 아이가 그 후 어떻게 되었는지는 알 수 없습니다. 하지만 저는 궁금했죠. 아이는 손가락 빠는 버릇을 그래서 고치게 되었을까? 혹시 엄지손가락이 아닌 다른 손가락을 빨아서, 결국에는 전부 잘려 나가버리지 않았을까? 아니면 손가락을 잘랐다고 해도, 아직 아랫마디가 남아서 그 아랫마디를 빨지는 않았을까 하고요. 거기가 잘리면 아래로, 다시 아래로….

그런데 대체, 자르고 자르다보면, 어디까지가 손가락인 걸까요? 손가락이 끝나는 곳이 대체 어디인 걸까요?

이 이야기를 들은 건 어렸을 때였습니다. 그래요. 어머니에게서 들었죠. 저도 손가락 빠는 버릇이 늦게 고쳐졌거든요. 제 어머니는 제 엄지손가락에 항상 털실로 된 골무를 끼워놓으셨습니다. 손가락을 빨지 못하도록요. 가끔 골무를 벗으면, 빨지도 않았는데 붓고, 쭈글쭈글하고, 젖어 있었죠. 아주 하얀, 하얀 손가락이 되어 있었습니다. 골무 안이 더워서였겠죠. 공기가 통하지 않아서, 햇볕이 통하지 않아서였겠죠. 골무를 뺄 때는 언제나 어머니가 가위를 들고 있었습니다. 실수로라도 입으로 손가락이 가면 어머니는 무서운 얼굴로 손가락을 자르는 시늉을 했죠.

그런데요, 그러면 그럴수록 점점 신경이 쓰이더군요. 의식하게 된 겁니다. '손가락을 빠다'라는 행위 자체를요. 평범하게 가만히 있을 뿐인데, '나는 지금 손가락을 빨지 않고 있다'라고 생각하게 되어버리는 거죠.

뇌가 빨지 않고 있는 걸 행동으로 규정하는 겁니다. 비일상이 일상이 되었다고 할까요. 그렇습니다. 나는 손가락을 빨지 않고 있기 때문에, 손가락을 자르지 않는다… 이런 생각이 머리를 끊임없이 떠나지 않았어요. 숨 쉬는 것을 행동으로 인식했을 때의 괴로움을 아십니까? 그것과 같아요. 하지만 조금 끔찍하죠. 손가락을 빼는 상상은, 손가락을 자르는 상상은 언제나 머리를 맴돌았습니다. 아아, 당신이 이 마음을 이해하기를 바랍니다. 당신이 나와 같다면, 아니, 아니, 같지 않기를 바랍니다. 당신이 그렇지 않기를 바랍니다.

학교에 다니게 되고, 친구들과 어울리게 되면서 골무는 낄 수 없게 되었지요. 집에 있을 때면, 손가락을 빨지 않는다. 손가락을 자르지 않는다. 내내 그 생각뿐이었습니다. 아무래도 어릴 때의 그 일을 어머니는 깨끗이 잊었던 것 같습니다. 항상 제게 물었죠. 뭘 그렇게 골똘히 생각하고 있느냐고. 밖에 나가서는 그런 이야기를 했어요. '우리 아들은 공상하는 게 취미인가 봐.'

제가 무슨 생각을 하는지는 꿈에도 몰랐겠지요.

비일상이 일상이 되었으니, 일상은 비일상이 되었을까요? 아뇨, 빼는 것도, 빨지 않는 것도, 자르는 것도, 자르지 않는 것도 모두가 행동이었습니다. 어머니가 없는 곳에서 저는 손가락을 빨고는 했습니다. 의식하면서요. 손가락을 빤다. 하지만 자르지 않는다. 손가락을 빤다. 하지만 자르지 않는다. 집에 있을 때는, 손가락을 빨지 않는다. 그러니까 자르지 않는다. 손가락을 빨지 않는다. 그러니까 자르지 않는다. 열여섯 살이 될 때까지, 저는 그 모든 것들을 의식하며 살았습니다.

그러던 어느 날, 손가락이 잘리고 말았습니다. 재단사가 찾아온 것은 아니었어요. 손가락을 자른 건 제 이빨이었습니다. 왜 그랬는지는 모르겠습니다. 손가락을 빨고 있었을 뿐인데, 그만, 이빨로 강하게 물어뜯고 말았지요. 다행히 접합수술이 잘되어서 더 큰 문제가 생기지는 않았지만, 난리가 났었죠. 학교에서도, 집에서도. 하지만 제게는 그것이 신비한 경험이었어요.

손가락을 자를 수 있다. 다시 붙일 수 있다. 어렸을 때 들은 동화의 그 아이, 손가락이 잘린 아이는 어떻게 되었을까. 그 뒷이야기가 제 일상으로 재현된 겁니다. 손가락을 빤다. 손가락을 자른다. 손가락을 붙인다. 손가락을⋯ 아아, 하지만 그건 너무나 고통스러운 일입니다. 손가락이 잘려나가는 건 너무나 아픈 경험이었어요. 그 후로 저는 골무를 다시 끼게 되었습니다. 반드시 털실이 있는 골무일 필요는 없었죠. 때로는 붕대를 감기도 하고, 장갑을 끼기도 했습니다. 손가락을 다시 빨면, 잘려나갈지도 몰라. 저는 자신을 스스로 감시하기 시작했습니다. 손가락을 빠는 행위를 하지 않는지, 손가락을 빨지 않는다는 행위를 잘하고 있는지 항상 감시했죠. 그러다 보니 다른 사람들의 행동들도 눈여겨보게 되었습니다. 손가락을 빨지는 않는가… 하고요. 누군가 제 앞에서, 제 바로 옆에서 손가락을 빨기라도 했다면 저는 어떻게 했을까요. 그 곁에 가위가 있었다면….

실제로 저는, 누군가 손을 입 가까이에 가져가는 것만 보아도 몸이 움찔움찔 움직이곤 했으니까요.

하지만 당신은 달랐습니다. 아아, 제가 누구인지 밝히지 못하는 점만은 용서해주시길 바랍니다. 저는 어느 날, 당신이 손가락을 빠는 모습을 보고 말았습니다. 신기하게도 손가락을 빨면 잘린다거나, 손가락을 빨지 않으면 잘리지 않는다거나, 하는 생각은 일체 들지 않았습니다. 당신의 도톰한 입술이, 그 입술이 살짝 튀어나온 채로 하얀 엄지손가락을 물고 있는 모습. 도톰하게 눌렸다가 튕겨 나오는 손가락 안쪽의 볼… 거기에 살짝 침이 묻어 반질거리는 것까지, 오직, 아름답다는 생각이 들 뿐이었습니다. 손가락을 빠는 것이 저토록 아름답고 매혹적인 여성이 있다니. 왜 당신이 손가락을 빨고 있었는지, 그런 것은 잘 모르겠습니다. 어쩌면 그저 손톱을 물어뜯는 중이었을지도 모르지요. 어쩌면 손가락을 다쳐, 피가 나와서 그랬을지도 모르지요. 하지만 그래도, 어쩌면 나와 같을지도 몰라, 그런 생각을 했던 것입니다.

그때부터 저는 온갖 이미지에 시달리고 말았습니다. 당신이 손가락을 빼는 아름다운 모습, 당신의 손가락이 잘려나가는 잔혹한 모습, 그리고 그 손가락이 다시 붙어 아름다움으로 돌아오는 환희까지. 아아 그것은 죽을 만큼 괴로우면서도 너무나 행복한 망상의 연쇄였습니다. 그 사탕처럼 달콤하고 마약처럼 속을 파고들어 오는 환희와 고통의 그물 속에서 저는 숨 쉬는 것마저도 잊어버릴 정도였으니까요. 그래요. 내가 손가락을 빨고 있는지 아닌지, 손가락을 잘라야 하는지 아닌지조차 이제 아무 상관 없었습니다. 제게는 당신의 손가락에 대한 생각만 가득했으니까요. 저는 당신 생각을 멈출 수 없었습니다. 열병에 시달려 꿈에서 깨고, 두근거리는 가슴 때문에 식사를 해도 토해내기 일쑤였습니다. 심지어는 당신의 연락처를 알아내고, 당신이 살아온 날들을 알아보고, 당신의 졸업사진을 구하고… 일상의 모든 것이 당신으로 가득 찼습니다.

어느 날은 퇴근하는 당신의 뒤를 밟아 당신의 집 앞에 다다르기까지 했습니다. 그날 밤 그 집 앞에서 밤을 새우면서 저는 고통과 환희에 몸부림쳤습니다. 이 안에 그녀가 있다. 아아 나는 무슨 짓을 하는 것인가. 아아 그녀는 나와 같을지도 몰라. 아아 그녀는 나와 같아서는 안 돼….

괴로웠습니다. 이래선 스토커가 될 뿐이었죠. 아아 당신을 사랑합니다. 온몸으로, 온 정신으로 사랑합니다. 하지만 저는 알고 있습니다. 그것은 제 일방적인 사정에 불과하다는 것을.

당신을 사랑한다는 사실을, 그것을 표현하려 하면 할수록 그것은 한없이 범죄에 가까워지며, 한없이 사랑이 아닌 것에 가까워진다는 것을. 그래서 저는 오직 단 한 번, 당신에게 사랑을 고백하려 합니다. 이 편지에 모든 마음을 담아, 이 편지에 당신을 위하는 마음을 담아 쓰고자 합니다. 이것이 처음이고, 이것으로 마지막입니다. 당신이 나와 같지 않기를, 당신의 아름다운 손가락이 영원하기를.

나의 모든 것을, 온전한 마음을 담아 보냅니다. 그리고 이것으로, 영원히 당신 앞에 나타나지 않겠습니다. 꿈속의 당신과는 영원히 살아가겠지만요.

편지는 그렇게 끝났다. 나는 그것을 내려놓고, 편지와 함께 동봉되어 온 작은 상자를 바라보았다. 반지 케이스 정도의 작은 상자를 집어, 천천히 열어본다. 그 안에는 골무가 들어 있었다. 입에는커녕, 손에도 결코 대고 싶지 않은 손톱 달린 골무가.

># 천국의 출구

격통이 악몽을 헤치고 몸을 흔들어 깨웠다. 꿈과 현실의 비좁은 틈에서 나는 죽을힘을 다해 일어났다. 눈곱이 목공풀처럼 덕지덕지 들러붙어 꽁꽁 봉해놓은 두 눈을, 힘겹게, 잡아 뜯듯 뜬다. 찌이익 하고 눈꺼풀이 찢어지는 듯하다. 제일 먼저 보이는 것은 속눈썹에 맺힌 땀, 희끄무레하게 눈가로 새어 들어오는 희미한 불빛. 그리고 소녀.

소녀는 침대 가에 앉아 있었다. 곱게 빗어 쇄골로 딱 떨어지는 흑단 같은 머리칼, 잡티 하나 없이 맨들맨들한 얼굴과 짙은 눈썹, 그리고 나를 바라보는 크고 까만 눈. 까만… 아니, 회색에 가까운가. 너무 짙지도, 너무 흐리지도 않은, 어쩐지 안심이 되는 눈. 만난 적이 있던가? 이 아이를. 모르겠다. 잘 모르겠다. 하지만 어쩐지, 어찌 되었든 상관없다는 생각이 든다. 이 아이는, 나를 해치지 않는다. 아마도. 아이의 손이 내 이마로 향한다. 땀에 젖은 이마를 톡톡, 건드린다. 안심하라는 듯, 혹은… 어쩐지 느긋해진다. 마음이.

"너는 누구니?"

아이가 방긋 웃는다.

그야말로 무해한 미소… 아니, 그렇게 세뇌하고 있는 것뿐인가. 아이의 입술이 부드럽게 벌어진다.

"천사예요."

천사. 비현실적인 말이라고는 생각되지 않았다. 그저 그렇구나, 생각과는 다르구나, 했을 뿐이다. 예를 들어, 하얀 침대 시트 같은 옷을 입고 하얀 날개를 단 미형의 백인, 혹은 검은 도포에 삿갓을 쓰고 눈에는 기미가 가득한 콥스페인팅 선비. 그런 이미지와는 다르다. 차라리 대머리에 큰 눈, 큰 머리와 작은 몸의 그레이 외계인 같은 모습이었다면 덜 이질적이었을지도 모르겠다. 있을 법도 없을 법도 한, 위압감도 성스러움도 없는 이 소녀의 모습이야말로 이질적이다. 이질적이라는 것뿐이다. 여전히 아이는 무해하게 느껴졌다. 내 마음은 무언가를, 아니, 모든 것을 이미 받아들이고 있는 것 같다.

"날 데리러 왔니?"

아이는 웃으며 고개를 끄덕였다. 그렇구나. 그럴 때가 되었구나. 아니, 사실은 이제서야…라는 기분이었다. 내 육신은 이미 죽은 것이나 마찬가지니까.

죽은 몸속에 갇힌 산 정신이란 뭐랄까, 캄캄한 동굴 속에서 눈을 뜨고 있는 것과 같다. 유예된 죽음, 정체성 없는 삶. 꿈을 가질 수 없는 시간… 죽음이 눈앞에 당도하자, 그제야 내게도 갈 곳이 생겼다는 느낌이었다.

"난 이제 어디로 가게 되니?"

아이는 생긋 웃으며, 선생님의 질문에 답하는 모범생처럼 말했다.

"아흐라다삼먀무라헬에게 가요."

"아흐라…뭐?"

"아흐라다삼먀무라헬."

묻지 않아도 안다. 아마도 내 두 눈엔 물음표 두 개가 떠 있을 것이다. 천국이나 지옥 같은 상식적인 대답을 기대했다. 왜냐면 눈앞에 천사가 있으니까. 하지만 뭘까 이 생소한 발음의… 아흐라다… 끝에 헬이 붙어 있으니까 지옥인가?

"지옥?"

아이의 눈에 처음으로 감정 비슷한 것이 보였다. 감정이라기보다는 반응. 지루함인가? 하긴, 수없이 많이 들은 질문일지도 모르겠다. 그나저나 이 아이는 대체 몇 살이나 된 걸까?

"지옥 같은 건 몰라요. 천국도 몰라요. 인간이 상상하는 걸 천사가 다 이해할 순 없어요."

"그렇구나. 그… 아흐, 아흐라다삼먁…윽."

혀를 깨물어버렸다. 역시 어렵다. 하지만 아이는 내가 뭘 물으려는지 알고 있다는 듯, 먼저 대답했다.

"착한 일을 했든 나쁜 일을 했든, 어떻게 살았든 상관없어요. 태어날 때 정해진 거니까. 때가 되면, 아흐라다삼먁무라헬에게 가요."

착한 일을 했든 나쁜 일을 했든, 내가 어찌 살아왔는지는 상관없다…. 어쩐지 허무하다. 천국에 갈 자신이 있는 건 아니지만, 뭔가 심판이 없다는 것은.

"우리랑은 아무 상관 없는 일이니까요. 사람을 죽였든 동물을 죽였든, 그건 생물들끼리의 민사일 뿐이고 우리에겐 해도 이득도 없으니까요. 관심도 없고요."

관심이 없다라…. 쓸쓸한 이야기다. 아이가 짜증스러운 표정을 지으며 내뱉듯이 말한다.

"인간들은 유독 우주가 자기에게 관심이 없다는 걸 이해 못하더라고요. 세상이 인간을 위해 만들어졌다고 믿지를 않나, 태양이 지구를 돈다고 믿지를 않나. 정작 자기들은 옆집 사람 이름도 잘 모르고 살면서 말이에요."

"천사들도 인간에게 관심이 없니?"

"없어요. 천사들이 관심을 가지는 건 아흐라다삼먁무라헬뿐이에요. 아니면 쿠다라잠악흐메트."

"쿠다라잠…윽."

"사람도 동물도, 식물도 수명이 끝나면 모두 아흐라다삼먁무라헬에게 가요. 프랑스인과 뉴햄프셔 닭만 쿠다라잠악흐메트에게 가구요."

발음을 따라가기는 힘들지만, 아무래도 아흐라 뭐시기와 쿠다라 뭐시기는 장소를 말하는 게 아닌 것 같다.

"이제 가요."

소녀가 일어나며 손을 내밀었다. 신기하게도, 내 머리가 명령하기 전에 손이 움직여 그 손을 잡았다. 사뿐사뿐 걷는 아이의 발걸음을 따라, 내 발도 움직인다. 가볍게. 뒤를 돌아보니 나의 거죽…. 이젠 물체가 되어버린 거죽이 보인다. 저것이나… 신기하다는 생각이 들었지만, 잠깐일 뿐이었다. 어느새 발밑엔 마른풀이 깔려 있었다. 거름과 향의 냄새, 어디에도 산 것은 없는 길.

눈앞에서 살랑거리는 머리카락을 구경하다가, 문득 궁금해졌다.

"너는 몇 살이니?"

"천사는 나이가 없어요. 처음부터 있었고, 앞으로도 있으니까요. 나이가 필요한 건 생물뿐이죠."

"천사는 생물이 아니란 거니?"

"천사는 생물이 아니에요. 육체가 없으니까요. 지금 보이는 모습은 치장일 뿐이에요."

"치장?"

"인간도 장소에 따라 옷차림을 바꾸잖아요? 천사도 찾아가는 대상에 따라서 그 사람이 가장 안심할 만한 모습을 보여주는 거예요."

그랬구나. 이 모습이 내가 가장 안심할 만한 모습. 그러고 보니, 어딘가 눈에 익기도 하다.

"생물이 아니면, 천사는 뭐니?"

"에너지랄까? 흐르는 힘이에요. 인도할 수 있는 힘."

흐르는 에너지가 재잘거린다. 어째 시 같다. 흐르는 에너지가 도달하는 곳은 아흐라삼먁무라헬이 있는 곳. 아까부터 떠오르는 생각이 있다. 물어보아야겠다.

"아흐라는 혹시 신이니?"

"신 같은 건 몰라요. 인간의 상상은 인간의 것일뿐이니까요."

"천사는 신을 믿지 않니?"

"믿고 안 믿고 이전에 상상을 하지 않아요. 애초에 상상할 필요도 없고요."

"상상할 필요가 없다…."

"자불어괴력난신(子不語怪力亂神), 공자는 괴이한 것과 초월적인 것에 대해 말하지 않았다."

기괴한 장면이다. 어린 소녀의 입에서 공자가 흘러나오는 것도, 그야말로 초월적인 천사라는 존재에게서 괴력난신을 부정하는 말을 듣는 것도.

"인간은 죽으니까 천국이나 지옥을 상상하고, 죽으니까 모르는 것들이 불안하고, 모르는 것들을 이해하기 위해 변덕스러운 신을 상상하지요? 우리에겐 필요 없는 일들이에요. 우리는 계속 있고, 세계를 모두 볼 수 있으니까."

"그렇구나. 그러면 천사들에게는 고민이 없니?"

"고민은… 있죠. 가끔."

이야기하는 사이에 풍경이 바뀌었다. 드문드문 나타나기 시작한 여러 가지 모양의 석상들이 앞으로 갈수록 점점 빽빽하게 들어차 있다. 인간의 모습, 개의 모습, 식물과 곤충의 모습 등 하나같이 괴로운 표정의 석상들이.

아니, 식물에도 표정이 있나? 모르겠다. 하지만 그렇게 느껴졌다. 이 모든 것이, 천사들에게는 그저 생물. 우주가 관심을 가져주지 않는 생물. 생명이란 신비로운 것이 아니었던가. 신의 선물이 아니었던가. 생명은 어디서 오는가.

"생명은 어디서 오는가…."

나도 모르게 말해버렸다.

"생명은 아흐라다삼먁무라헬이나 쿠다라잠악흐메트에게서 와요."

"그러면 아흐라다…에게 가면, 생명이 나오는 걸 볼 수 있겠구나?"

"우와…."

순간, 소녀가 나를 기묘한 표정으로 쳐다보았다. 마치 뭐랄까, 한적한 산책길에서 풀내음을 코로 한껏 들이마시며 걷다가, 파리 떼가 꼬인 커다란 개똥을 발견한 것 같은 표정이다. 내가 무슨 말을 했다고? 소녀의 발이 멈췄다. 따라서 내 발도 멈췄다. 아흐라다삼먁무라헬. 그것이 눈앞에 있었다. 소녀가 말했다.

"인간이 상상하는 신이라는 것과 비슷한 느낌인지 아닌지는 잘 몰라요. 하지만 굳이 비슷한 걸 찾으라면, 아흐라다삼먁무라헬과 쿠다라잠약흐메트는 천사들의 애완동물 같은 거예요."

"애완동물…."

그것은 처음에는 문처럼 보였다. 은빛의 두 기둥이 하늘 높이 뻗어 있고, 그 안쪽으로 붉은 길이 끝없이 펼쳐진… 종유동처럼 빛나는 돌기에서 끈적한 물이 떨어지고, 더운 바람이 끝없이 밀려 나온다. 하지만 이내 알았다. 그것은 커다란 입. 아까 소녀가 지었던 싫은 표정의 의미를 알 것 같다. 먹는 구멍과 싸는 구멍이 같다는 상상은 역시 불쾌하겠지.

태어날 때부터 정해진다. 언제 죽을 것인지, 누구에게 갈 것인지. 예전에 그런 이야기를 들었다. 유대인들과 기독교인들은 지구상의 모든 생물이 인간을 위한 먹이로서 마련된 것이라 믿었다고. 먹이에 불과한 것들에게 생명이 있는 이유는, 생명이 있으면 썩지 않기 때문에… 그저 보존을 위해 주어졌을 뿐이라고. 완전히 같지는 않겠지만, 이해할 수 있을 것 같다. 나는, 이제 아흐라다삼먁무라헬의 창자로 들어간다…. 비슷한 대사를 어디서 보았던 것 같다. 리바이어던? 레미제라블에서 장발장이 하수구로 들어가던 장면이었나?

"기다려요."

소녀가 말했다. 나는 발을 멈췄다.

"기다려야 해요."

소녀는 근심에 찬 표정으로 나를 보며 말했다.

"먹고 싶어 할 때까지, 기다려야 해요."

나는 다시 아흐라다삼먁무라헬의 이빨을, 잇몸을 바라보았다. 무시무시하게 날카롭지만, 심드렁한 기운. 식욕이 없는 것인가. 가만히 보니 개의 이빨을 닮았다. 심드렁하고, 만사가 귀찮은 개. 소녀는 그 개를 걱정스러운 눈빛으로 보고 있다. 천사들에게도 고민이 있다고 했던가. 그렇구나.

"먹고 싶어 하지 않으면?"

"기다려야 해요."

"…기다리면, 먹어?"

"몰라요."

소녀의 눈이 뒤쪽으로 향했다. 괴로워하는 표정의 석상들. 그것들은….

"하지만… 점점 말라갈 거예요."

말라붙은 생명.

"말라붙은 건, 먹지 않아요."

소녀의 표정에 쓸쓸함이 배어 나온다. 하지만 그것은 나를 위한 쓸쓸함이 아니다. 소녀는 돌아선다. 나는 안다. 그녀는 더 이상 나를 인도하지 않는다.

"기다려요."

나는 여기에, 기다릴 수밖에 없다. 먹히기 위해. 먹이로 선택 당하기 위해.

"프랑스인이 아닌 게 다행인 줄 알라구요."

✈

할아버지의 유산

여자는 아기를 안고 로비를 지나 '2040년'이라는 간판이 걸린 통로로 들어갔다. 가이드로 붙은 남자가 반 발짝 뒤에 따라오며 분주하게 설명하고 있었다.

"여기 있는 것들이 가장 오래된 것들입니다. 2040년부터 시작하죠."

한쪽 벽에 오래된 정수기들이 주르륵 늘어서 있고, 그 앞을 유리 벽이 가로막고 있었다. 여자는 유리 벽 안쪽을 바라보다가 아기를 유리 벽 가까이로 데려가 안을 구경하게 해주었다. 정수기 아래에는 연도가 표시되어 있다.

"지금과는 많이 다르네요."

"예, 아무래도 아직 기술이 충분히 발전하지 않았던 때이고, 깨끗한 물의 공급이 친환경 이슈보다 더 주요하게 다뤄지던 때이니까요."

정수기라고 해도 굉장히 거대한 물건이었다. 복잡한 기계와 전선 따위로 뒤덮인 물탱크. 정수탱크라고 부르는 게 나을 것 같았다.

"2040년이면, 벌써 폐기되었어야 하는 것 아닌가요?"

"상용이거나 주인 없는 정수기라면 그렇습니다만, 이것들은 전시용입니다. 방문객들에게 이전 세대를 보여주기 위한 용도 죠. 애초에 외관만 모방한 1/100 크기의 미니어처라서 법적으로도 정수기에 들어가지 않습니다."

여자는 말없이 고개를 끄덕였다.

"어… 다 알고 계시리라고 생각합니다만, 여기서는 역사 이 야기를 하는 것이 제 의무이기도 해서. 계속 설명을 해드려도 될까요?"

"네, 저도 알고 있으니까요."

남자는 이마에 송글거리는 식은땀을 닦으며 말을 이었다.

"이 시기엔 식수 문제가 굉장히 중요했죠. 생필품의 가격이 심하게 오르고, 신정권에서 완전 자유시장 체제가 일시적으로 자리 잡으면서 마실 물을 구하지 못하는 가구들이 많아졌습니 다. 뭐 그때도 가정용 정수기라는 게 있긴 했지만, 지금 같은 성능은 아니었고, 당시의 수도상태는 그 정도 정수기로 정수한 다고 될 문제가 아니었으니까요. 오염된 물을 먹고 죽거나, 식수 때문에 범죄가 일어나기도 했죠. 하지만 가장 큰 문제는 도시이탈이었습니다. 아직 강물이나 냇물을 마시는 게 법으로 금지되지 않았던 시절이다 보니, 식수 값을 감당하지 못해 지역으로 이탈하는 도시 인구가 많았던 거죠. 도시 경제활동이 위축되기 시작하니까, 이게 큰 문제가 되었습니다. 싼값에 쓸 수 있는 외국인 노동자들도 마찬가지로 도시를 이탈하고 농촌 쪽으로 몰려들다 보니 공단 몇 개가 순식간에 무너졌죠. 그 시기에 아버님께서⋯."

남자는 눈치를 보며 말을 어물거렸다. 여자는 고개를 끄덕이며 말했다.

"계속 이야기하세요."

"예⋯ 그, 아버님께서 이것을 제안하셨죠. 당시에는 정수소라고 불렀습니다만⋯. 하여간 저 탱크 안에 오염수를 흘려 넣고 여러 개의 정수 필터를 거치게 해서 식수로 만드는 방식인데, 실제로 저 탱크 안에 물이 들어가는 공간은 1/4 정도고 나머지는 다 정수 필터입니다. 이 당시에 친환경을 고려한 것은 아니지만, 소나 양처럼 되새김질하는 동물의 위에서 영감을 얻었다고 하죠. 자세한 원리는 모르겠지만, 이 당시에도 기술 자체는 그렇게 특별한 것이 아니었다고 합니다. 다만 이 정수소를 여러 지역에 설치해, 식수를 주요 도시의 공공 식수원에 보급한다는 계획이 획기적이었죠. 그렇게 설치하게 된 곳들이,

도시이탈자들이 주로 모여드는 지역식수원들이었습니다. 정수소를 설치한다는 명분이 있었기에 그런 식수원들을 민간인 출입금지구역으로 지정할 수 있었고, 반발이 없었던 건 아니지만⋯ 도시지역 거주민들의 격렬한 지지에 힘입어 계획이 통과되었죠. 지역에서도 모두가 반발한 건 아니니까요. 도시지역 식수 보급의 경제효과, 지역식수원의 오염률, 뭐 이런 숫자들 앞에선 사실 할 말이 없지 않습니까? 일단 그게 무슨 계산인지, 말이 되기는 하는 건지 신경 쓰는 사람은 없으니까요. 예나 지금이나 '경제효과'라는 말은 거의 마법의 단어나 마찬가지라서요."

여자의 눈썹이 살짝 찌푸려졌다. 신나서 떠들던 남자는 아차 하고 급하게 화제를 전환했다.

"당시에는 그 정도였지만, 정수소 기술은 계속 발전했습니다. 2045년쯤에는 똥오줌이나 공장폐수도 식수로 만들 수 있을 정도였고, 심지어는 흙에서 물을 짜내는 것도 가능할 지경이 되었습니다. 2047년에는 집적화에 성공해서, 컴팩트한 정수기를 만들 수 있게 되었죠."

어느새 세 사람은 '2047'이라고 쓰인 간판을 지나고 있었다. 사람 키보다 조금 더 큰 쇳덩어리들이 벽에 진열되어 있다. 같은 모델이지만, 생긴 것이 저마다 조금씩 달랐다.

"이 시기에는 친환경 이슈도 있고 해서, 최대한 폐기물이나 임자 없는 물건들을 재활용하는 공정이 도입되기도 했죠. 그래서 같은 모델도 조금씩 색깔 같은 게 다릅니다만, 여전히 쇠나 플라스틱이 주로 쓰였습니다. 필터만큼은 가정용 쓰레기나 동물의 내장 같은 게 쓰이기도 했습니다만, 상용화 단계까지는 아니었죠."

세 사람은 2049년 통로로 접어들었다. 벽면에 2047년 형보다 좀 더 작고, 표면이 쇠가죽이나 합성 의류 같은 것으로 덮인 정수기들이 전시되어 있었다. 여자는 입을 열었다.

"이쪽은 모형이 아니죠?"

"예, 여기서부터는 실제 사용 가능한 정수기들입니다. 내년이면 폐기되겠지요. 사실 꽤 흉물인데다가 신형보다 비싸서 사갈 사람도 없고…. 설명을 계속 드리자면, 이즈음에 대형 정수소를 운영하는 것이 이미 효율이 너무 낮은 일이 되어버려서 골칫거리였죠. 그 와중에 '가구자결주의 선언'이라고 불리는 것이 발표됩니다. 각각의 가구에서 발생하는 모든 문제는 각각의 가구에서 해결해야 한다는 입장인데요, 그러면서 각지의 정수소들도 철거되었습니다. 사실 정수소를 운영하면서 해당 식수원의 오염도가 점점 높아져서, 슬슬 정수소로도 해결 못 할 상황이 되어 있었기도 하고요. 정수소를 철거한다고 해서 도시 이탈이 일어날 이유도 없었죠. 그러면서 가정용 정수기의 시대가 시작되었습니다."

쓰이지 않는 정수기들이 마지막으로 모인 곳. 정수기들의 무덤. 여자는 그렇게 생각했다. 세 사람은 2050년 통로를 지나, 2051년 통로를 지나, 2052년 통로를 지나… 2056년 통로에 도착했다. 통로를 지날수록 점점 정수기의 모양은 더욱 깔끔해졌고, 반대로 크기나 생김새는 더 다양해졌다. 동물의 내장 같은 음식물 쓰레기를 이용한 것, 식물의 줄기를 이용한 것 등등, 점점 친숙한 모양의 정수기들이 등장했다.

"여기까지의 5년간 친환경 이슈도 거의 해결되었다고 봐야 합니다. 100퍼센트 가정 폐기물을 이용한 일체형 모델이 정착되었으니까요. 이 모델의 등장으로 가정의 식수 문제는 물론이고 폐기물 문제, 더 나아가 토지 부족 현상도 굉장히 많이 해결되었죠."

여자는 정수기들을 둘러보았다. 죽은 아버지의 회사가 만든 것들을. 세상의 온갖 문제를 해결했다고 추앙받는 가련한 물건들을. 가정에서 나온 폐기물로 만들어 저렴해졌다고 선전하지만 기술료가 대폭 올랐기 때문에 그 효과는 미미하다. 돈을 마련하지 못해 오염수를 먹는 사람은 여전히 많다. 돈은커녕 폐기물을 마련하지 못하는 사람들도 많다. 죽어 나가는 사람은 늘어나고, 정수기는 더 많이 생산된다. 사람보다 정수기가 훨씬 많은 지경이 되었는데도, 여전히 정수기를 집에 들이지 못하는 사람은 많다. 이것이 아버지가 만들어 낸 세상. 살아남은 사람들의 칭송을 받는 세상. 한참 동안 아기를 어르며 여기저기를 구경시켜 주다 보니, 가이드 역할의 남자가 조심스럽게 말을 걸어왔다.

"…이제 특별관으로 가실까요?"

"네."

여자는 가이드와 함께 '특별관'이라고 이름 붙인 맨 위층으로 올라갔다. 작년까지만 해도 없었던 특별관. 거기엔 원래 대표이사실이 있었다. 물론 지금도 내부 구조는 그대로다. 단 하나, 방 가운데의 커다란 유리관을 빼면. 여자는 생각했다. 아버지, 저는 이 아이에게 당신이 어떤 사람이었다고 말해야 할까요? 당신을 존경하라고 가르쳐야 할까요? 여자는 떨리는 손으로 아기를 번쩍 치켜들어 유리관 안쪽을 보여주었다.

"인사하렴. 할아버지야."

아기는 유리창 안의 전신상을 향해 방긋 웃었다. 전신상이란 말은 어폐가 있을지도 모른다. 이것은 모형이 아니니까. 이 안에 있는 것은 아버지의 시신 자체다. 약간의 개조를 거치긴 했지만. 최신기술로 전신에 방부처리를 하고, 화학약품으로 형태를 유지했다. 내장 기관도 최신기술로 서로 연동되며 영속하도록 만들어졌다. 생명이라 부를 수 있을지는 모르지만, 무생물이라기도 애매한 것. 가이드가 조심스럽게 묻는다.

"모셔가시겠습니까?"

"모서가다니, 말이 과해요."

여자는 쓴웃음을 지었다.

"어차피 이건 그냥, 정수기잖아요."

고개를 떨군다. 아래쪽에는 '2056년'이라는 팻말이 붙어 있다.

아래층에 전시된, 연고 없는 가련한 정수기들과 마찬가지로.

소녀와 사마귀

"사마귀는 가족이 없단다."

소녀는 산을 오르며, 어머니가 해준 말을 떠올렸다. 물론 그 말이 무슨 뜻인지는 모른다. 때때로 그 '소리'를 되새길 뿐이다. 소녀에게는 언어가 없다. 이야기를 나눌 사람이 없기 때문이다. 소녀에게는 이름도 없다. 불러줄 사람이 없기 때문이다. 소녀는 여기저기 봉긋하게 솟은 풀밭 위를 넘어, 겨우겨우 평평한 곳을 찾아냈다. 배낭을 적당한 곳에 풀고, 가져온 삽으로 구덩이를 파기 시작했다. 누구도 소녀에게 그렇게 해야 한다고 가르쳐준 적 없지만, 소녀는 알고 있었다. 어머니, 할머니 그 위의 할머니 때부터 대대로 자연스럽게 전해진 지식이었다. 구덩이를 충분히 파고 나자, 소녀는 가방에 들어 있는 것을 구덩이에 쏟아부었다. 긴 세월을 거치며 풍화된, 바스러진 뼛조각들이다. 어머니는 소녀가 아주 어렸을 때, 소녀를 낳고 오래 되지 않았을 때 죽었다. 소녀는 어떻게 해야 하는지 알았다. 하지만 아직 산을 오를 수 없었기에 기다렸다. 십 년이 넘게 기다렸다. 그리고 오늘, 어머니의 무덤을 만들기 위해 산에 올랐다. 구덩이를 다시 흙으로 파묻고 허리를 펴며 일어섰다. 봉긋하게 솟아 잡초에 덮인 무덤들이 산을 메우고 있다. 어머니의 어머니, 할머니의 어머니들이 이 산에 있다는 것을 알 수 있었다. 그런 언어를 안다는 것이 아니다. 자기 피에 흐르는 어떤 존재들의 의식을 알고 있을 뿐이다. 알고 있다는 것, 그것으로 충분하다. 소녀는 이 세상에 남은 단 한 명의 인류이기 때문이다.

산을 걸어 내려가며, 소녀는 수많은 작은 생명을 만났다. 녹색이나 갈색의, 날거나 기는 것들. 하나같이 배가 불룩했다. 먹을 것을 아주 많이 저장했기 때문일 것이다. 소녀는 자신의 홀쭉한 배를 만져보았다. 소녀의 배는 원래 아주아주 불룩했다. 어렸을 때 먹을 것들을 많이 저장해 두었기 때문이다. 한때는 배가 몸의 대부분을 차지했다. 십 년이 지나는 동안 그 배는 조금씩 작아졌고, 지금은 홀쭉해졌다. 소녀는 알았다. 이제는 먹을 것을 찾아야 한다는 것을. 무엇이 먹어도 되는 것이고 무엇이 먹으면 안 되는 것인지 소녀는 알았다. 생존에 필요한 지식은 피에서 피로 모두 전해졌다. 소녀는 과일과 먹을 수 있는 풀이나 버섯을 뜯어 가방에 넣으며 집에 돌아갔다.

집에 돌아가 현관문을 열고 거실로 들어간다. 거실에는 헌 옷가지에 마른풀을 채워 넣어 만든 사람 인형이 놓여 있다. 어머니가 남겨준 인형이다. 소녀는 아직 이것을 어디에 쓰는지 모른다. 소녀는 거실을 지나 십 년 동안 쓰지 않은 부엌으로 간다. 싱크대에 식재료들을 놓고, 펌프가 연결된 수도꼭지를 돌려 씻는다. 그리고 물과 재료들을 냄비에 담아 십 년 동안 쓰지 않은 핫플레이트에 올린다. 십 년간 태양열을 저축해 둔 핫플레이트가 조용히 열을 뿜기 시작한다. 첫 전기 사용. 소녀는 자신이 새로운 단계에 접어들었음을 알았다. 소녀가 언어를 알았다면, '성충'이라는 단어를 썼을 것이다.

성충이 된 지 1년이 지나자, 소녀는 산을 더 잘 탈 수 있게 되었다. 배는 살짝 볼록해졌고, 먹을 것을 채집하는 데도 시간이 훨씬 덜 걸렸다. 소녀는 먹을 것을 구하고 남는 시간에 산의 여기저기를 구경하기 시작했다. 작은 동물들과 그 동물을 잡아먹는 큰 동물을 보았다. 날아다니는 벌레와 기어다니는 벌레를 구분할 수 있었다. 소녀는 이름이라는 것을 몰랐기에 따로 그 동물이나 벌레들에게 이름을 붙이진 않았지만, 이것과 그것을 구분할 줄 알았다.

소녀가 그중에서 가장 흥미 있게 관찰한 것은 길쭉하고 파란색의, 강해 보이는 벌레였다. 다른 벌레들은 몰려다니거나, 가까이에 비슷한 것들이 많이 있거나 했다. 하지만 그 벌레는 언제나 혼자였다. 소녀가 다가가도 그것은 도망치지 않았고, 긴 팔을 치켜들고 서서 마주 볼 뿐이었다. 소녀는 강하고 약한 것을 알았기에, 이 약한 벌레가 하는 행동이 신기하다고 생각했다. 그 벌레야말로 어머니가 이야기한 사마귀라는 것이었지만, 소녀는 언어를 이해하지 못했기에 그것을 알지 못했다. 소녀에게 말은, 그저 소리에 불과했다. 하지만 소녀는, 언제나 혼자인 그 사마귀가 자신과 닮았다고 생각했다.

5년이 지난 뒤, 소녀는 사냥을 할 수 있게 되었다. 소녀는 전기를 날리는 커다란 사냥도구를 들고 산에 올라가, 작은 짐승이나 느린 짐승을 잡았다. 잡은 짐승은 그 자리에서 칼로 가죽을 벗기고, 내장을 빼냈다. 그때 소녀는 동물의 속이 어떻게 생겼는지를 알았다. 소녀는 자신의 몸속에 대해서도 상상할 수 있게 되었다. 사냥은 시간이 걸리는 일이었기 때문에 매일 하지는 않았다. 대신 한번 사냥을 나가면, 그날은 산에서 잠을 잤다. 밤에는 태양열을 저축해 둔 불피우는 도구로 모닥불을 만들었고, 그 불에 고기를 구워 먹었다. 식사를 하고 나서는 모닥불 곁에서 사냥도구를 손질했다. 열심히 흙을 털어내고, 고기에서 얻은 기름으로 기름칠을 한다. 닦고, 쓸어낸다. 소녀는 그 길쭉한 사냥도구를 손질하면서, 그 길쭉한 벌레가 자기 앞발을 열심히 닦고 손질하는 모습을 생각해냈다. 그 벌레의 길쭉한 앞발도 이런 사냥도구일 것이리라고 생각했다. 사냥도구가 끝나면 모닥불 옆에서 풀벌레 소리를 들으며 잠이 들었다. 몇 번을 그렇게 사냥을 다니고 나서, 소녀는 산에서 자는 것이 집에서 자는 것과는 다르다는 것을 깨달았다. 그 후로는 사냥을 하지 않더라도 때때로 산에 올랐다. 어느 날인가는 그 벌레가 교미하는 장면을 목격했다. 소녀가 교미라는 것을 이해한 것은 아니다. 다만 언제나 혼자인 그 벌레가 둘이 붙어 있다는 사실에 흥미를 느꼈을 뿐이다. 하지만 그 벌레는 곧 혼자가 되었다. 교미가 끝나기 전에 한 마리가 다른 벌레의 머리를 뜯어먹었기 때문이다. 수컷을 잡아먹은 암컷의 배가 볼록해졌다. 소녀는 자신의 항아리처럼 볼록해진 배를 만져보았다. 꽤 많이 저장해둔 것 같다. 몇 년은 더 먹지 않아도 된다. 게다가 배가 볼록해서 움직이기도 힘들다.

그 후로 다시 십 년을 소녀는 집에서 지냈다. 벌레에 대해서 생각하고, 어머니가 한 말—그저 소리일 뿐이지만—을 생각했다. 소녀는 놀이하는 법을 몰랐기 때문에, 창밖을 구경하거나, 방에서 굴러보거나, 집에 들어온 벌레를 쫓아다니거나 했다. 그러던 어느 날, 소녀는 인형을 안고 자기 시작했다.

배가 홀쭉해지고 나서, 다시 소녀는 사냥을 나갔다. 오랜만의 사냥이었지만 어색하지 않았다. 사냥의 방법은 피에서 피로 전해졌으니까. 소녀는 이제 더 큰 것을 사냥할 수 있게 되었고, 사냥한 것을 집까지 그대로 끌고 올 체력도 생겼다. 키도 커져서 더 많이 잡을 수 있었고, 더 많이 먹을 수 있었다. 사냥하거나 먹지 않을 때는 언제나 인형을 안고 있었다. 어느 날 사냥이 끝나고 집에 왔을 때, 인형에 문제가 생겼음을 알았다. 벌레들이 인형의 천을 뚫고 들어가, 속에 있는 풀을 다 먹어 치운 것이었다. 소녀는 인형의 잔해를 그러모아서는 산으로 가지고 가묻었다. 엄마에게 했던 것처럼, 무덤을 만들어 주었다. 그것은 지식에 의한 자연스러운 행동이 아니라, 그녀가 확신 없이 고민하고 선택한 행동이었다. 돌아오는 길에 소녀는 새 풀을 뜯어왔다. 그리고 엄마가 남긴 수많은 옷가지 중 하나를 골라, 조금씩 자르고 묶었다. 며칠이 지나고서는 새 인형을 안고 잘 수 있게 되었다. 5년을 더 사냥하고 나서, 소녀의 배는 공처럼 되었다. 앞으로 이십 년 정도는 먹지 않아도 될 것이라는 걸 알았다. 소녀는 다시 집에 틀어박혀, 매일매일 인형을 안고 있었다. 소녀는 이해했다. 왜 그 긴 벌레가, 언제나 혼자인 벌레가 흥미로웠는지. 그것과 함께 있을 때는 둘이 되었기 때문이다. 소녀는 한 명이 더 있었으면 좋겠다고 생각했다.

그렇게 생각한 지 5년이 지난 후, 소녀는 이제 한 명이 더 있다는 사실을 깨달았다. 자신의 몸속에. 그것은 매일 조금씩 커지고, 가끔은 움직였다. 심장이 뛰는 소리와 팽만감 덕분에, 소녀는 그것의 형체를, 환경을 이해할 수 있었다. 십 개월이 지나고, 소녀는 때가 왔음을 알았다. 새로 태어날 아기에게 이야기해 줄 말을 연습하기 시작했다. 물론 소녀가 언어를 이해한 것은 아니다. 다만 할머니가 어머니에게, 어머니가 소녀에게 입에서 입으로 전해준 그 '소리'를 들려주어야 한다고 생각한 것이다. 태어날 아기에게 반드시 전해주어야 할 그 이야기를. 소녀가 언어를 이해한 것은 아니다. 하지만 어쩐지 그 생각을 할 때면, 그 길쭉한 벌레가 떠올랐다.

어느 날, 소녀는 아기를 낳았다. 아기가 나왔지만 볼록한 배는 그대로였다. 소녀는 사랑스러운 눈으로 아기를 보며 이야기를 시작했다. 자기도 무슨 뜻인지 모르는, 아주 먼 옛날에 누군가가 생각해 냈을 이야기를.

"사마귀라는 곤충이 있단다. 도망치지 않고, 어떤 것과도 맞서는 씩씩한 곤충이지. 사마귀는 평생을 홀로 살아간단다. 아빠와 엄마가 되어 아기를 만들 때를 빼면 말이지. 참, 사마귀는 아기를 낳을 때 아빠라는 존재가 필요해. 사람과는 달리. 실은 사람도 지금처럼 발달하지 않은 옛날엔 아이를 낳으려면 엄마와 아빠가 필요했단다. 둘이서 하나를 낳는 셈이지. 아기를 만드는 순간이 끝나면 엄마 사마귀는 아빠를 잡아먹고, 아기를 낳고 나면 엄마 사마귀도 체력이 다해 죽어버려. 아기 사마귀는 다시 아빠나 엄마가 될 때까지 홀로 살아가야 해. 그래서 사마귀에게는 가족이 없단다."

소녀는 볼록한 배 위에 엎드려 있는 아기를 내려다보았다.

표정을 확인할 수는 없었지만, 귀를 쫑긋 세우고 열심히 듣고 있다는 것을 알 수 있었다.

"하지만 아기 사마귀의 몸과 마음에는 아빠가 남겨준 기억, 엄마가 남겨준 기억이 남아 있단다. 가족이 곁에 있지는 않지만, 여러 가지 마음이 그 작은 몸에 함께 들어 있는 거지. 그 마음과 마음이 대를 이을수록 풍성해져서, 그래서 사마귀는 혼자서도 살아갈 수 있는 거란다. 네 작은 몸에도 엄마, 할머니, 그 할머니의 할머니의 마음들이 깃들게 될 거야. 그러니 혼자서도 잘 살아갈 수 있겠지. 하지만 언젠가 네가, 한 명이 더 있었으면 좋겠다고 생각하게 되면, 아주 잠깐이라도 이야기를 나누고 싶다면…."

숨이 가빠온다. 목 안으로 피가 역류해 말을 잇기가 쉽지 않다. 하지만 뱉어내선 안 된다. 소녀는 힘겹게 그것을 삼키고, 고개를 들어 아기를 바라본다. 아기에게 끝까지 말해주어야 한다. 아기는 소녀의 다음 말을 기다리느라 귀를 쫑긋 세우고, 볼록한 엄마의 배를 계속 파먹고 있었다. 작은 손으로 움켜쥐고, 작은 이빨로 열심히 갉으며. 소녀가 아기를 위해 준비해 둔 음식을 먹고 있었다.

"…아기를 만들렴."

헐떡이긴 했지만, 소녀는 말을 끝마쳤다. 아기는 작다. 먹는 것도 느리다. 아마도 한 2년. 아기가 소녀를 다 먹는 데는 2년

159

이 걸릴 것이다. 2년이라는 시간 동안, 소녀는 아기와 함께할 수 있다. 소녀는 수컷 사마귀가 잡아먹히던 광경을 떠올렸다. 그것은 아마, 잡아먹힐 것을 알고서도, 함께 붙어 있을 그 짧은 시간을 위해 다가갔으리라. 소녀는 상상했다. 아기가 커서 처음으로 산을 오르고, 처음으로 사냥을 하고, 처음으로 인형을 만드는 모습을. 그것은 풀내음이 가득하고 시원한, 별빛과 찌르레기 소리와 모닥불이 있는 광경이었다.

봉골레

어떤 땅에 울타리를 두르고 '이 땅은 내 것이다'라고 말하리라 생각하고 다른 사람들이 그런 말을 믿을 만큼 단순하다는 사실을 발견한 최초의 인간이 문명사회의 실질적인 창시자다.

- 장 자크 루소

의회는 쓸데없이 크다. 의원이 몇백 명씩이나 있던 시절에 만들어진 이 건물은 이제 너무나 크다. 백여 명의 의원들이 듬성듬성 앉은 가운데, 연단에서 한 남자가 발언을 시작했다. 무소속, 박금태 의원.

"금일 발의된 조수 보호 및 수렵에 관한 법률 개정안에 대하여, 많은 의원님들이 여러 가지 생각을 말씀해 주셨습니다만…."

피식하고 웃음이 새어 나온다. 많은 의원의 여러 가지 생각이라. 이 의회에 앉아 있는 의원 대부분은 아무 생각도 없다. 은퇴한 부자, 유명 연예인, 대부분 80을 넘긴 고령자들. 인생의 마지막에 화려한 자리에 서고 싶어서 의원이 되었을 뿐이다. 그런 자들의 생각이라는 건 뻔하다. 자신들을 빛나게 만드는 세계의 경향성에 대한 수호! 재산과 명예를 위태롭게 하는 것들로부터의 안보! 지금 할 수 있는 것들을 더욱 할 수 있게 해줄 자유! 자유! 자유! 돈으로 산 사람을 멋대로 할 자유! 전쟁을 일으킬 자유! 유해 물질을 뿜을 자유! 사람을 죽일 자유!

"…이미 유해 조수의 관리에 심각한 구멍이 뚫렸다는 건 주지된 사실이며, 이로 인해 시민들의 피해가 막심, 특히 개체수가 많아지면서 고속도로와 해안도로에 범람하고 있는 예의 봉골레의 경우에는…."

봉골레.

"심지어 사람에게 직접적으로 위해를 가하는 대형 봉골레의 등장 등, 이미 제한적 수렵 허가라는 미봉책으로는 해결할 수 없다는 의견이 압도적이며, 대다수의 국민 여러분이 이를 구제하는 것에 대해 지지를…."

떠듬거리는 연설 후에 터져 나오는 박수는, 그 연설의 내용이 감동적이었거나 대단했기 때문은 아니다. 다들 연설의 내용에는 관심이 없다. 찬성이냐 반대냐가 궁금할 뿐. 연단에 선 사람이 찬성인지 반대인지는, 연설의 첫머리만 들어도 알 수 있다.

"다음은 삼색연합 금정수 의원 발언이 있겠습니다."

자리에서 일어선다. 한꺼번에 쏟아지는 못마땅한 눈빛들을 무시하고 앞으로 나간다. 인사를 꾸벅하고, 입을 연다.

"여러 의원님께서 호모 실렌티우스에 대하여…."

"호모 실렌티우스라니! 말 똑바로 하시오!"

"표현을 정확히 해야지! 의도적으로 왜곡하면 안 돼!"

"괴담이다! 괴담이다!"

잠시 입을 다물고, 떠들어대는 머저리들을 노려본다. 이 자식들은 항상 이 모양이다. 학명조차도 거부하는 건 물론이고, 뭔가 마음에 안 드는데 마음에 안 드는 이유를 똑바로 설명 못 하겠으면 일단 괴담이라고 소리친다. 마치 어린아이가 처음 배운 말을 무슨 뜻인지도 모르면서 계속 반복하는 것과 똑같다. 맘마- 맘마- 괴담- 괴담- 이 나라에서 대부분의 중요한 일들은 노인들의 때늦은 옹알이에 의지해서 돌아간다. 나는 다시 입을 열었다.

"대다수의 국민들이 호모 실렌티우스의 배제… 사실상 학살에 이미 동의하고 있다는 사실은 잘 알고 있습니다…."

"학살이라니!"

"봉골레! 봉골레!"

봉골레. 누가 그렇게 부르기 시작했는지는 알 수 없다. 분명 좋은 의도는 아니었으리라.

어찌 되었든 그 멸칭은 이제 그것들의 속명(俗名)으로 굳어졌다. 호모 실렌티우스라는 학명을 외우기 힘들기도 했을 테고, 그것들을 자신과 같은 것으로 인정하기는 싫은 마음이 호모라는 표현을 거부했을지도 모른다. 확실히 어울리는 이름일지도 모른다. 모시조개 같은 외형의 껍질 속에서 기어 나오는 그 네 개의 길고 흐물거리는 다리… 아니, 머리뼈의 팔과 머리뼈의 다리인가? 하여간 그것은 파스타면을 닮았다. 하지만 그것들은, 본래 인간이었다. 집을 가지고 태어나게 된 '선택적 진화'의 후손들.

오래전, 인류는 어떤 임계점에 도달했다. 인구는 늘어났고, 그 인구를 수용할 집은 모자랐다. 아니, 이건 정확하지 않다. 집은 언제나 인구보다 많았다. 그 인구를 수용할 만큼의 싼 집이 모자랐을 뿐이다. 집은 점점 비싸졌고, 인구는 점점 늘었다. 국가에서 매입해 운영하는 공공임대주택이 있었지만, 집값이 오르면 공공임대주택의 임대료도 따라 올랐다. 그나마도 운영난으로 점점 줄일 수밖에 없었다.

임대주택의 안정적 보급을 위해 정부는 '임대주택 현실화 정책'을 시행했다. 말은 복잡하지만 결론만 이야기하면 평수를 줄이는 것이었다. 10평에서 7평으로, 7평에서 5평으로. 결국에는 허리를 굽히지 않고는 잠을 잘 수도 없는 크기로.

좁은 집에서 사는 사람들은 어떤 선택들을 해야 했다. 그중하나가 가족을 줄이는 것이었다. 결혼을 하지 않거나 출산을하지 않는 것. 그것이 그런 사람들의 선택이었다. 출산율이 떨어지자 나라에 비상이 걸렸다. 일하고 소비할 사람이 줄어든다는 것은, 경제에 타격을 입히는 심각한 문제였기 때문이다. 아이를 낳지 않는 것은 이기적인 행동이라고 선전하는 국정홍보광고를 집행하고, 아이 낳기 캠페인도 열심히 벌였지만 소용없었다. 결국 정부와 경제인단체, 그리고 뭐 하는 단체인지 알 수없는 이런저런 연합들이 모여 골머리를 짠 끝에 이른바 출산장려법이 의회에서 통과되었다. 35세까지 임신하지 않은 여성은 임대주택의 제공 대상에서 제외하기로 한 것이다.

길바닥에 나앉지 않으려면, 결국 아이를 낳아야 했다.

하지만 억지로 아이를 낳아봤자 좁은 집에서 키우기는 힘들었다. 아이가 성장할수록 더욱 그랬다. 이 상황을 타개하기 위해 수많은 주장이 제기되었다. 증세를 통한 임대주택 매입, 부동산 보유세 제정, 국공유지에 임대주택 건설 등. 하지만 이런주장들은 경제에 나쁜 효과를 끼친다거나 현실적이지 않다는이유로 배제되었다. 그리고 정부는 결국 현실적인 대안을 찾아냈다. 집을 키우지 않으면서 더 넓게 쓰는 방법을. 바로 인간을 작게 만드는 것이었다. 그것은 '선택적 진화'라고 불렸다. 더 작은 공간에서 생활할 수 있고, 그러면서 노동력이 크게 손실되지 않은 새로운 인류. 임대주택에 들어가기 위해서는 유전자 조작을 통해 그런 인류의 조상이 되는 것에 동의해야 했다. 그렇게 많은 사람이 '스스로의 의지'로 신인류의 조상이 되었다.

첫 세대는 인간과 크게 다르지 않았다.

새로운 아이들은 남보다 몸이 조금 더 작았고, 팔다리가 다른 사람들만큼 길었으며, 몸이 좀 더 유연했다. 그들은 팔다리를 움츠려 더 작게 만들 수도 있었고, 근육을 부드럽게 만들거나 딱딱하게 만들 수 있었다. 더불어 인구 부족 현상을 방지하기 위해, 좀 더 이른 나이부터 쉽게 번식할 수 있었다. 물론 변이가 반드시 일어나는 것은 아니었다. 유전자 조작으로 태어났지만 남들과 똑같은 평범한 인간인 경우도 있었다. 하지만 80퍼센트 정도의 인간은 반드시 남들과 다르게 태어났다.

다음 세대는 그보다 더 작았다. 하지만 팔다리는 남들만큼 길었고, 더욱 유연했다. 그들은 좀 더 작은 공간에서 살 수 있었고 육체도 남들보다 자유롭게 쓸 수 있었지만, 대신 공통적으로 어떤 병에 취약했다. 사마귀양 표피이형성증. 등에 조개 껍데기 같은 사마귀가 자라는 병이다.

세대를 거듭해 가면서 그들은 더 작아졌고 더 유연해졌다.

대신에 구강이 퇴화했고 말을 잃었다.

두 갈래로 자라난 등의 사마귀는 완전히 커다란 조개껍데기처럼 되어버렸다. 그들은 원한다면 그 껍질 속에 몸을 접어 숨길 수도 있었다. 외형만 따진다면 이제 더 이상 그들은 기존의 인류와 같은 종이라고 부르기 어려운 수준이었다. 학자들은 이 새로운 인류에게 호모 실렌티우스라는 이름을 주었다. 침묵하는 인간. 그들은 조용했고, 일터에서 순종하였으며, 많은 공간을 차지하지도 않았다. 덕분에 임대주택의 크기도 점점 줄어들었다.

하지만 그와 관계없이 집값은 더 비싸졌고 신인류는 더 많아졌기에, 새로운 해결책이 필요했다. 그러던 중 누군가가 의문을 제기했다. 그들에게 사생활의 권리가 필요한가? 사람들은 그 의문에 동의했다. 그들에게는 왠지, 그런 게 필요 없을 것 같았다. 애초에 말을 하지 못하는 인종이다. 사생활이 필요하다고 생각할 만큼의 지능이 있는지도 의문이다. 논란은 없었다. 거의 없었다. 논의는 사람들끼리 할 뿐, 호모 실렌티우스가 그 논의에 참여하는 것은 아니었기 때문이다.

새로운 임대주택법 개정안에 따라 호모 실렌티우스는 10평의 방에 10명씩 수용되었다. 그들은 그 방에서, 연체의 팔다리가 얽힌 채로 잠이 들었다.

호모 실렌티우스는 점점 더 작아졌다. 그리고 방도 점점 더 작아졌다. 그들은 좁은 방 안에서 때때로 등의 조개껍데기 속에 숨어 있었다. 잠을 자거나, 남과 마주치기 싫을 때. 그리고 때때로 조개껍데기 사이로 긴 팔다리를 뻗어 방바닥을 더듬곤 했다. 누군가 그것을 보고, 봉골레라고 부르기 시작했다.

"저는 여러 의원님이 원하는 바와 같이 인간이 인간을 잡아 먹고 학살할 권리를 법으로 보장하는 것에 대하여…."

"당신 뭐야!"

"괴담이다! 괴담이다!"

"살색연합! 살색연합!"

임대주택이 아예 사라진 것은 어느 학자가 봉골레들의 생태에 대한 연구결과를 발표한 이후였다. 연구에 따르면, 그들의 조개껍데기는 집의 역할을 하며, 봉골레들은 그것을 자기 집으로 인식한다고 했다.

정부는 임대주택법을 개정했고, 봉골레들은 다니는 공장의 담벼락 아래에서, 농장의 물탱크 벽에서 조개껍데기를 닫고 잠이 들었다.

어느 시점부터 봉골레들의 노동력은 눈에 띄게 쇠퇴해 갔다. 팔다리가 아무리 길고 유연해도, 신장 자체가 한없이 작아지면서 할 수 있는 일의 한계가 뚜렷해졌다. 일을 오래 하지도 못했다. 조금만 힘들면 곧바로 조개껍데기 속에 틀어박혔다. 하지만 더 큰 문제는 그들의 자식들이었다. 점점 그런 아이들이 많이 태어났다. 대합조개 정도의 크기에서 더 이상 자라지 않는 아이들. 그 아이들은 노동력으로서 아무 의미가 없었으므로 어디에도 취직하지 못했다. 그것들은 도로가, 고속도로 주변의 숲, 해안의 방파제 따위에서 살아갔다. 노동력의 손실은 점차 심각해져 갔고, 특히 많은 노동력을 필요로 하는 산업부터 무너져 갔다. 가장 눈에 띄게 무너진 것은 농축업이었다. 문제는 그것만이 아니었다. 노동력이 줄어드는 것과 반대로, 번식력은 더 발전했다.

일하지 않는 봉골레들이 범람했다. 그것들은 살아있는 쓰레기가 되어 거리를 뒤덮기 시작했다. 그와 더불어 인류는 식량난에 시달렸다. 쓰레기와 식량난. 인간이 선택할 '현실적이며 경제적인' 대답은 뻔했다.

"사실이 어떻든 간에 호모 실렌티우스를 인간이 아닌 유해 조수로 법률상 명명하고, 그들을 수렵하여 잡아먹음으로써 현 시국을 타개하고, 더불어 법률상 명명을 통해 학살과 식인의 본질을 흐려 인간의 얄팍한 체면을 지키겠다는 여러분의 끔찍하게 천박한 생각에 대하여…."

"내려와! 내려와 이 새끼야!"

나는 목소리를 높였다. 거의 소리 지르듯이.

"저는, 적극 찬성하는 바입니다!"

"내려…?"

방금까지의 고성이 뭐였나 싶을 정도로, 적막이 의회에 자리 잡았다. 나는 꾸벅 인사를 하고, 연단에서 내려와 내 자리를 향해 걸었다.

인간은 이미 오래전부터 인간을 잡아먹고 살았다. 고기를 뜯고 피를 마시진 않았을지언정, 다른 이의 죽음을 대가로 살았다. 집 없이 내몰리는 사람들의 죽음을 대가로 집값을 키웠고, 먼 나라에서 일어나는 전쟁을 대가로 이득을 챙겼다. 인간은 오래전부터 그렇게 살았고, 이제 그렇게 사는 법밖에는 모른다. 인간은 역사상 단 한 번도, 식인을 피하려 시도한 적이 없다. 언제나 그 식인 행위에 다른 이름을, 다른 핑계를 붙이기 위해 노력했을 뿐이다. '식인'이라는 이름만 붙이지 않으면, 배고픈 사람들은 그것에 찬성할 테니까. 나는 의자를 잡아 빼고, 털썩 앉았다. 등받이에 등이 부딪혀 딱 소리를 낸다. 등이 아프다. 어제보다 각질이 더 단단해진 것 같다. 자라는 속도가 점점 빨라진다. 어디까지 커질까. 조개껍데기만큼?

격세유전이라고 불러야 할까? 1세대에서 변이하지 않은 20퍼센트의 인간. 그들은 결국 평범한 다른 인간들과 섞여 살았고, 그들 사이에서 아주 약간, 뛰어난 번식력을 발휘했던 모양이다. 그들은 어쩌면 변이하지 않은 것이 아니라 좀 더 느린 진화종이었을지도 모른다. 아마도 나는 그들의 후손이리라. 빠르고 느림의 차이는 있을지언정, 인간들은 점점 호모 실렌티우스에 가까워질 것이다. 그리고 점점 봉골레와 인간을 유의미하게 구분할 기준이 사라질 것이다. 그때가 되면, 인간은 자신이 그동안 사람을 잡아먹어 왔음을 인정하게 될까? 그때가 되면, 인간은 스스로에게 어떤 이름을 붙이게 될까?

채택될 리는 없지만, 내가 미리 생각해 둔 이름이 있다. 호모 안트로포파구스. 그것이야말로 인간이라는 종에게 가장 어울리는 이름이다.

엄마가 될 너에게

낡은 휴대용 CD 플레이어와 CD 한 장을 발견한 것은, 장모님의 옷장에서였다. 임신 스트레스로 힘들어하는 아내 대신 장모님의 방을 정리하던 중이었다. 장모님은 오십이 조금 넘은 이른 나이에 치매에 걸렸다. 치매 증상도 빠르게 악화하여 반년 만에 어제 일도 기억 못 하는 상태가 되었다. 그래도 기력만은 좋아서, 사람이 잠깐 자리를 비우면 밖으로 나가 동네를 배회하기 일쑤였다. 최근에는 자기 집도, 자신이 누구인지도 기억 못 하고, 딸도 못 알아보는 상태가 되어 자꾸만 집에서 도망치려고 했다. 난생처음 보는 사람들에게 감금당했다고 생각한 모양이다. 도망치는 장모님을 찾아 데려오고, 다시 도망치고 하는 지겨운 일상의 반복이 멈춘 것은 한 달 전이다. 그날 또다시 집을 나간 장모님은 결국 돌아오지 않았다. 경찰에도 신고

했고 흥신소에도 가보았지만 소득이 없었다. 결국 포기하고 장모님의 소지품들을 정리하던 중에 이것들을 찾은 것이다. CD 플레이어는 건전지를 넣는 방식이었다. 혹시나 해서 건전지를 갈아 끼우고 켜보니, 고장이 나지는 않은 것 같았다.

CD 케이스를 열고 CD를 꺼냈다. CD 안의 내용물이 뭔지는 금방 알 수 있었다. 음성 편지다. 나는 그것을 CD 플레이어에 넣었다. 케이블을 스피커에 연결하고 아내를 불렀다.

"이게 뭔데?"

"장모님이 남긴 음성 편지인 것 같아. 일단 무슨 이야기가 들어 있을지 모르니까 한번 들어보자."

우리 둘은 스피커 앞에 앉아, CD 플레이어의 재생을 누른다. 조금 기다리니 장모님의 목소리가 흘러나온다. 약간 지직거리긴 했지만, 목소리가 맑고 또렷한 것을 알 수 있었다. 아마도 치매에 걸리기 전에 녹음한 것이리라.

이렇게 편지를 보내려니 왠지 부끄럽구나. 한번 이렇게 마주 앉아 이야기해보고 싶었단다. 배 속의 아이는 건강하지? 임신 스트레스 때문에 고생하겠지만 걱정하지 말렴. 넌 곧 예쁜 딸을 낳게 될 거니까. 알 수 있단다. 나는. 예전부터 알 수 있었어. 아무에게도 말한 적이 없지만, 나는 가끔 미래를 볼 수 있단다. 문득문득 미래의 한 장면이 보이곤 해. 그렇다고 내가 보고 싶은 미래를 골라서 볼 수 있는 건 아니고, 보이지 않은 미래라고 일어나지 않는 것도 아니지만.

미래가 보인다는 것이 그렇게 행복하지만은 않았어. 아무것도 모르는 것이 나을 때도 있었거든. 그래서, 사실은 네가 좀 부럽단다. 최근에 가장 많이 보인 것은 너와 네 딸의 미래였어. 어째서인지는 모르겠지만 말이야. 네 딸은 아기 때부터 사람들의 눈을 사로잡게 될 거야. 또렷하고 맑은 눈, 동그란 이마, 얇은 입술. 거기에 웃을 때마다 드러나는 보조개. 낯을 가리지 않고, 사람과 눈이 마주치면 꺄르륵 하고 웃는 아이. 처음엔 좀 많이 힘들 거야. 아기는 자야 할 시간에 자지 않고, 시도 때도 없이 엄마를 찾겠지. 하루의 모든 것을 아기에게 바치고, 고작 몇 분 정도의 꺄르륵으로 위안을 삼아야겠지. 그래도 너는 곧 그 시간들에 보람을 느끼게 될 거야. 그리고 열 달이 좀 넘었을 때쯤, 아기가 처음으로 말한 '엄마'인지 '우아'인지 정확하지 않은 옹알거림 때문에 너는 잠을 이루지 못하겠지.

한 살이 되면 아이가 일어설 거야. 처음엔 뒤뚱거리다 넘어지고, 주저앉고의 반복이겠지. 아이가 다시 일어설 때마다 넌 웃으며 박수해질 테고, 그런 엄마의 얼굴을 보고 싶어서 아이는 계속 다시 일어서겠지. 그렇게 일어서는 게 익숙해져서, 걷고, 뛰고, 더 자라서 학교에 가게 되고, 혼자서도 다닐 수 있게 되고… 그 모습들이 사랑스러워서 견딜 수 없을 거야. 귀여운 아이, 나를 바라보는 아이, 나를 보며 웃고, 내가 웃는 걸 좋아하는 아이를 사랑하는 건 너무나 쉬운 일이지.

하지만 중학교에 들어가면서 점점 아이는 너와 얼굴을 마주하지 않게 될 거야. 아이는 방문을 닫기 시작하고, 네가 말을 거는 것을 간섭이라고 느끼겠지. 그리고 때로는 화가 나서 물건을 부수거나 너에게 대들기도 할 거야. 그래, 이건 정해진 일이란다. 너는 아이가 너의 분신이라고 생각하겠지만, 아이와 너는 점점 서로를 이해하지 못하게 돼. 관계를 회복하려 할수록, 더욱 거리감만 생기게 될 거야.

네 딸은 아주 건강하게 자랄 거란다. 튼튼하게. 무럭무럭 자라서 엄마를 내려다볼 수 있게 된 어느 날, 말싸움 끝에 아이는 네게 손찌검을 하게 될 거야. 충격받겠지. 미리 알고 있어도 충격받을 수밖에 없을 거야. 있을 수 없는 일, 있어서는 안 되는 일…. 하지만 나는 보았단다. 그것은 한 번으로 끝나지 않아. 그리고 영원히 너와 딸이 화해하는 일은 없단다. 그래도 너는 그 아이를 사랑할 수 있겠니?

이런 이야기를 하게 되어서 미안하구나. 사실 많이 망설였어. 하지만 결국 이 편지를 녹음하기로 했던 건, 내가 마지막으로 본 두 가지 미래 때문이야. 하나는 내가 치매에 걸리는 미래였어. 치매에 걸린 후에는 기억도 대부분 잃고, 미래도 볼 수 없게 되는 모양이더라. 엄마로서의 역할은커녕, 눈앞에서 사고가 일어나도 아무것도 못 하겠지. 또 하나의 미래는, 잘 들으렴. 내가 본 건 아주 짧은 장면이야. 그건… 네 딸이 칼을 들고 너에게 덤벼드는 장면이었어. 그 후의 일이 어찌 되었는지는 모르겠지만, 내 눈엔 해프닝으로 끝날 것처럼 보이지는 않았단다.

나는 이 미래를 너에게 알려주어야겠다고 생각했어. 하지만 어떻게 하면 지금의 너에게 알려줄 수 있는지 알 수 없었지. 그래서 이렇게 편지를 남긴 거야. 네가 알기를 바라니까. 알고 선택하길 바라니까.

미래를 바꿀 수 있는 방법은 아마 없을 거라고 생각해. 하지만 내가 볼 수 있는 건 장면뿐이지. 마음은 어떻게 변해갈지 알 수 없어. 그래서 나는 네가 미래를 알길 바란단다. 이 모든 것을 알고도, 네가 그 아이를 사랑할지, 아니면 사랑하지 않을지 결심하길 바란다. 남은 시간의 행복은 그 마음이 결정할 테니까.

그럼 이만할게. 안녕. 사랑한다.

음성 편지는 거기서 끝났다. 나는 힐끗 아내를 돌아보았다. 충격을 심하게 받은 듯, 멍한 표정이다. 이대로 혼자 생각하게 놔두는 건 위험하다. 뭔가 말해야 한다.

"어떻게 할 거야?"

순간 아내가 잠에서 깬 듯 몸을 부르르 떨고는, 동그래진 눈으로 나를 쳐다본다.

"뭘?"

"그 아이를 사랑할지, 아니면 사랑하지 않을지 결정하라잖아. 당신한테."

잠시 무슨 소리를 하는지 모르겠다는 듯 나를 유심히 쳐다보던 그녀는, 뒤늦게 내 말을 이해했는지 말했다.

"아, 나? 뭐야 당신, 저런 말을 믿는 거야?"

나는 억지로 웃으며 고개를 저었다.

"아니 그런 건 아니지. 저걸 녹음할 때 이미 치매가 오셨을지도 모르고. 재미 삼아 묻는 거야. 정말 저런 미래가 있더라도 아이를 사랑할 수 있는지."

그녀의 눈이 생각에 잠긴 듯 아래로 깔렸다. 그 눈은 어쩐지 슬퍼하는 것 같기도 하다.

"아직 나는 이 아이를 만나지 못했어. 아직 이 아이는 내 몸이나 마찬가지인 상태지. 지금 이 아이를 사랑하지만, 그건 내 몸에 연결된 무언가를 사랑하는 것뿐일지도 몰라. 확신할 수 있는 건 지금뿐, 미래에 나타날 아이의 인격, 아이의 모습, 모두 상상일 뿐이야. 미래의 아이를 사랑한다. 물론 지금 나는 사랑한다고 믿지만, 사랑하고 있다고 믿지만, 모든 건 가정일 뿐이지."

그녀의 눈이 조금씩 인자한 빛으로 변해간다.

"부모는 아이를 사랑하기 마련이라고 다들 이야기하지. 사실 그건 '그렇게 믿어야만 한다'라는 강요에 가까워. 부모자식 간의 수많은 흉악사건이나 부모의 자녀 학대 같은 문제들을 없는 것으로 치고, 아주 예외적인 것으로 치고, 그런 일을 벌인 사람들을 아주 미친—우리와는 종이 다른—논외의 인간들이라고 치고서야 믿을 수 있는 종교적인 주문…이라고 생각해."

"음. 뭔가 철학적이네. 그래서?"

"그러니까, 나는 이성으로 생각하고 약속할래. 미래의 아직 만나지 못한 순간마다의 딸들을 사랑하기 위해 노력하겠다고. 내 딸이 칼을 들고 내게 덤벼드는 그 순간까지도."

"약속? 나랑?"

그녀는 싱긋 웃으며 대답했다.

"아니, 나 자신이랑. 그리고, 엄마랑."

그녀는 부스스 일어나 CD 플레이어에서 CD를 꺼냈다.

"이건 내가 계속 보관하고 있을래. 케이스 어딨어?"

나는 CD가 담겨 있던 투명 케이스를 건넸다. 그녀는 아무 라벨도 붙어 있지 않은 케이스에 CD를 집어넣으며 중얼거렸다.

"그런데 왜 하필 CD였을까? 이젠 쓰기도 쉽지 않은데."

"장모님 시대의 상징이라서 아닐까?"

나는 웃으며 대답하고, 담배와 라이터를 들고 밖으로 나갔다. 그녀에겐 혼자 있을 시간이 필요하다. 분명.

집 밖으로 나와 담벼락에 기대어 담배 한 개비를 입에 물었다. 오늘은 담배가 많이 당긴다. 휴대폰을 꺼내 시간을 확인한다. 액정에는 '2023년 8월 9일 오후 8시 24분'이라는 글자가 선명하게 빛나고 있다. 한 이십 분 정도만, 밖에 있을까. 라이터를 켜고 담배에 불을 붙인다. 숨이 가쁠 만큼 쭈욱 빨아들인 뒤, 가슴에서 토해내듯 연기를 뿜어낸다. 밤하늘에 흩어지는 연기를 보며 주머니에 손을 넣어, 작은 종이를 꺼낸다. 아까의 CD 케이스에 원래 붙어 있던 라벨. 그것을 나는 물끄러미 들여다본다.

"자, 이제 어떻게 한다…."

라벨에는, 익숙한 장모님의 글씨체로 이렇게 적혀 있었다.

미래의 나에게

2000년 1월 12일, 과거의 네가

모기

얼굴만 하얀 아이였어요. 말 그대로 얼굴만. 언제나 검은 옷에, 검은 신발, 검은 가방… 덕분에 얼굴이 더 창백해 보였죠. 1학년 때 같은 반이었는데요. 딱히 남들과 친하게 지내는 아이는 아니었지만, 제가 워낙 사교성이 좋았던 지라 그 아이의 방에 가본 적이 있어요. 거기도 마찬가지였어요. 까만 책상 까만 의자, 방바닥과 벽도 새카맸어요. 그게 너무 무서워서, 울면서 집으로 돌아갔죠. 그 후로 그 아이와 친해지고 싶다는 생각은 하지 않았어요. 그 아이도 그냥, 공기처럼 교실에 혼자 앉아 있었죠. 2학년 때 그 아이가 어떻게 지냈는지는 모르겠지만, 3학년이 된—다시 같은 반이 되었는데요—그 아이는 1학년 때 그대로였어요. 저는 그즈음엔 남에게 별로 신경 쓰지 않는 아이가 되었죠.

아이들이 성장하고 달라졌기 때문이라고 생각하진 않아요. 그런 일은 이유 없이 일어나거든요. 누가 될 수도 있었죠. 그런 대상은. 어느 날 누군가가 그 아이의 뒤통수를 손으로 세게 후려친 거예요. 무슨 전조나 이유가 있었던 건 아니에요. 그냥 갑자기 실험해 본 거죠. 그래도 되는 아이인지 아닌지. 그래요. 그날 이후로 그 아이는, '뒤통수를 후려쳐도 되는 아이'가 되었어요. 누구나 후려칠 수 있었죠. 모두가 그랬던 건 아니지만, 어쨌든 이유 없이 그 아이의 뒤통수를 때리는 아이들이 있었어요. 아프겠다를 떠나서, 저러다 머리 나빠지는 거 아닐까라는 생각이 들 정도였어요. 그러던 어느 날.

"어, 모기다."

뒷통수를 후려친 아이가 손바닥을 들어 보였어요. 빨간 핏자국, 터져 죽은 벌레 한 마리. 주변에 있던 아이들도 신기하다는 듯 손바닥을 들여다보았어요. 그 아이의 뒤통수에 마침 모기 한 마리가 있었던 거죠. 그런데 그다음에 무슨 일이 생겼을 것 같아요?

"야, 고맙다고 해야지. 잡아줬잖아."

그맘때의 아이들이란, 얼마나… 아무튼 그건, 농담이 아니었어요. '고맙다고 해야지'라는 말이 반복되더니, 어느새 여러 아이가 그 아이를 둘러쌌어요.

"고맙다고 해야지. 안 해? 모기 잡아줬잖아. 아, 이 새끼가."

싱글거리는 웃음과 험악한 표정. 그거 알아요? 화내고 윽박지르고 겁주는 시늉을 하다 보면, 어느샌가 진짜로 걷잡을 수 없이 화가 나기도 한다는 거. 어느 순간 그 아이의 얼굴로 주먹이 날아들었어요. 퍽퍽, 의자를 손으로 치우고, 발길질.

"야, 야, 왜 그래."

"이 새끼가 고맙다고 안 하잖아. 죽을라고."

그날 그 아이는 결국 '고마워'라고 말하고 말았어요. 그것이 얼마나 굴욕적인 일인지 공감할 수 있었다면, 다들 그런 짓은 하지 않았으려나요? 아니면, 더 그랬을까요? 그날 이후부터, 그 아이는 뒤통수를 맞으면 '고마워'라고 말해야만 했어요. 모두가 그냥 그러려니 했어요, 가끔, 전에는 안 그러던 아이가 호기심으로 뒤통수를 때려보기도 했고요.

그렇게 한 학기 정도를 보냈을 거예요. 어느 날, 그 아이가 까만 병을 하나 들고 등교했어요. 자리에 앉아서 책상에 놓고 병을 뚫어지게 보고 있었죠. 그리고 잠시 후, 누군가 다가가 그 아이의 뒤통수를 후려갈겼어요. 그 아이는 그대로 책상에 머리를 박고 말았죠. 하지만, '고마워'라고 하지 않았어요. 그 대신 병의 뚜껑을 열었죠. 그러자 애앵- 하고, 수십, 아니 수백 마리였을까요. 어쨌든 수많은 모기가 일제히 애앵- 하고 날아올랐죠. 상상해보세요. 그 소리가 수십, 수백 개. 매미랑은 달라요. 그 거슬리는 소리, 그 불길한 소리. 그리고 그 작은 벌레들이 흩어지면서 교실에 가득… 소동이 벌어졌죠.

"아, 뭐야!"

"창문 열어 창문!"

어떤 아이는 교실을 뛰쳐나가고, 어떤 아이는 창문을 열고, 어떤 아이는 연신 얼굴 앞을 부채질하면서 뛰쳐나가고… 어땠을 것 같아요? 결국 모기를 쫓아내진 못했어요. 열 마리… 아니 스무 마리 정도가 잡히긴 했지만, 워낙 많았거든요. 그날은 교실의 아이들도, 수업하러 온 선생님도, 온몸을 수시로 긁으며 모기들과 함께 있어야 했죠. 다른 반 아이들이 소문을 듣고 구경하러 올 정도였다니까요? 그날 그 아이는 수업이 끝나고, 그야말로 죽지 않을 정도로 맞았어요. '고마워'를 했는지 안 했는지는 모르겠네요. 그리고 다음 날, 진짜 이상한 일이 일어났어요.

다음 날 아침, 그 아이는 멍들고 퉁퉁 부은 얼굴로 등교했어요. 손에는 검은 병을 들고요. 그 아이가 병을 책상에 올려놓는 순간, 교실이 조용해졌죠. 그때 누군가….

"이 개새끼가!"

…하고 소리치며 그 아이에게 달려들었어요. 하지만 손이 닿기도 전에, 그 아이는 병을 열어 버렸죠. 수백… 아니, 어쩌면 어제보다 훨씬 많은 모기들이 병에서 쏟아져 나왔어요. 교실은 아비규환이 되었죠. 애앵- 하는 소리, 뛰느라 바쁜 아이들, 공책으로 모기를 잡으려고 설치는 아이들, 난리도 아니었

어요. 그 아이를 때리려던 아이가 제일 낭패였죠. 코앞에서 병을 열어버렸으니, 꽤 많은 모기가 단숨에 얼굴로 달려들었으니까요. 얼굴 온 데가 다 모기에게 뜯겨서, 여기저기가 무슨 병이라도 난 것마냥 붓고. 얼굴을 벅벅 긁다가 소리를 마구 지르더니, 앉아 있는 그 아이의 얼굴을 발로….

"하지마."

누군가 발길질을 몸으로 막은 거예요. 그리고 말했죠.

"하지마."

"때리지마."

"하지 말라고."

하나둘 씩, 주변으로 몰려들었어요. 한 번도 이런 일은 없었는데, 왜… 아, 가려우니까. 가려운 건 견딜 수 없으니까. 이제 '남의 일'이 아니게 된 거예요. 확신은 없지만, 그 아이가 맞지 않으면 가려울 일은 없을 거다. 그런 믿음이 생겼던 거죠. 그날은 정말 모두가 고통스러울 정도로 모기에게 물어뜯겼지만, 그 아이는 한 대도 맞지 않았어요. 심지어는 그 아이를 집까지 데려다주는 아이들도 생겼죠. 하굣길에 누군가가 암묵의 규칙을 깨고 그 아이를 때릴까 봐. 하지만 소동이 워낙 컸다 보니, 교무실에 한 차례 끌려가 혼이 나긴 했어요. 대신에 다음날 아침에는 교무실에서 엄청난 모기 소동이 벌어졌죠.

더 이상 누구도 그 아이를 건드리지 않았지만, 그 아이는 항상 병을 들고 다녔어요. 딱 한 번, 그 아이가 자리를 비운 사이에 그 병을 훔쳐 간 용맹한 녀석이 있긴 했지만….

병을 도둑맞은 다음 날 아침, 그 아이는 등교하자마자 병을 열었어요. 누가 때리지도 않았고, 아무 일도 없었는데요. 그때 다들 대충 이해했죠. 아아, 이건 어제의 도둑질에 대한 보복이구나. 반 아이들 모두를 위해 도둑질을 했던 용맹한 친구는 그날 다른 아이들에게 끌려 나가 죽도록 맞았어요.

그 후로, 그 아이가 병을 여는 일은 없었어요. 모기로부터도 해방됐냐고요? 그게 그렇지가 않아요. 수천 마리가 풀렸단 말이죠. 그리고 밀집 공간에 몰려 있으면, 번식하기도 쉬워요. 모기가 피를 빠는 건 산란기라고 하잖아요? 그런데 알을 낳고 알이 성충이 되기까지 얼마나 걸리는지 알아요? 짧으면 일주일, 길면 이 주. 에어컨 속, 환풍기 속, 칠판 뒤, 캐비닛, 대걸레, 어디에 모기알이 붙어 있을지 모르죠. 병을 여는 날보단 나았지만, 병을 열지 않는 날도 모기 천지라는 사실 자체는 달라지지 않았어요. 모기 잡는 기계 뭐라고 하나요? 하여간 그게 교실에 달리기도 했는데, 수업 내내 애앵-따닥, 애앵-따닥, 이게 중창으로 들려서 결국 코드를 뽑고 말았어요. 그러고 나서 교실 바닥을 까맣게 덮은 그 시체들… 어휴.

학교에서도 별수가 없다 보니 결국 각자가 알아서 잘 피해야 했어요. 아이들은 모기에 물리지 않으려고 갖은 노력을 기울렸어요. 체취가 강할수록 모기에 잘 물린다는 이야기 때문에 아침마다 온몸을 다들 빡빡 닦고 왔죠. 자기 책상도, 자기 주변도 열심히 닦고요. 모기가 검은색을 좋아하고 흰색을 피한다고 해서, 다들 깨끗하게 세탁한 흰옷만 입고 다녔어요. 그래도 물리는 아이는 물렸지만, 생각해보면 기묘한 풍경이었죠. 기이할 정도로 모기가 가득 찬 교실에, 흰옷 입은 아이들만 들어차 있는 풍경. 물론 그 아이는 여전히 검은 옷차림이었지만요.

그 풍경 그대로 끝났으면 차라리 나았을 텐데. 아무래도 학교가 그 꼴이 되었다 보니, 학부모들도 가만있진 않았어요. 한두 명씩, 그 아이의 집으로 찾아가 소란을 부리는 사람들이 생겼죠.

점점 많아졌어요. 그 아이의 집에는 언제나 화 나서 소리 지르는 어른들이 몰려 있었죠. '좀 나와보소' '야이 씨발년아 니 새끼 데려와' 그렇게 한참 소리를 지르다가 지치면, 팔을 벅벅 긁으면 돌아가는 사람들이 대부분이었지만요. 그러던 어느 날, 그 아이의 어머니가 장을 보고 돌아오다가 우리 반 아이의 아빠랑 딱 마주쳤나 봐요. 듣기로는 머리채를 잡혀 아스팔트를 끌려다니고, 배를 걷어차이고, '개 같은 년, 개 같은 년' 하고… 거기까지 가고 나니 그 집도 버틸 수 없었나 봐요. 결국 어느 날, 그 집은 도망치듯 이사를 갔죠. 물론 그 아이도 전학을 갔고요. 여전히 모기들은 학교에 거리에 남아 있었지만, 사람들의 얼굴은 밝아졌어요. 이제 괜찮아, 하는 안도감이 여기저기서 뿜어져 나왔죠. 더러운 것이 사라졌다. 불길한 것이 사라졌다. 하지만 저는 두려움을 떨칠 수가 없었어요. 저는 봤으니까요. 그 방을, 그 새카만 벽을요. 돌봐주던 사람이 사라졌다는 사실을 깨닫고 나서도, 그것들이 과연 계속 그 집에만 머물러 있을까요?

마법의 물티슈

물건을 아끼고 잘 정리하는 습관을 지닌 사람이라면, 어떤 물건들은 좀처럼 사서 쓰지 않게 된다. 특히 차를 가지고 있다면 더욱 그렇다. 자동차는 물티슈와 수세미가 자라는 마법의 화분이다. 주택가나 번화가, 혹은 공용주차장 등, 어디가 되었든 차를 주차하고 잠깐만 눈을 떼면 어느새 수세미가 문손잡이에 꽂혀 있다. 반으로 접힌 전단과 함께. 물티슈가 떨어졌을 때는 주유소에 가서 기름을 넣으면 된다. 그러면 물티슈가 생겨난다.

그녀는 주차장의 마법으로 생겨난 물티슈와 수세미를 집에다 잘 쟁여놓고 사용했다. 언제나 그것들에는 이런저런 홍보문구가 써져 있기 마련인데, 대체로 아파트 분양 광고다. 하지만 얼마 전에 생긴 물티슈는 조금 묘했다. 거기엔 아파트 분양 광고가 아니라, 물티슈 자체의 홍보문구와 전화번호만 써 있었다.

"찌든 때, 화장품, 닦고 싶은 건 뭐든지 닦을 수 있어요!"

그녀는 고개를 갸우뚱했다. 세정 티슈인가? 그렇게 보이지는 않는데. 그녀는 그것을 주방 찬장 서랍 속에 넣고, 한동안 잊고 있었다. 그날이 오기 전에는.

그날은 김치찌개를 끓이려고 했다. 아이는 그리 좋아하지 않겠지만, 너무 많이 남은 신김치를 처리해야만 했으니까. 김치냉장고에서 신김치 반포기를 꺼내 도마에 올려두고 석석 썰었다. 냄비에 김치를 우르르 쏟아 넣고 손을 씻었다. 그러다 문득, 티셔츠 소매에 빨간 김치 양념이 엄지손가락 한 마디만큼 붙어 있는 것을 발견했다. 그녀는 무심코 그것을 싱크대에 털어내고 찬장에서 물티슈를 꺼내 소매를 닦았다. 스윽 하고 쉽게 닦였다. 깜짝 놀랄 정도로. 마치 처음부터 묻지 않았던 것처럼. 옷에 물이 들지도 않았다. 마치 마법 같았다. 이거 좋네. 많이 사둬야겠다. 그렇게 생각하고 앞뒤를 확인했지만,

아무것도 써져 있지 않았다. 전화번호가 있지 않았나? 착각인가? 그녀는 물티슈를 이리저리 보다가, 시험 삼아 레인지 후드의 찌든 때를 물티슈로 슥 문질렀다. 마찬가지였다. 어떤 세정 티슈보다도 깨끗하게 지워졌다. 신기하다고 생각했다. 세정제가 들어 있는 것은 분명히 아닐 것이다. 거품이 나오는 것도 아니고, 단백질을 녹이는 끈적한 느낌도 없다. 그녀는 다시

한번 물티슈가 담긴 팩을 이리저리 돌려가며 살펴보았다. 역시나 판매처는 적혀 있지 않았다. 아껴 써야겠다. 그녀는 그렇게 생각했다.

그 후로 며칠간, 그녀는 이것저것을 물티슈로 닦았다. 집 안은 훨씬 깨끗해졌다. 그러면서 그녀는 몇 가지 사실을 알게 되었다. 물티슈에 스며들어 있는 액체에 특별한 약품이 들어 있는 것은 아니다. 예를 들어, 키친타월에 물티슈를 꾹 짜서 액체를 적신 다음, 그 키친타월로 더러운 곳을 닦아도 그냥 키친타월로 닦은 것과 차이가 없다. 하지만 티슈 자체의 재질도 상관없다. 수분이 다 날아간 물티슈로는 제대로 닦을 수 없다. 마른 물티슈에 물을 적셔서 시도해보기도 했지만, 평범한 물티슈와 비슷한 효과에 그칠 뿐이었다. 하지만 마르기 전의 물티슈라면, 지우기로 마음먹은 것은 얼마든지 지울 수 있었다.

장난기가 동했기 때문이리라. 그런 시도를 했던 것은. 그녀는 분양광고지의 글씨를 물티슈로 문대보았다. 그러자 놀랍게도, 깨끗한 백색 유광 A4 종이를 얻게 되었다. 인쇄된 잉크도 지울 수 있다는 사실을 깨달았을 때, 좋은 생각이 떠올랐다. 아이가 좋아하는 동화책. 몇 번이고 다시 읽은 동화책을 꺼내왔다. 주인공의 이름과 주인공의 얼굴을 지우고 아이의 얼굴을 새로 그려 넣자. 자신이 주인공인 동화책. 분명 기뻐할 것이다. 그녀는 첫 페이지를 펴 주인공의 얼굴을 깨끗이 지웠다. 그리고 다음 페이지로 넘겼다. 그 순간 깨달았다. 이 물티슈는 그녀의 생각을 훨씬 초월한 마법의 물티슈라는 사실을. 다음 페이지에도, 그다음 페이지에도 주인공의 얼굴은 이미 지워져 있었다.

그녀는 어떻게든 이 물티슈의 정보를 알고 싶어서 노트북을 켜고 인터넷을 뒤졌다. 하지만 아무것도 발견하지 못했다. 그도 그럴 것이, 그녀에게는 이것이 '물티슈'라는 정보밖에 없었기 때문이다. 이름도, 상표도 모른다.

인터넷 쇼핑몰에서 수많은 상표의 물티슈를 발견했지만, 아무리 휠을 굴리고 다음 페이지로 넘겨도 원하는 물티슈는 나오지 않았다. 그때, 어떤 생각이 떠올랐다. 그녀는 모니터에 물티슈를 가져가 물티슈 상품 하나를 지워보았다. 지워졌다. 다시 하나를 골라, 지웠다. 하나씩, 하나씩. 모든 물티슈를 지워나갔다.

'지우고 싶은 건 뭐든지 닦을 수 있어요.'

지워지는 것은 그녀가 지우고자 하는 것뿐이었다. 모니터가 지워지거나, 노트북이 지워지는 일은 없었다. 결국 물티슈로 검색했을 때 아무 결과도 나오지 않게 되자, 그녀는 포기했다. 새로 사는 것은 포기했지만, 대신에 그녀는 이 물티슈가 할 수 있는 일들에 대해 더 잘 알게 되었다. 그날 저녁 마트에 갔을 때 물티슈 코너가 텅 비어 있는 것을 발견했기 때문이다. 집에 돌아와 아무것도 쓰여 있지 않은 물티슈 포장을 보며 그녀는 생각에 잠겼다. 아마도 여기에는 분명 판매처가 적혀 있었을 것이다. 누군가가 지워버린 것일까? 어째서.

그녀는 남은 물티슈를 유용하게 쓰기로 했다. 무엇을 지울 수 있을까. 무엇을 지워야 행복해질까. 가장 먼저, 대출 통장을 지웠다. 인터넷에서 보기 싫은 광고들을 지웠다. 싫어하는 단어들을 사전에서 지웠다. 인터넷에서 악하고 못된 단어들을 찾아내 지웠다. SNS에서 발견한 무서운 글에 좋아요를 누르고 댓글을 단 사람들의 아이디를 지웠다. 그러는 사이에 딱 한 장이 남았다. 그녀는 두려워졌다. 그 한 장을 유용하게 쓰지 못하게 될까 봐. 혹은, 잃어버리거나 마르게 될까 봐. 그녀는 물티슈 포장을 비닐로 꼭꼭 싸서 밀봉하고는 서랍 깊숙한 곳에 보관해 두었다. 그다음에는, 마지막 한 장을 어떻게 쓸 것인지 오랫동안 고민했다. 영원히 보관할 수 없다는 것은 알고 있었다. 만약, 누군가가, 이 물티슈를 가지고 있는 또 다른 누군가가 물티슈라는 개념 자체를 지워버린다면, 이 물티슈도 사라지고 말 것이다. 충분히 있을 수 있는 일이다. 그즈음에는 그녀도 이해할 수 있었다. 누군가가 이 물티슈의 판매처를 지워버린 이유를.

두려웠던 것이다. 사람들이 이 물티슈를 가지게 되는 것이. 그녀 역시 두려웠기 때문에 이해할 수 있었다. 그런 일이 일어나기 전에 빨리 써야 한다. 가장 원치 않는 것을 지우기 위해.

가장 행복해지기 위해. 가장 원하는 것을 위해서. 두려움과 조바심에 묶인 채 하루하루를 보냈다. 그녀는 거울 속의 자기 모습을, 점점 퀭해지는 눈을 들여다보면서 자문했다. 나는 불행한가? 불행해져 가고 있는가? 무엇이 나를 불행으로 끌고가고 있는가? 문득 거울에 비친, 뒤집힌 벽면으로 눈이 갔다.

깨달았다. 지금 가장 지우고 싶은 게 무엇인지, 자기를 가장 괴롭히는 게 무엇인지. 그녀를 두렵게 만드는, 더 나아가 인간을 빠져나갈 수 없게 조여드는 공포의 정체가 무엇인지. 무엇이 그녀의 행복한 삶에 불확정성을 덧붙이고 있는지. 그녀는 마지막 물티슈를 꺼내 최후의 적을 향해 다가갔다. 한 걸음 한 걸음 사이에 미소가 스며들었다. 유리판에 환하게 웃는 얼굴이 비쳐보인다. 환희에 떨며 그녀는 물티슈를 들어 시계쪽으로 가져갔다. 모든 것이 행복한, 지금 이대로이길.

➤┈

기어다니는 숨뭉치

"증상이 시작된 건 언제부터였나요?"

"어릴 때부터….."

남자는 졸린 듯한, 혹은 지친 듯한 목소리로 자신 없게 대답했다. 나는 남자의 전신을 다시 한번 훑어보았다. 큰 키에 근육질의 몸. 아마도 꾸준히 운동을 해온 몸일 것이다. 흠잡을 데 없는 비율과 곧은 자세. 나는 다시 차트를 내려다보았다. 혈압도, 맥박도 지극히 정상, 아니, 이상적이다. 건강 그 자체다. 의사랍시고 건강에 대해 이러쿵저러쿵 조언하기가 부끄러울 정도다. 미남이라고 하기엔 특색 없는 얼굴이지만, 깨끗한 이목구비에 피부도 좋다. 다만, 눈가를 뒤덮은 기미와 푹 꺼져 들어간 눈, 마치 영혼이 사라져 버린 것 같은, 어쩌면 죽은 사람 같은 저 눈빛. 어둠 속으로 끝없이 빨려 들어갈 것 같은 눈빛. 저 눈빛이 그 수많은 신체적 장점을 아득히 초월하여 이 남자를 나약해 보이게 만든다. 나약이랄까, 음침하달까. 어쨌거나 그것은 보는 것만으로도 심연 끝까지 빨려 들어갈 것 같은 허무 그 자체다. 나는 슬쩍 눈을 돌리고 자세를 고쳐 앉았다.

"음… 일단은, 여러 번 이야기하셨겠지만 처음부터 다시 차근차근 이야기해볼까요?"

"예, 그러니까… 어릴 때 그… 면봉을….""

남자는 약 이십사 년 전, 그러니까 열 살 때 겪은 어떤 사고를 이야기하기 시작했다. 그는 굉장히 엄한 부모 밑에서 자랐다고 한다. 어머니는 전업주부였고, 아버지는 시장에서 이불솜을 갈아주거나 하는 소위 솜틀집을 운영했다. 남자가 뭔가 잘못하거나 실수하면, 어머니는 남자의 손에 회초리를 들려서 아버지의 가게로 보냈다. 종아리를 맞기 위해 스스로 회초리를 들고 시장을 향하는 걸음은 굉장히 무겁고, 고통스러웠다. 솜틀집은 시장 제일 안쪽에 있었다. 그 앞 통로에는 이불 따위를 팔거나 다루는 가게로 가득했는데, 잔뜩 부푼 솜이불이니 베개 따위가 가게 밖으로 넘어와 있기 일쑤라 그사이를 비집고 들어가야 했다. 그럴 때면 가끔 어깨나 머리 같은 곳에 솜이불이 부벼졌는데, 그 소리가 참 싫었다고 한다.

"어떻게 표현해야 할까요. 카스슥카스슥 하는 그런 소리였을까요."

195

마치 잠꼬대를 하는 듯한, 겨우겨우 비집어 내는 목소리가 남자의 입에서 흘러나왔다. 오른쪽 입술 가장자리가 살짝 경련하는 것처럼 부자연스럽게 움직인다. 국소마취약이라도 맞은 것처럼, 둔하다.

남자는 뭔가 잘못할 때마다 시장까지 회초리를 들고 걸어가 아버지에게 종아리를 맞았다. 때로는 종아리가 패이고, 상처에서 피가 흘러나와 바지에 스미기도 했다. 그러고 나면 절뚝이며 이불집 사이를 헤쳐 나와, 꽃집으로 가득한 통로를 지나치며 상처 입은 곳이 장미 가시에 찔리지 않도록 주의해야 했다. 그렇게 집에 돌아오면 피딱지가 말라 상처에 바지가 들러붙어 있었다. 남자는 바지를 벗으며, 아니 떼어내며 고통의 신음을 흘려야 했다. 때로는 이불집 사이에서인지 꽃집 사이에서인지 하여간 어디선가 묻어온 좀벌레가 그 상처에 달라붙어 있기도 했다. 하얗고 통통한, 아주 작은 솜털 같은 벌레가 어느새 바지 속으로 들어와 검붉은 상처 위에 달라붙어 있었다. 그 하얀 벌레가 마치 딱지를 떼어내고 상처 속으로, 종아리 속으로 파고 들어가려 하는 것 같아 징그러움에 몸서리치곤 했다.

잘못이라고 해봐야 대부분 별로 대단한 것도 아니었다. 시험 성적이 잘 나오지 않았다거나, 방 청소를 제대로 해두지 않았다거나, 늦게 일어났다거나. 심지어는 용모가 단정하지 않다는 이유로도 손에 회초리가 쥐어졌다. 회초리를 들고 시장을 향해 걸어가는 길은 마치 험하고 높은 산을 무거운 짐을 진 채한 걸음 한 걸음 오르는 것 같았다. 남자는 나중에 어느 기독교 영화를 보다가, 예수가 십자가를 지고 골고다 언덕을 오르는 장면에서 그때의 기억을 떠올리기도 했다고 한다.

어쨌거나 엄한 교육은 좋든 나쁘든 효과가 있었다. 남자는 근면성실하기 위해 애썼고, 자기 스스로를 열심히 돌아보며 여러 가지 문제를 스스로 해결하기 위해 노력했다. 용모를 단정하게 하는 것도 게을리하지 않았다. 언제나 온몸을 깨끗하게 씻고, 손톱도 열심히 잘랐다. 손톱 끝의 속살이 항상 겉으로 드러나 따끔거렸고, 때로는 열 손가락 끝에 피가 맺히기도 했다. 남자는 그것을 소독약으로 열심히 닦았다. 보이지 않는 곳의 관리도 열심히 했다. 코는 세정제로 관리했고, 목욕 후에는 언제나 면봉으로 귀를 닦아냈다.

글쎄, 너무 열심이었던 게 문제였는지도 모른다. 어느 날 남자는 면봉으로 귓속을 열심히 힘주어 닦아내다가, 면봉을 부러뜨리고 말았다. 남자의 손에 남은 것은 반쪽짜리 면봉뿐이었다.

"나머지 반쪽이 어디로 갔는지는 알 수 있었죠. 오른쪽 귓속에서 달그락거리는 느낌이 있었으니까요."

열 살짜리다. 다른 아이라면 울고불고 난리를 쳤을지도 모른다. 그러지는 않더라도 부모에게 도움을 요청했을 것이다. 하지만 남자는 그러지 않았다. 그는 오히려 면봉이 귓속에 들어갔다는 사실을 엄마에게 들킬까 두려워했다. 그는 자신에게 발생한 문제를 스스로 해결하려고 했다.

"처음에는 머리를 오른쪽으로 기울이고 흔들어봤죠. 병에 들어간 물건을 흔들어 빼는 요령으로요."

하지만 머리는 병처럼 움직여 주지 않았다. 머리 반대쪽을 손바닥으로 탁탁 쳐보기도 했지만, 면봉은 빠져나오지 않았다. 몸을 이리저리 흔들어 보았다. 카스슥카스슥 하고 솜털이 고막을 스치는 소리가 크게 들렸다. 남자는 결국 포기하고 욕실을 나왔다. 욕실에 너무 오래 있으면 엄마가 이상하게 생각할 것이므로. 조금만 더 나이가 많았더라면, 이비인후과에서 빼야겠다고 마음 먹었을지도 모른다. 하지만 아직 열 살인 남자아이에게 병원은 혼자서 몰래 갈만한 곳이 아니었고, 병원에 간다는 건 돈이 많이 드는 일이었다. 남자는 귀의 이물감을 참아내며 평정을 유지하려 애썼다. 잘 때는 이물감에 뒤척였다. 뒤척일 때마다 귀가 눌리고, 귀 안쪽에서 카스슥카스슥 하는 소리가 동굴 속 메아리처럼 울렸다. 하지만, 끝끝내 참아냈다.

다음날 욕실에서, 남자는 새 면봉을 꺼냈다. 면봉을 사용해서 안에 있는 면봉 조각을 꺼내기로 한 것이다. 하지만 소용없었다. 이미 면봉 반쪽이 들어찬 귓속은, 새 면봉이 들어가기엔 너무 좁았다. 남자는 새 면봉을 손으로 부러뜨렸다. 결 따라 길게 사선으로 쪼개진 나무 끝은 가늘고 날카로웠다. 남자는 조심조심 그 끝부분을 귀에 밀어 넣었다. 그것은 면봉과 귀벽 사이의 틈으로 무리 없이 들어갔다. 그 조각으로 천천히 안쪽의 면봉을 들어 올려… 하지만 실패했다. 가느다란 끝부분이 꺾여 나왔을 뿐이다. 'ㄱ'자로 꺾인 나뭇조각을 보면서 남자는 다른 아이디어를 떠올렸다. 그것을 귓속의 면봉에 걸어서… 힘겹게 틈 사이로 밀어 넣은 고리를 다시 구부려… 귀 천장이 나뭇조각에 밀려 올라간다. 아프다. 참고, 밀어 넣어… 힘을… 쿡. 쿡. 쿠욱. 구부러진 끝부분이 귓속 어딘가 예민한 부분을 건드리는 감각. 그극…그극… 아니, 거글…거글… 하는. 손톱을 깎을 때처럼, 손톱 끝 속살이 어딘가에 부딪혔을 때의 찌릿한 감각. 그 예민하고 간지럽고 따갑고, 시린 감각. 최대한, 고리를 당겨낸다. 그극, 그극… 그륵, 그륵… 여러 차례 시도하고, 결국 남자는 나뭇조각을 도로 빼냈다. 면봉을 꺼내기는커녕, 나뭇조각이 약간 짧아져 있었다. 끝부분이 바스러져 귓속에 남았는지, 아니면 젖어서 뭉쳤을 뿐인지는 알 수 없지만. 젓가락 같은 게 있었으면 좋았을 텐데.

그날 밤에는 달그락거리는 소리가 유난히 더 거슬렸다. 고막을 뭔가가 계속 두드리는 듯했다. 마치 귓속이 모래주머니가 된 것만 같았다. 그리고 그 모든 감각 속에서도 계속 신경을 거스르는 카스슥카스슥. 그것은 둘만의 세상에서 무언가가 속삭이는 소리 같았다. 그 무언가와 나만의, 비밀의 세계라고 생각하다가, 남자는 소스라치며 놀라 일어났다.

그날 밤 꿈속에서는 면봉이, 그 하얀 솜털이 거대한 귓속 세계를 누비며 기어다녔다. 솜털로 바닥을 쓸며, 카스슥카스슥하고 아주 깊숙한 곳까지. 남자는 그것을 잡으려고 했지만 그러지 못했다. 그것은 자신의 귓속이니까. 나의 것이지만 내가 개입할 수 없는 세계. 오로지 저 작은 솜털에게만 허락된 세계. 남자는 그 세계에 깊은 절망을 느꼈다. 아침에 일어났을 때 베개 한쪽이 살짝 젖어 있었다. 밤새 침이라도 흘렸나 했지만 그게 아니었다. 그것은 귀에서 나온 진물이었다.

다음 날도, 그다음 날도 남자는 끝없이 시도했다. 이쑤시개 두 개를 젓가락처럼 사용해 귀에 집어넣어 보기도 하고, 면봉에 양면테이프를 둘러 집어넣기도 했다. 그러다 어느 날, 욕실에 있던 기가 막힌 물건을 발견했다. 큐티클 가위라고 불리는 그것. 손톱 뿌리 부분의 투명한 살 쪽, 그 가장자리를 잘라내는 물건이었다. 귀에 들어갈 만큼 가늘고, 단단하며, 벌리고 오므릴 수 있는 물건. 남자는 그것을 귀에 집어넣었다. 귓속에서 가위질을 열심히 하며, 면봉을 잡아빼려고 했다. 하지만 젖어서 미끄러워진 면봉은 가위에 잘 잡히지 않고 빠져나갔다. 가위의 날이 날카롭고 매끈한 탓도 있었다. 가위가 자꾸 헛돌았다. 미끄러진 가위는 귀 벽을 때리고 귀 입구를 긁어낼 뿐이었다. 문제는 어떻게 해도, 아주 아슬아슬하게 실패한다는 것이었다.

가위가 면봉을 잡아낸 그 분명한 감촉, 그 손맛. 그것이 남자를 포기할 수 없게 만들었다. 다음날도, 그다음 날도 남자는 목욕 후에 그 가위를 귓속으로 집어넣었다. 그것은 점차 어떤 유희가 되어가고 있었다.

어느 날, 귓속에서 또각하는 감촉이 느껴졌다. 가위로 잡고 힘을 주는 순간, 면봉이 다시 안에서 두 조각난 것이다. 남자는 두 조각이 되어 귓속에서 굴러다니는 면봉을 가위로 긁어내려고 했다. 하지만 잘되지 않았다. 때때로 그것은 바닥에 붙어, 때때로 그것은 귀 안쪽으로 더 깊숙하게 들어가… 깊숙이 들어간 나뭇조각을 꺼내기 위해 가위는 더 깊이 안쪽으로 들어갔다. 남자의 귀에는 점점 상처가 늘어났다. 카스슥카스슥 하는 이명은 점점 더 심해져 갔다.

남자는 새로운 아이디어를 떠올렸다. 집어낼 수 없다면, 자르자. 자르고 잘라서 산산조각을 내서, 그래서 새 면봉으로 닦아내면… 그날부터 매일 남자는 귓속에서 수없이 가위질을 했다. 무엇이 잡히든 잡히지 않든, 설사 헛된 가위질이라도 신경 쓰지 않았다. 그저 귓속에서 가위로 서걱서걱하는 것에 열중했다. 그러다 보면 사각거리는 파편들이 느껴지기 시작했다. 남자는 그것을 가위로 긁어내고, 면봉으로 닦아냈다. 귓속은 조금씩 가벼워졌다. 이물감도 줄어들었다. 나무는 조금씩 파편이 되어 밖으로 나왔다. 하지만 솜뭉치만은 귓속 어딘가에 숨어서, 가위에 잡히지 않았다. 도통. 카스슥카스슥 하는 소리는 밤마다 커져만 갔다. 꿈속의 솜뭉치는 물을 먹어 점점 통통해져 갔다. 그것은 귀에 난 상처의 피딱지를 뜯으며 점점 안으로 안으로 들어가며 성장했다. 커지면서 그 형태는 점점 더 뚜렷해져 갔다. 이제 그것은 솜뭉치가 아니라, 좀벌레로 보였다.

"그렇게 열두 살까지를 보냈군요."

"…예, 하지만 열두 살이 되었을 때, 저는 버스를 혼자 탈 줄 알게 되었죠."

버스를 혼자 타는 나이. 병원도 혼자 갈 수 있는 나이. 남자는 용돈을 모아, 용기를 내어 이비인후과에 갔다. 의사 선생님은 남자의 귓속에 조명을 비추며 입구를 벌리고, 아주 가느다란 집게로 이물질을 빼낼 준비를 했다. 하지만 이리저리 들춰보고, 벌려보던 끝에 의사 선생님은 집게를 내려놓고 말했다.

"아무것도 없는데? 귓속도 깨끗해요."

그럴 리가 없었다. 귓속엔 여전히 카스슥카스슥 하는 소리가 나고 있었다. 하지만 아무리 항변해도, 아무리 의사 선생님이 들여다보아도 결과는 같았다. 남자는 결국 소득 없이 병원을 빠져나올 수밖에 없었다. 그날 밤에도 여전히 들려왔다. 카스슥카스슥. 솜이 귓속을 헤집으며 기어다니는 소리가. 오른쪽 귀는 점점 먹먹해졌다. 오른쪽에서 들리는 소리는 점점 멀리서 들리는 메아리처럼 느껴졌다. 그럴 때마다 귓속 이물질의 존재감을 느낄 수 있었다.

나이를 더 먹고 어른이 되었을 때는, 좀 더 여러 가지 상상을 할 수 있었다. 그것은 귓속 깊숙이, 더 깊숙이 들어가서 뭔가를 덮어버린 것이 아닐까. 스무 살이 넘었을 때 남자의 오른쪽 귀는 거의 들리지 않게 되었다. 또렷한 것은 오직, 그 카스슥카스슥 하는 소리뿐이었다. 하지만 아무리 이비인후과에 가고, 이런저런 투시를 해보아도 달라지는 건 없었다. 최소한 의사가 보기엔, 그 귓속에 이물질 같은 건 없었다.

조금 더 나이가 들고나서는 다른 상상을 하기 시작했다. 이것은 혹시 정신적인 문제가 아닐까. 면봉이 들어갔던 트라우마 때문에 여전히 귓속에 그것이 있다고 믿는… 감각적으로는 그것이 아니라고 느끼고 있었지만, 논리적으로 생각하면 있을 수 있는 일 같았다. 그래서 그는 상담을 받기 시작했다. 하지만 소용없었다. '귓속에 면봉이 있다고 믿는다'라는 사실만 제외하면, 그의 정신은 지나칠 정도로 건강했다. 물론 환자의 증상을 이리저리 제 나름대로 분석해 내는 상담사나 의사는 있었지만, 그것이 치료로 증명되지는 않았다. 그러는 사이에 그의 오른쪽 귀는.

"일단 테스트를 좀 해보겠습니다. 시선은 정면으로 향해주세요."

그렇게 말하고 나는 일어서서 남자의 오른쪽 귀로 다가갔다. 그리고 손안에 숨겨둔 탈지면을 귀 가까이에 가져간 뒤, 우그리며 비볐다.

카스슥….

"들리십니까?"

"아뇨, 아무것도…."

남자의 오른쪽 입술이 비웃듯이 올라갔다. 나는 조용히 자리로 돌아와 앉았다. 그리고 노트에 증상을 기록한다. 오늘은 이 정도로 충분하다. 나는 남자를 돌려보내고 곰곰이 생각에 잠겼다.

정신과적 문제… 어쩌면 그럴 수도 있겠다. 하지만 면봉이 들어간 것 때문에 생긴 트라우마가 원인일 것 같지는 않다. 오히려 트라우마 때문에 면봉이 들어간 게 아닐까… 아니, 정확하게 말하면 면봉이 들어갔다는 것 자체가 착각, 혹은 상상이 아닌가. 예를 들어 어린 시절에 받은 어떤 정신적인 충격, 혹은 깊은 인상 때문에 귀에서 이명이 들리기 시작했다고 상상해보자. 아마도 아버지에게 회초리를 들고 갈 때의 스트레스와 이불집 사이를 비집고 들어갈 때의 카스슥카스슥 하는 소리, 그리고 종아리에 들러붙었던 좀벌레의 기억들이 합쳐져 그의 어린 마음에 상흔을 남겼다. 그 상흔 때문에 그런 이명을 듣거나 꿈을 꾸었다…고 생각할 수도 있겠다. 그리고 그 이명이 들리는 이유를 스스로에게 설명하기 위해, 어렸을 적 면봉이 귀에 들어갔다는 거짓 기억을 만들어 냈다. 그럴 수도 있을 것이다.

하지만 아까의 청력 테스트를 생각해보면 그게 아닐지도 모르겠다. 귓속에 면봉이 들어갔다는 이야기 자체는 거짓 기억일지 몰라도, 이명의 원인은 트라우마 같은 정신적인 것이 아닐 것이다. 어쩌면 명백히 존재하는 현실, 그 현실을 부정하기 위한 방어기제로 거짓 기억이 만들어진 것은 아닐까. 그게 정답이라고 확신할 수는 없지만, 어쨌든 남자의 귓속에 뭔가가 들어 있는 건 분명하다. 그 사실을 확신한 건 그의 오른쪽 귀 근처에서 탈지면을 우그러뜨렸을 때였다. 남자는 분명 들리지 않는다고 했지만, 그 순간 남자의 눈동자는 빙그르 돌며 내 쪽을 향했다. 신기하게도 오른쪽 눈만이.

편식의 역사

　피가 이어져 있다고 해도 부모랑 할머니는 다르죠. 하다못해 애가 밥 먹는 걸 볼 때도 그래요. 부모는 애가 편식을 하면 어쩌나, 영양 균형이 안 맞게 먹으면 어쩌나 걱정하지만, 할머니는 이것저것 그냥 애가 좋아하는 거 다 집어주는 편이죠. 손자가 있는 어르신들은 다 그런가 보더라고요. 뭐랄까, 손자의 호감을 받기 위해 애를 쓴달까 그런 느낌. 우리 엄마도 그래요.

　우리 애가 여섯 살일 때까지만 해도 가리는 게 많아서, 당근이랑 피망을 보면 질색을 했죠. 그래도 그런 거 잘 먹었으면 좋겠으니까 꼭꼭 피망을 챙겨 넣는 편인데, 할머니가 밥상에 앉으면 웃기는 꼴이 벌어져요. 할머니가 피망을 다 골라 먹는 거죠. 애가 좋아하는 것만 먹을 수 있도록. 제 입장에선 속상하긴 하지만….

애들은 치킨 좋아하잖아요. 엄마는 우리 집에 올 때마다 꼭 치킨을 사와요. 손자 먹이려고. 기름진 걸 너무 자주 먹는 게 걱정되는데, 엄마가 올 때마다 사오니까, 평소엔 치킨을 안 먹이려고 해요. 그러다 보니 애 입장에서 할머니가 오는 날은 치킨 먹는 날이고, 치킨을 먹으려면 할머니가 와야 하는 거죠. 그 덕에 결과적으로는 할머니에 대한 호감도가 굉장히 높아진 것 같아요. 우리 애 치킨 정말 좋아해요. 그런데, 그래도 할머니가 사 오는 치킨은 뭔가 이상하긴 했나 봐요. 어느 날 제게 묻더군요.

"엄마, 할머니가 사오는 치킨에는 왜 치킨 무가 없어?"

저는 엄마가 치킨을 살 때 치킨 무를 거절한다는 사실을 알고 있었지만, 그 이유를 설명하기가 그리 간단하진 않더라고요. 그래서 그냥 대충 둘러댔어요.

"할머니는 치킨 무를 무서워해서 그래."

"치킨 무를 무서워해?"

"그래, 치킨 무도, 단무지도, 냉면 무도, 절인 무는 다 무서워한단다."

사실, 완전히 거짓말은 아니긴 했지만 그렇다고 납득이 갈만한 설명도 아니었죠. 역시나 아이는 이해가 안간다는 듯 고개를 갸우뚱했어요. 아이는 치킨도 좋아하지만 치킨 무도 좋아하는 편이거든요. 국물을 마실 정도로. 그러니 더욱 잘 이해가 안

가겠죠. 그런데 아이의 입에서 나온 말은 예상과 다른 것이었어요.

"할머니 불쌍해."

불쌍하다. 그럴 수도 있겠구나.

"그래요. 불쌍해요. 그런데 우리 아들은 피망이 무섭니?"

아이는 고개를 저었어요.

"무섭지 않으면 잘 먹어야 해요. 잘 먹지 않으면 아프고, 아프면 무서워지니까."

이해했는지 어떤지 모르겠지만, 아이는 그때부터 싫어하는 것들도 조금씩 먹으려고 노력하는 것처럼 보였어요. 뭐, '할머니는 치킨 무를 무서워해'라고 가볍게 말하긴 했지만, 사실 그렇게 간단하게 표현할 수 있는 이야기는 아니에요.

엄마는 1953년생이에요. 전후의 농촌에서 태어났죠. 가난할 때잖아요. 먹을 것도 적고. 당시에는 정부 차원에서 국민들에게 말린 무로 단무지를 만들어 먹으라고 권장했다고 해요. 뭐 그 시절의 단무지는 이름이 단무지도 아니었고, 맛도 모양도 지금과는 많이 달랐다고 하죠. 일단 쌀겨나 소금으로 담그는 전통 방식이라 달지도 않았고, 지금처럼 치자나 색소를 쓰지도 않으니 색깔도 옅었대요. 살색에 가까운, 그런 느낌이죠. 수분도 적어서 주름지고 좀 꼬들꼬들한 느낌의… 마트 같은 데서 파는 꼬들 단무지 알죠? 그런 느낌. 가정에서 그렇게 단무지를 반찬으로 만들어 먹다가, 60년대에 군사정권이 들어서면서 국가사업으로 단무지 공장이 세워지기 시작했죠. 농촌 지역을 중심으로요. 엄마가 그 공장에 출근하기 시작한 것이 1967년, 열네 살 때였대요.

거기서 처음으로, 통무로 만든 단무지를 보았대요. 절단 가공을 하기 전의 커다란 단무지요. 그 전엔 볼 일이 없었죠. 집에서는 남는 무로 단무지를 만들고, 시장에서 파는 것은 자른 것들이니까요. 그 첫 만남에서 엄마가 느낀 건, 혐오감이었어요.

"꼭 할배 종아리 같더라."

엄마는 그렇게 표현했죠. 흔히 보는 무와 단무지를 만드는 무는 좀 다르거든요. 길쭉해요. 정말 종아리 정도가 아니라 다리처럼 길쭉해요. 그게 염장하는 과정에서 쪼글쪼글해지고 살색으로 변한 데다가, 흐물흐물해진 수염뿌리까지 다리털처럼 달렸으니… 엄마가 첫인상을 그렇게 표현할 만도 해요. 아주 징그러웠다고 하더군요. 그래도 먹을 게 없으니까 단무지를 아예 안 먹진 않았어요. 애초에 공장에서 나오는 식사란 게 밥과 단무지가 다였거든요. 엄마는 거기서 굉장히 오래 일했어요. 아이를 낳고, 아이가 학교에 들어갈 때까지. 아이라는 건 물론 저예요. 이십 년을 일했죠. 말 그대로 청춘을 거기서 다 보낸 셈이에요. 그 기간에 여러 가지 일이 있었지만, 열아홉 살쯤에 겪었던 일이 가장 먼저 기억에 남는다고 하더군요. 공장에 엄마보다 약간 나이가 많은 남자가 하나 있었는데, 단무지를 절단하고 포장기에 넣는 작업을 맡은 사람이었어요. 그런데 그날따라 몸이 무척 안 좋아 보이더라니, 결국 사고가 난 거죠. 손가락이 절단기에 잘려 나간 거예요. 그리고 그 손가락은 포장기로 들어갔죠. 당연히 공장에 난리가 났어요. 그 당시에도 손가락 보존만 잘하면 다시 붙일 수는 있었대요. 워낙에 한국에서 그런 일이 많다 보니 수술 수요도 그만큼 많아서, 한국이 특히 접합수술이 발달한 나라였다고 하더라고요. 하지만 그 손가락은 도통 찾을 수가 없었어요. 손가락을 잘린 남자는 결국 공장에서 내쫓겼고요. 엄지손가락이었거든요. 그게 없으면 기계조작을 못 하니까요. 그때 엄마 머릿속에는 두 가지 생각밖에 없었대요. 내쫓기면 안 되니까 손가락 잘리지 않게 조심해야겠다. 그리고 잘린 손가락은 어디로 갔을까. 그때부터 엄마는 식사때마다 단무지를 휘적휘적해서 확인해보는 버릇이 생겼대요. 혹시나 뭔가 있을까 봐서.

스무 살이 넘어서는 공장에 단짝 친구 비슷한 것도 생겼나봐요. 또래 여자아이들이 몇 명 있어서 자연스럽게 친해졌대요. 엄마는 그 시절이, 그 친구들이 아직도 기억나나 봐요. 이름도 기억하고요. 그중에서 한 명, 경희라는 이름이었다고 하더군요. 그때가 1980년이니까, 엄마가 스물다섯 살 때죠. 그때 죽은 친구의 이름이에요. 무를 절일 때 쓰는 커다란 수조가 있거든요. 그걸 절임 탱크라고 부르더라고요? 그 안에서 시체로 발견되었대요. 익사체로. 말 그대로 단무지 국물에 빠져 죽은 거죠. 빠져 죽을 정도의 높이는 아닌데, 발효과정에서 가스가 나오거든요. 안에서 수조 청소 작업을 하다가 가스를 너무 들이마셔서 기절하는 바람에 빠져 죽고 만 거였어요. 시체를 발견하고 소동이 일어나자 제일 먼저 달려온 건 경찰이 아니라 군인들이었대요. 계엄령이 선포된 상태였다나요. 혹시라도 무슨 일이라도 벌일까 봐 군인들이 삼엄하게 감시한 탓에, 엄마는 눈물도 못 흘렸다고 하더라고요. 얼마 지나지 않아 감시도 풀리고, 공장은 다시 돌아갔대요. 사장은 그 친구가 시키지도 않은 작업을 몰래 하다가 사고가 일어났다고 증언했고, 그 말은 그대로 받아들여졌다고 해요. 엄마는 그 수조에서 작업을 할 때마다 기분이 안 좋아졌지만, 그래도 일은 계속할 수밖에 없었대요. 제가 태어난 지 이 년도 안 된 때였으니까요. 단무지도 열심히 먹을 수밖에 없었대요. 일을 해야 하니까. 하지만 역시 먹으려고 할 때마다 한 번 더 쳐다보는 건 어쩔 수 없었나 봐요. 친구가 빠져 죽은 곳, 거기서 만들어진 음식. 그 작은 무쪼가리 하나에 수많은 상징이 다리털처럼 더덕더덕 붙어서, 자라고 많아지고⋯ 그랬나봐요. 단무지가 엄마를 철학하게 만들었던 거예요. 그러고 보니 엄마가 이런 이야기도 했었어요.

'단무지는 말이야, 다쿠앙이라는 스님이 만들었다고 해. 그런데 스님들은 식사 공양이라는 말을 하잖아? 그러니까 이 단무지라는 것도 결국 공양물이라는 거지. 공양이 뭐니, 제물을 바치는 거 아니겠니? 불교 이전의 공양이라는 건 당연히 동물을 바치는 것이고, 그중에서 아주 수준 높은 제물은 인간이겠지. 인신 공양이라고 하잖아. 불교에서는 살생을 못 하게 하니까 동물 대신 채소를 바친 거겠지만, 그래도 더 수준 높은 제물을 바치고 싶은 마음이 있었겠지. 그래서 최대한 인간의 몸과 비슷한 걸 만든 건 아닐까…. 그런 생각이 자꾸 들어.'

엄마는 그때의 그 친구가 단무지를 위한 제물이 되었던 건 아닐까, 그런 생각도 들었다고 했어요. 엄마가 단무지를 아예 못 먹게 된 건 제가 여덟 살, 엄마가 서른네 살 때의 일이에요. 그때까지도 공장에서 점심때 주로 나오는 반찬은 단무지였다고 하더라고요. 여덟 살 때 일이라 정확히 기억하지는 못해요. 1987년이 굉장한 해였다는 건 어른이 되어서야 그렇게 들어서 알게 되었을 뿐이죠. 많은 사람이 거리로 나갔다. 사람이 많이 죽었다. 여기저기서 파업이 벌어졌다. 지금에 와서야 아는 이야기예요. 아이들의 기억이라는 건 참 이상하죠? 하지만 딱 하나, 기억나는 장면이 있어요. 어느 날 학교에서 선생님이 말하셨어요.

"부모님이 파업 같은 데 참가한 사람 손 들어보렴."

선생님은 평소처럼 웃는 얼굴이었지만, 저는 왠지 불길한 기분이 들었어요. 그때 느낀 기분이 너무 강렬해서 아직까지 선명하게 기억하는 것일지도 모르죠. 그날은 결국 아무도 손을 들지 않았어요. 선생님은 흡족해했죠. 그리고 이렇게 말했던 것 같아요.

"우리 반엔 빨갱이가 없어서 다행이구나."

집에 가서, 아마 퇴근하고 돌아온 엄마에게 그 이야기를 했던 것 같아요. 엄마는 그날 절 꼭 껴안아 주었죠. 저야 기분이 좋았죠. 오랜만에 엄마가 절 껴안고 잤거든요. 그러고 얼마 후, 엄마가 다니던 공장에도 파업이 일어났던 것 같아요. 엄마는 파업에 참가하지 않았어요. 집으로 그냥 돌아왔죠. 그때 공장을 그만두었다고 해요. 한동안 엄마는 집에만 붙어 있었어요. 매일 TV만 봤던 것 같아요. 특히 뉴스를. 가끔은 울기도 하고, 아니지. 매일 울었던 것 같아요. 그리고 밤에는 저를 꼭 껴안고 잤죠. 아마 그때부터 단무지는 먹지 않게 된 것 같아요. 왜 엄마가 단무지를 먹지 않는지 알 것도 같지만, 그걸 말로 설명하기가 너무 힘드네요. 아마 엄마 자신도 설명하기 힘들 것 같아요.

제가 막 결혼하기 직전에, 그러니까 그게 십이 년 전이니까, 엄마가 쉰여덟 살, 제가 서른두 살 때였던 것 같네요. 엄마랑 술을 마셨어요. 그때 물어봤죠. 엄마는 그때, 내가 없었으면 파업에 참여했을 거냐고. 엄마는 그렇게 대답했어요.

"아무리 생각해도, 그걸 모르겠단다."

2016년에는 세상이 참 떠들썩했어요. 한국에선 대통령이 탄핵을 당하고, 미국에선 도널드 트럼프가 당선되고, 이세돌이 알파고에게 졌죠. 그리고 우리 집엔 아이가 태어났어요. 엄마는 손주를 정말 좋아했죠. 단무지를 먹이진 않았지만요. 아이도 한 해 한 해 훌쩍 자라서, 일곱 살이 된 2023년에는 피망도 당근도 좋아하게 되었어요. 그리고 그 해에, 엄마는 일흔 살 생일을 병원에서 맞게 되었죠. 대장암 말기. 항암치료를 버틸 수 있는 몸 상태도 아니었죠. 마음의 준비를 하라고 하더군요. 글쎄요, 뭘 어떻게 준비해야 했을까요.

마지막 날의 일은 분명히 기억나요. 아이의 손을 잡고 병원 복도를 걸었죠. 지하 식당에서 맛없는 저녁을 먹었어요. 저는 라면을, 아이는 짜장면을 먹었죠. 병원에서는 짜장면과 라면 외에는 먹을 게 못 된다는 걸 경험으로 알고 있었으니까요. 꽃을 사진 않았어요. 엄마도 나도, 알고 있었으니까요. 아이도 어느 정도는 눈치챈 것 같았어요. 할머니에게 마지막 인사를 하러 간다는 것을. 입술을 꾹 깨물고, 주먹을 꾹 쥐고, 긴장한 것처럼 걸었거든요.

엄마 앞에 섰을 때, 입이 떨어지지 않았어요. 마음의 준비라니, 뭘 하면 되는 걸까요. 뭘 말하면 되는 걸까요. 엄마는 힘없는 눈으로 날 바라보고 있었어요. 엄마, 괜찮아? 괜찮을 리가 없지. 그때, 내 옆에서, 옆구리께에서 작은 주먹 하나가 쑥 나왔어요.

"할머니, 아— 해."

식당에서부터 내내 펴지 않던 주먹. 아이의 주먹이 엄마의 머리 위에. 무슨 일이 일어난 건지, 아이가 뭘 하는 건지 나는 이해할 수 없었어요. 하지만 엄마는 이해한 것 같았죠. 눈빛이 변했어요. 그것은 아마 공포에 가까운.

"할머니, 편식하면 안 돼."

아이의 손가락 사이로 살짝 배어 나온 노란 물기. 그제야 저는 아이가 뭘 하려는지 깨닫고 소스라치게 놀랐어요. 아이를 붙잡으며, 그러면 안 된다고….

"…괜찮다."

힘없는, 겨우 짜낸 목소리. 여전히 공포가 깃든 눈. 엄마는 고개를 끄덕이려고 하는 것처럼 보였어요. 그 억지 웃음 사이로 새어 나온 짧은 두 글자.

"주렴."

작은 손이 할머니의 입가로. 짜장면을 먹다가 할머니를 위해 남겨둔 한 조각의 선물이 할머니의 입속으로. 엄마는 씹지 않았어요. 사실 뭔가를 씹거나 넘길 수 있는 상태가 이미 아니었죠. 그저 입에 머금고, 복잡한 표정으로 눈을 감았을 뿐이죠. 한참 후에야. 저는 엄마가 울고 있다는 걸 깨달았어요. 소리를 내지도, 눈물을 흘리지도 않았지만 알 수 있었죠. 엄마가 통곡

하고 있다는걸.

무엇이 엄마를 울게 했을까요. 추억? 후회? 미안함? 아니면
그 울음은 누군가를 향한, 형체 없는 공양 같은 것이었을까요.

눈사람이 보고 있다

    어느 날 아침, 마을 어귀에 커다란 눈사람이 생겼다. 아마도 아이들이 만들었겠지. 그렇다곤 해도 혼자서 만들기에는 불가능해보일 만큼 커다란 눈사람이었다. 눈이 그렇게까지 많이 온 것도 아니었는데. 아이들 여럿이서 온 마을의 눈을 긁어다가 만들지 않았을까 싶다. 키는 어린아이보다는 훨씬 크고 어른보다는 조금 작은 정도. 흔히 볼 수 있는 머리와 몸통 구조의 뚱뚱한 눈사람이었지만, 그래도 꽤 열심히 만든 티가 난다. 닭발같이 생긴 굵은 나뭇가지를 둥근 몸통 좌우에 꽂아 팔을 만들었고, 납작한 돌 따위를 한 줄로 가지런히 달아 단추를 표현했다. 표면은 생수를 부어 다듬었는지 매끈매끈하다. 어디서 구했는지 삼각형에 한없이 가까운, 코처럼 생긴 돌을 머리 중앙에 박았고, 그 아래에 까만 뭔가를 반원형으로 박아 넣어 웃는 입을 표현했다. 석탄이나 연탄 같은 것일까. 설마 똥은 아니겠지. 아니었으면 좋겠다. 쓰레기장이나 의류 수거함에서 주워 왔을 법한 낡은 목도리가 목에 감겨있었고, 머리에는 신사들이 쓸 법한 까만 모자가 씌워져 있었다. 모자가 바람에 날려가거나 벗겨지지 않도록 여기도 물을 부어 얼려놓았다. 이렇게까지 꼼꼼하게 만든 눈사람인데도, 기묘했다. 있었는데 사라진 것인지 처음부터 없었던 것인지는 몰라도, 코와 입은 있지만 눈이 없는 기묘한 형태였다. 뭘까.

눈이 없다는 사실만으로도 눈사람은 참 불길하게 보였다. 어른들은 눈사람을 신기해하면서도 약간 징그럽다는 눈길로 쳐다보았지만, 아이들은 그런 건 전혀 신경 쓰지 않는 모양이었다. 깔깔대며 눈사람 주위를 돌고, 그 주변에 옹기종기 모여서 바닥의 눈을 손으로 쓸어 담으며 놀기도 했다.

볕이 나는 날도, 비가 오는 날도 있긴 했지만, 한동안 눈사람은 그렇게 있었다. 날이 따뜻하거나 비가 오면 표면이 조금씩 녹아내렸는데, 그 탓에 입꼬리가 아래로 내려가 기분 나쁜 표정처럼 보이기도 했다. 하지만 다음날이면 곧 표정이 다시 원래대로 돌아왔다. 동네 아이들이 내내 거기에 붙어 있었다고 하니, 그 아이들이 다시 고쳐 놓은 것이리라. 아이들이 눈사람을 좋아하는 것은 이상한 일이 아니지만, 그래도 좀 달랐다. 보통은 처음엔 좋아한다고 하더라도, 금방 질리지 않나? 하지만 아이들이 눈사람에게 보이는 태도는 변하지 않았다. 어딘가 집착에 가깝다고 느낄 정도로.

심지어 때로는 아이들이 눈사람 앞에서 멍하니 서 있는 광경도 보이곤 했다. 멍하니…랄까, 아니지. 입은 쉴 새 없이 재잘거리고 있었다. 마치 눈사람에게 뭔가 계속 이야기하고 있는 것처럼. 눈사람과 대화하는 거 같기도 하고, 무슨 이야기를 들려주는 것 같기도 했으며, 보고한다는 느낌을 주기도 하는 기묘한 장면이었다.

아이들의 기행은 거기서 끝나지 않았다. 때때로 눈사람 앞, 제단처럼 쌓아놓은 나무판자 위에 음식물이 올라가 있기도 했다. 아이들이 한 짓이라는 건 금방 알 수 있었다. 서툴게 빚어놓은 주먹밥, 남긴 도시락 반찬 따위가 있었으니까. 남긴 반찬이라고 생각할 수밖에 없는 것이, 대체로 아이들이 별로 안 좋아하는 야채나 생선 같은 것들이 올려져 있었다. 그렇다고 해도 말 그대로의 잔반 같은 것을 생각하면 곤란하다. 씹다 만 것 따위를 올려두지는 않았다. 생선이면 깨끗한 생선 한 조각, 야채 볶음이라면 종이컵에 담아서. 반쯤 먹은 생선을 올리거나, 볶음에서 당근만 빼서 올리는 그런 짓은 하지 않았다. 뭐랄까, 애매한 예의? 어정쩡한 매너 같은 걸 차리고 있는 것 같았다. 눈사람에게.

사실 나도 처음에는 조금 불쾌하고 신기할 뿐이었다. 하지만 아이들의 기행이 점점 이어지면서, 어쩐지 조금 무서워지기 시작했다. 마을의 다른 어른들도 모두 그랬던 것 같다. 어른들은 눈사람을 조금씩 피하기 시작했고, 아이들에게도 그 근처에 가지 말라고 주의를 주었다. 하지만 아이들이란, 결국 제가 원하는 일을 하기 마련이다. 마을 아이들은 언제나 눈사람을 찾았고, 그 앞에서 점점 더 바글거렸다. 지나가다 제단 앞에 아이들이 몰려든 모습을 보면 몸속에 불온한 한기가 느껴졌다. 만약 아이들이 그 앞에서 절이라도 하는 장면을 봤다면 공포로 기절했을지도 모르겠다. 다행히도 그런 일은 일어나지 않았다. 어디까지나 아이들에게 그것은 보살핌의 대상일 뿐, 숭배의 대상까지는 아니었던 모양이다. 하지만 저 제단은 뭘까. 엎드려 빌지는 않는다 하더라도, 제단에 음식을 올리는 행위는 무엇을 의미하는 걸까. 나는 눈사람 근처를 지날 때마다 그 제단을 유심히 보게 되었다.

어느 날, 여느 때처럼 눈사람 곁을 지나가다가 나는 제단에 올라간 익숙한 음식을 보고 말았다. 그것은 동그란 굴림 만두였다. 달걀을 입혀 직접 만든. 아주 특이한 음식은 아니지만, 만든 사람은 자기가 만든 것이라는 걸 알아보기 마련이다. 그

건 분명 내가 아침에 아이의 도시락에 넣어준 것이었다. 우리 아이가 그것을 제단에 바쳤다. 순간, 공포와 호기심이 거의 같은 비중으로 급상승했다. 내 아이가 눈사람에게 제물을 바쳤다. 그 아이는 왜 그랬을까.

하지만 집에 돌아와서도, 아이를 마주한 식탁에서도 물어보진 않았다. 어째서인지 그렇게 되었다. 물어보면 안 될 것 같았다. 뭔가 무서운 대답을 들어버릴 것만 같았다. 아이와 마주할 때마다, 불쑥불쑥 입에서 그 물음이 튀어나올 것만 같아 입을 꽉 깨물곤 했다. 그러면서도 그 눈사람에 대한 불길한 호기심은 점점 더 커져갔다.

겨울이 막바지를 향해 달려갈 즈음, 눈사람 앞에 아이들이 옹기종기 모여 있는 것을 또 발견했다. 어느새 눈사람은 눈에 띄게 작아져 있었다. 그동안 많이 녹은 모양이다. 코는 비뚤어져 있었고, 입은 한쪽으로 주저앉아 있었다. 팔 한쪽이 내려가고 단추가 떨어져 더욱 기묘하고 불길한 모양이 되었다. 아이들은 주문을 외우듯 뭔가 중얼거리며 눈사람을 두드리고 있었다. 눈사람을 보수하고 있는 것일까? 나는 황급히 그 곁을 지나치려다가, 아이들 사이에 껴 있는 내 아이를 발견했다. 아이도 열심히 손바닥으로 눈사람을 두드리며 중얼거리고 있었다.

…람… 사람….

"사람, 사람."

그랬다. 그렇게 중얼거리고 있었다. '사람'이라는 말이 그토록 불길하게 들릴 수도 있는 것일까. 그날 저녁, 결국 나는 아이에게 묻고 말았다. 눈사람을 두드리며 말하던 그 주문 같은 말, '사람, 사람'에 대하여.

"응? 사람은, 사람이지?"

아이는 영문 모를 말을 했다. 나는 다시 고쳐 물었다.

"음… 사람이라는 건 혹시 눈사람을 말하는 거니?"

"아이참, 원래는 눈사람인데, 사람이야 사람."

어깨에 소름이 살짝 돋았다. 원래는 눈사람, 지금은 사람이라고? 무슨 말을 하는 걸까 이 아이는. 나는 조심스럽게 확인했다.

"…지금은 사람이라는 거니?"

"응, 눈이 없으니까."

잠깐 멍해졌다. 그게 무슨… 아…! 그런가. 아이의 시각에서는 그렇게 될지도 모르겠구나. 눈사람인데 눈이 없으니까 사람. 아이들은 합심해서 사람을 만들려고 했던 모양이다. 눈사람에서 눈을 빼면 사람. 아이들의 상상력이 눈 없는 눈사람을… '사람'을 빚어낸 것이다.

두렵던 마음이 한층 눈 녹듯이 녹아내렸다. 하지만 아직도 이상한 점은 있다. 그 제단, 제단에 올린 음식들….

"그건 밥상이야. 땅에다 음식 놓으면 안 되잖아."

아차. 하기사 밥상이라고 하면 밥상이고 제단이라면 제단일 것이다. 기묘한 눈사람에 대한 선입견 때문에 제단이라고 생각했을 뿐이다. 진실을 알고 나니 왠지 웃음이 터졌다. 그랬구나. 그 '사람'은 아이들의 친구였을 뿐이다. 아이들은 '사람'을 만들고, 음식을 나누어 먹고, 함께 대화하고 함께 놀았다. 몸이 무너지지 않도록 도와주었다. 그렇게 생각하니 왠지 그 기묘하던 눈사람이 귀엽게 느껴졌다.

그날 이후로도, 내 눈에 그 눈사람은 정겹게만 보였다. 오며 가며 눈사람을 볼 때마다 괜히 웃음이 배어 나왔다. 마을의 모든 어린이의 친구. 아이보단 크고, 어른보단 작은. 마을의 어떤 어른보다 아이들에게 도움이 되는 '사람'. 그것은 마치 아이들의 수호신 같기도 하고, 아이들을 상징하는 마스코트 같기도 하다. 그렇게 느꼈다. 진실을 알고 나니 이리도 의젓해 보이는구나. 앞으로도 아이들을 잘 부탁해요.

하지만 어디까지나 '알고 나니'일 뿐이었다. 마을에 사는 대다수의 어른은 여전히 그 '사람'을 꺼림칙하게 여겼다. 아이를 키우지 않는 집은 더했다. 그들이 품은 감정은 그야말로 노이로제에 가까웠다. 게다가 녹을수록 점점 꺼림칙해지는 '사람'의 인상은 그들을 점점 구석으로 내몰았다.

조금씩 작아지던 눈사람은, 결국 봄을 맞지 못하고 사라졌다. 녹아서 사라진 것은 아니다. 부서졌다. 누군가가 부숴버렸을 것이다. 머리가 몸통에서 떨어져 나가, 박살나 있었다. 부서진 얼굴에는 운동화 자국이 선명했다. 안으로 우그러든 그 얼굴은 마치, 화를 내고 있는 것처럼 보였다. 처음 그 참상을 목격했을 때, 아이들이 슬퍼하겠구나, 그렇게 생각했다. 하지만 그렇지도 않았다. 한동안 아이들은 그 앞에 옹기종기 모여 '사람, 사람'하며 뭔가 중얼거렸지만, 그뿐이었다. 눈사람이 있던 잔해는 치워졌고, 곧 봄이 왔다.

한 해가 지나고 아이들은 한 뼘 더 컸다. 더 작던 아이들이 그만큼 더 컸다. 다시 겨울이 오고, 눈이 쌓이기 시작했다. 시간은 변함없이 흐르고 아이들은 성장한다. 물론 모든 것이 그렇게 똑같이 흐르는 건 아니다. 몇몇 집은 이사를 갔고, 누군가는 전염병으로 고생을 했다. 그리고 누군가는 죽었다.

마을 어귀에 살던 그 남자. 언제나 공사장 펜스 벽에 기대어 담배를 피우던 그는, 펜스가 무너지는 바람에 깔려 죽었다. 펜스를 고정한 볼트가 헐거워져 있었다던가? 몸은 멀쩡했지만, 얼굴은 참혹하게 짓뭉개져 있었다고 한다. 나는 그 남자가 언제나 꺾어 신고 다니던 운동화를 생각하며, 그 발자국을 생각하며 기원했다. 그 죽음이 짓뭉개진 '사람'의 저주이기를. 그것이 '사람'의 저주가 아니라면, 그건 너무나 무서운 일이니까.

올겨울에도 눈은 어김없이 쌓였고, 마을 어귀에는 '사람'이 세워졌다. 생긴 건 조금 다르지만, 눈이 없기는 마찬가지다. 아

마도 작년에는 어렸던, 새로운 아이들이 세웠으리라. 그리고
그 옆에는 그보다 조금 작은, 얼굴이 짓뭉개진, 또 하나의 '사
람'이 세워져 있었다.

따라오는 구두

편지 오랜만이지? 조금 바빴어. 병원 밥은 어때? 다쳐서 병원에 있다는 이야기는 어머님께 들었어. 그것만 아니었으면 통화라도 자주 했을 텐데. 학교 다닐 땐 항상 함께였는데. 어른이 되어갈수록 점점 자기 생활에 끌려다니게 되네.

난 바다에 다녀왔어. 그냥 혼자. 혼자 걸어 다니니까 기분이 좋더라. 백사장에서 조개도 줍고 바닷가 신발가게에서 구두도 하나 샀어. 통굽. 굽이 좀 커. 많이.

그냥, 왠지 그런 기분 들잖아. 여행 가면. 그런데 새 신발이라는 게 항상, 어딘가가 어색하지 않니? 발꿈치나 발목 뒷부분이 스쳐서 아플 때도 있고, 딱딱하거나 굽이 높으면 왠지 내 걸음이 어색하게 느껴지고, 발소리도 거슬리잖아. 이번에 산 신발이 딱 그랬어. 따각따각 하고, 걸을 때마다 소리가 나더라고.

따각따각, 따각따각.

아니 그렇게 큰 소리는 아니야. 삑삑 하고 유리 긁는 소리
가 나는 것도 아니고. 그런데 이상하게 거슬리더라고. 그래서
굽 밑에 패드를 대보기도 했는데 소용없더라. 소리가 전혀 줄
지 않아. 그래서 안 신게 됐냐고? 아니야, 계속 신었어. 새 신발
이라는 게 또 그런 느낌이 있잖아? 신발장에 놓아두고 쳐다보
고 있으면, '날 신어줘. 날 신고 햇살 좋은 곳으로 나가줘. 날 바
다에 데려가 줘' 하고 말하는 것 같지? 게다가 예쁨을 뽐내려고
태어난 건데 데리고 나가주지 않으면 왠지 미안하고 말이야.
하지만 그 거슬리는 소리는 정말 적응이 안 되더라. 굳이 따지
자면 예뻐. 예쁜 소리야. 유리구두가 생각날 만큼 청아하달까,
그런 소리야.

우리 집 근처에 긴 굴다리 하나 있는 거 알지? 평소에는 그리
로 잘 다니지 않지만 가끔 지날 때가 있거든. 아주 가끔. 얼마
전에 그 굴다리를 따라서 집에 오게 되었어. 버스 노선이 임시
중단되는 바람에 좀 돌아서 가야 했거든. 저녁때였는데, 아무
도 안 다니는 길이잖아. 엄청나게 조용하더라. 조용한 굴다리
를 걷고 있으니, 따각따각 하는 소리가 크게 울려서… 어쩐지
집중하게 되더라고. 그 소리에. 그러다 보니 어렴풋이 알겠더
라. 그 예쁜 소리가 왜 그렇게 거슬렸는지.

안 맞는 거야. 내 발이 움직이는 거랑 소리가. 한 박자 느리

거나, 한 박자 빠르거나. 아주 미세하게 안 맞아. 마치, 내 보폭에 맞춰서 누가 따라오는 것처럼. 한 번 그렇게 생각하기 시작하니까 멈출 수가 없더라. 얘기했지? 그 굴다리 꽤 길다고.

아마 그게 굴다리였기 때문일 거야. 그런 상상을 하게 되더라고. 실은 따각따각 하는 소리는 굽 속에서 나는 게 아닐까, 사실은 이 굽 속에 작은 사람이 있어서 내가 움직일 때마다 몰래 같이 걷는 건 아닐까 하고. 내가 굴다리 속을 걷는 것처럼 말이야. 그렇게 생각하니까 갑자기 확 소름이 끼쳤어. 내가 굴다리 안에 있다는 사실마저도. 얼른 집에 돌아가고 싶었지만, 뛸 용기는 도저히 안 나더라. 굽 속에서 혹시라도 다다다닥- 하는 소리가 나면 견딜 수 없을 것 같았거든. 소리를 어떻게 안 나게 해보려고 발을 스치듯이 걸어보았는데, 여전히 나더라. 따각따각 하고. 결국 귀를 막고 집으로 돌아왔어. 막 울면서.

이제 신지 말아야겠다. 이 신발은. 벗으면서 그런 생각을 하긴 했지. 그런데 다음 날 아침 출근할 때 결국은 또 신고 나갔어. 정작 놔두고 가려니 오만 가지 상상이 쏟아지는 거 있지? 내가 나간 사이에 굽 속의 작은 사람이 돌아다닌다면 어쩌지? 집 안 다른 곳에 가서 숨으면 어쩌지? 그런 상상들. 버리지 그랬냐고? 그 생각도 했지. 그런데, 돌아올 것 같은 거야. 아무래도. 집 안에서 조용히 쉬다가, 문밖에 누가 지나가기라도 해봐. 구두가 따각따각 하는 소리를 들을 때마다 미쳐버릴걸? 차라리 눈앞에 있는 게 나아.

굽을 자르고 안을 확인해 볼까도 싶었지만 너무 무서웠어. 며칠간 공포에 떨고, 고민하다가 한 가지 해결책을 찾았지. 그 가게에 다시 가서, 이상한 소리가 나니까 고쳐 달라고 하는 거야. 그래서 급하게 휴가를 내고 그 가게를 다시 찾아갔어. 어떻게 되었냐고? 그 가게가 문을 닫았더라고. 옆 가게에 물어보니까 가게 주인이 이틀 전에 급히 짐을 꾸려 떠났대. 무슨 소리가 '다시' 난다면서. 이틀 전이면 내가 휴가를 신청한 날이야. 결국 그 신발을 신고, 따각따각 소리를 들으면서 집으로 돌아왔지.

그런 생각이 들더라. 그 가게 주인도 '알면서 버리지 못한 거'였구나. 그래서 '다음 사람'에게 넘긴 거였구나. 알 것 같았어. 그래서 집에 들어와서 편지를 쓰기 시작했어. 너에겐 이 이야기를 해주어야 할 것 같아서. 아마 택배가 하나 갈 거야. 잘 부탁할게. 너라면 괜찮을 거야. 너 귀, 이제 거의 안 들린다며? 그것만 아니었으면 전화로 이야기했을 텐데.

편지 또 쓸게.

안녕.

✈

안경과 거미

　자, 다 끝났습니다. 일단 피팅을 해야 하니까 제가 한번 씌워 봐 드릴게요. 음…. 조금 많이 변형해야겠네요. 일단 코 받침 부터 다른 걸로 갈아볼까요? 아 이런, 제가 그렇게 인상을 무섭게 쓰고 있었나요? 죄송합니다. 눈이 좋지 않다 보니 아무래도 이렇게 찌푸리고 보게 되네요. 이것 참. 아, 안경요? 아니, 저는 안경을 쓰지 않습니다. 예전엔 썼었죠. 이젠 안경을 쓰면 오히려 안보인달까… 그런 느낌 모르시나요? 사실 따지고 보면 제가 눈이 나빠진 것도 어려서부터 안경을 썼기 때문이 아닌가 하고… 아, 아닙니다. 어렸을 땐 근시가 아니었어요. 안경을 쓰고 생활하다 보니 왠지 눈이 나빠지는 것 같더군요. 아아, 초등학교 3학년 때쯤이었나? 예, 멋내기 안경이었어요. 뭐… 그게 무슨 멋인지 저는 잘 이해할 수 없었지만요. 그냥 그랬던 것 같습니다. 어머니가 안경 쓴 남자를 좋아했던 것 같아요.

처음 어떻게 안경을 쓰게 되었는지는 기억나지 않습니다. 다만 자주 있었던, 기억나는 장면이 있습니다. 어머니가 제게 안경을 씌워주던 장면 말이죠. 무슨 왕관이라도 씌우듯이, 아니면 깨끗하게 빚어낸 냉면에 고명을 올리듯이, 굉장히 조심스럽고 섬세하게요. 안경의 다리 끝부분이 처음 관자놀이에 닿고, 안경다리 안쪽이 귀와 머리 사이… 여길 뭐라고 부르죠? 귀 겨드랑이? 아니, 그런 말은 없겠죠. 하여간 그 부분에 밀착해서 미끄러지듯 들어오는 감촉이었죠. 낯설지만 어딘가 간지러운. 저는 어머니의 눈을 마주 보고 있고, 안경이 미끄러져 들어오면서 어머니와 나 사이에, 그 시선의 교차점에 안경알이 들어옵니다. 저는 안경 너머로 어머니를 보고, 그렇게 생각했죠. 아, 아름답구나. 어머니는 참으로 아름답고, 불길하구나.

어머니가 그런 비슷한 말을 했던 것 같습니다. 남자는 안경을 써야 멋져진단다. 참 이상한 일이죠. 아버지는 안경을 쓰지 않았거든요. 아, 아버지는 멋지지 않은 거구나. 그렇게 생각했습니다. 어렸을 때부터 이미 어머니와 아버지는 방을 같이 쓰지 않고 있었기 때문에 어딘가 납득이 가기도 했어요. 저는 어머니를 좋아했습니다. 사랑했지요. 그 고운 자태를, 흐르듯이 뻗는 손가락을, 그 손가락이 사뿐하게 잡은 젓가락의 모양을, 미소로 말하는 입매를 사랑했습니다. 아 이런, 성욕 같은 걸 느겼다는 게 아닙니다. 애초에 그런 것들을 구분할 수 있게 되었을 때, 어머니는 돌아가셨거든요.

어머니가 돌아가시던 날은 햇살이 참 좋았죠. 하얀색에 가까운 빛이 마루에 쏟아졌고, 그 빛을 정면으로 받으며 누워 낮잠을 즐기고 계셨습니다. 곧게 뻗은 몸과 배 위로 마주 잡은 손을 빛이 하얗게 물들였어요. 그 모습이 어찌나 아름다웠던지, 한참을 넋을 잃고 바라보았지요. 네, 그것은 제가 기억하는 한, 어머니가 가장 아름다웠던 순간이었습니다.

어머니가 돌아가셨다는 사실을 알게 된 건 거미 때문이었습니다. 어머니의 얼굴에 어느새 거미가 올라가 있더군요. 음… 아니죠, 정확히 알았던 건 아닙니다. 그저 어떤 느낌. 아주 모호한, 더 이상 어머니가 움직이지 않을 것 같은 느낌이었죠. 조금의 움직임도, 떨림도 없는 어머니의 얼굴과 그 위에서 거미줄을 치기 위해 분주히 움직이는 거미의 대비가 그런 느낌을 가지게 만들었던 것 같기도 합니다. 지금 생각하면 아주 꿈같은 장면이었죠. 하얗게 빛나는 햇살 아래, 어머니의 얼굴이 대지처럼 눈앞에 펼쳐져 있고, 그 위를 작은 거미 한 마리만이 그 생명을 뽐내면서 기어다니는 모습. 아름답다고 생각했습니다. 어머니의 죽음과 그 위에서 생명을 뽐내는 거미의 움직임이. 찰나의 생과 사가 교차하며 자아내는 은빛의 실. 그것이 점점 죽은 어머니의 얼굴을 덮어가는 모습….

왜 그랬는지 모르겠습니다. 질투였을까요? 그 눈부시게 아름다운 거미의 생명에 대한 질투 말입니다. 아니면, 경외였을까요. 저는 손을 가져가 그 거미를 집었습니다. 그리고 손안에 움켜쥐었죠. 그 화려하게 빛을 뿜던 생명은, 제 손안에서 농담처럼 사라졌습니다. 그리고 거기에는 죽은 어머니와 아니, 어머니였던 몸뚱이와 그것을 지켜보는 저, 이렇게 둘만 남았지요. 저는 그 죽음의 흰색을 하염없이 바라보다가 안경을 벗었습니다. 어머니와 나 사이에서 안경알이 사라졌습니다. 어머니의 얼굴은 더욱 눈부셔 보였죠. 손을 떨었던 것 같습니다. 무엇 때문인지 모르겠지만 저는 자신을 불경하게 느끼고 있었죠. 자신이 지금부터 하려는 행동을, 불경하다고 생각했었죠. 저는 더욱 아름다운 어머니를 보고 싶었지만 그 시도는 불경한 것이었습니다. 저는 안경다리를 벌리고 어머니의 얼굴에 천천히 안경을 씌웠습니다. 어머니가 제게 해준 것처럼—물론 똑같지는 않았겠죠—미끄러지듯 안경다리를 어머니의 귓가로 밀어 넣었습니다. 어머니의 얼굴에 제 작은 안경이 씌워진 모습. 그래요.

더 이상 아름답지 않았습니다. 우스꽝스러웠달까요, 실망스러웠달까요. 어머니에게 품었던 격렬하고 불경한 마음이 물로 씻어내리듯이 사라지고 말았습니다. 어머니에게서 생명이 빠져나갔듯이, 그 아름다움도 구멍 난 풍선의 공기처럼 빠져나갔습니다. 마치 잠에서 깨어, 아주 잠깐의 혼란을 거쳐 현실의 밤을 목도하는 것처럼, 저는 아름다움의 세계를 벗어나면서 유년으로부터 빠져나온 것입니다. 그 후로 무슨 특별한 일이 있었던 것은 아닙니다. 학교에 다니고, 남들처럼 친구를 사귀고, 그렇게 자랐죠. 어머니가 돌아가셨을 땐 이미 눈이 근시가 되었기에, 안경도 계속 쓰고 다녔습니다. 아세요? 속도의 차이는 있을지 몰라도, 눈이라는 건 나빠지기 시작하면 계속 나빠집니다.

어머니에 대한 경탄, 그리고 뭔지 모를 어머니에 대한 마음, 욕망 그런 것은 어머니의 죽음과 함께 사라졌지만, 그 감정에 대한 기억은 사라지지 않았습니다. 오히려 커갈수록 더 짙어졌죠. 매일매일, 안경을 쓰고 있었으니까요. 오랫동안 쓰면서도, 새삼스럽게 안경의 감촉을 느낄 때가 있습니다. 왠지 귀 위쪽이 눌려서 아프다거나, 콧잔등이 갑자기 답답하다거나, 그럴 때 안경이 제 귀를, 코를 누르고 있다는 사실을 깨닫게 되죠. 그럴 때마다 어머니를 느꼈습니다. 어머니의 손이 안경다리를 벌리고 내 귓가로 다가오는 느낌. 그리고 어머니의 마지막 모습, 어머니의 얼굴 위를 기어다니던 거미. 그 생명과 아름다움과 죽음과 아름다움과 화려함과 빛과 아름다움과 그 아름다움 속에 병균을 뿌리며 얼룩을 만들어 가는 나의 음침한 마음… 그것은 마르고 탁한, 잿가루 같은 것이었죠.

안경이 내게 주는 그 기이하고 몽환적인 감각은 커가면서 점점 불길한 방향으로 변해갔습니다. 안경이라는 것은 매일 몸처럼 달고 다니는 것이기에 보통은 신경 쓰일 일이 없죠. 하지만요, 그렇기 때문에 한 번 신경 쓰기 시작하면 무시할 수가 없게 됩니다. 그럴 때 있지 않습니까? 어떤 노래가, 어떤 멜로디가 한 번 머리에 떠오르고 나면, 잊으려 해도 계속 머릿속으로 흥얼거리게 되는 것. 그것과 같죠. 아니 오히려 더 심합니다. 어느 순간 안경 밖이 시야에 들어오면요. 안경 밖의 풍경과 안경 안의 풍경이 다르다고 느끼게 되는 순간, 그 안경이 불쑥 시선 속으로 뛰어 들어오는 느낌을 받게 됩니다. 주변시로 보이는 안경테의 모습과 가장자리의 흰 부분, 흔들리는 화면처럼 흐릿한 안경테… 그것이 보이기 시작하면, 계속 보게 됩니다. 정면으로 가야 할 시선을 양옆으로 빼앗기게 되죠. 그래요. 그러다가, 마침내 보이지 않게 되는 겁니다. 보려고 했던 것들이. 그리고 그 흐릿한 안경의 형체가 말이죠… 그래요, 속삭이는 것처럼, 간질간질하게 속삭이는 것처럼 느껴져 참을 수 없게 됩니다. 머리가 저리고 심장이 크게 뛰죠. 그러다가 결국, 알게 됩니다. 안경을 쓰고 있다는 것이 무엇을 의미하는지를. 그것은 빼앗김입니다. 자아? 정신? 생명? 뭐가 되었든 나의 살아있는 무언가를 안경에게 빼앗기게 되는 거죠. 저는 그 빼앗김을 느낄 때마다 아주 까만… 잿가루처럼 다가오는 시선을 함께 느꼈습니다. 그것은 어쩌면 죽은 어머니가, 아니면 그 어머니의 얼굴 위에 살아있던 거미가 저를 쳐다보는 것처럼… 주변시로 보이는 안경의 흰 부분과 검은 테가 어머니와 거미의 얼굴인 것 같은 환상을 느꼈습니다.

그 환상이 점점 짙어지고, 현실을 지배하기 시작한 순간에, 네, 그것은 절 집어삼켰습니다. 그 마른 손, 아니 마른 다리, 아니… 저는 어머니와 거미의 환상을 함께 보았습니다. 안경을 씌워주는 어머니의 손, 미끄러지듯 내 귀 위로 타고 들어오는 거미의 마른 다리, 내 귀 언저리를 양손으로, 양다리로 잡고, 천천히 내게 다가오는, 나를 응시하는 커다란 두 개의 눈, 혹은 안경알. 아아… 그 안경은 구부러진 다리로 내 얼굴을 감싸 안고 껴안은 채 그 커다란 눈으로 제 눈을 바라보고 있었습니다. 그 눈으로부터 시선을 피하려 해도, 결국은 앞을 다시 보고 말죠. 머리를 붙잡힌 채, 두 눈을 계속 마주쳐야만 하는 공포. 그 보이지 않는 시선. 표정도, 형체도 없는 그 두 개의 눈알, 무엇을 보고 있는지도 알 수 없을 만큼 흔들림 없이 투명하지만 분명히 나를 보고 있는 시선. 그 시선을 참지 못하고 저는 마침내 안경을 벗어 던졌습니다.

그 순간, 빠르게 사라져가는 안경 밖의 풍경이 보였죠. 선명하던 세상이 사라지고, 아주 흐릿해진 세상이 눈 안에 들어왔습니다. 흐릿하고 모호하며 따뜻한 세상. 그것은 너무나 아름다워서, 그만 눈물을 흘리고 말았습니다. 그 후로도 때때로 어머니를, 그리고 거미를 떠올립니다만, 그것은 더 이상 불길하지 않았죠. 눈앞의 세상은 더 이상 안경테 안쪽과 바깥쪽으로 구분되지 않았습니다. 하나의 세상이 뭉뚱그려져 보였어요. 저는 그 시야 밖에도, 머리 뒤쪽에도 그 일관된 세상이 이어져 있다는 걸 느낄 수 있었습니다. 그 후로 더는 안경을 쓰지 않았죠.

안경의 바깥으로 뛰쳐나온 이후, 저는 알게 되었습니다. 아니, 다르게 느꼈다고나 할까요? 그날 안경을 쓴 어머니의 모습, 그 안경을 쓰는 순간만큼은 정말로 아름다웠다는 것을요. 시선을 빼앗기고, 생명을 빼앗기고 속박되는 순간, 보는 사람에서 보이는 사람으로 변하는 순간. 점령되는 순간… 그 순간의 교차에서 빠르게 사라진 어머니의 모습이야말로 아름답기 그지없었습니다. 안경을 씌운 어머니의 모습이 우스꽝스럽게 느껴졌던 건, 이미 그 순간이 지나갔기 때문이었죠. 그 찰나의 아름다움을 보았기에, 그 후를 만족할 수 없었던 겁니다. 그것을 깨달은 순간에야 저는 어른이 되었다고 생각합니다.

자, 다 됐습니다. 이젠 잘 맞을 거예요. 다리를 어느 정도 구부려 주지 않으면 귓가에 착 달라붙지 않으니까요. 제가 씌워 드리겠습니다. 자아자아, 겁내지 말아요. 그저 안경을 씌울 뿐이니까요.

➤‐

낙지와 미소

제사상에 특이한 게 올라가는 집들 가끔 있죠? 피자라든가 치킨 따위를 올린 제사상이 인터넷에서 가끔 논란이 되기도 하더라고요. 우리 집은 글쎄요, 특이한지 아닌지 좀 헷갈리네요. 치킨보다는 덜 특이할지도요.

아주 흔하지는 않지만, 그래도 제사상에 회가 올라가는 경우는 꽤 있잖아요? 음… 그런데 비주얼이 좀 그래요. 산낙지거든요. 탕탕이. 좀 보기 그렇죠. 정적인 제사상에 딱 접시 하나만, 애벌레 같은 것들이 꿈틀꿈틀… 가끔 접시 밖으로 삐져나오기도 하고요. 우리 집 제사상에는 위패 대신 사진이 올라가요. 아버지 사진. 아버지는 제가 철들기 전에 돌아가셨지만, 산낙지를 좋아했다는 것만큼은 기억이 나요. 뭐 그렇다곤 해도 산낙지를 좋아했던 건 아버지뿐이고 저나 어머니는 끔찍하게 징그러워하는지라, 결국 제사가 끝나고 나면 산낙지는 라면에 들어가는 신세가 되어버리죠. 그런데 그렇게 끔찍하게 싫어하는 산낙지를 어머니는 매년 제사 때마다 열심히 손질하시거든요. 제사상에 올리려고. 그럴 때 어머니 얼굴에는 흐뭇한 미소까지 떠올라 있어요. 그리고 뭔가, 추억을 떠올리는 듯한 눈빛도. 물론 그건 그때뿐, 평소에는 지나가다 횟집 수조 안에 있는 낙지만 봐도 아주 질색을 하죠. 특히 빨판을 수조 벽에 딱 붙이고 있는 녀석들에겐 거의 공포를 느낀다니까요.

저도 어렸을 때부터 낙지를 징그러워했어요. 애벌레 같잖아요. 꿈틀거리는 게. 애벌레 수십 마리가 드글드글 모여서 접시에 담겨 있다고 생각해 봐요. 그것도 산채로. 영 틀린 말도 아닌 게, 낙지는 원래 뉴런이 온몸에 분포해 있어서 간단한 판단은 다리가 알아서 한다고 하더라고요? 그러니 어찌 보면 잘린 다리 하나하나가 별도의 생물이라고 해도 이상할 건 별로 없죠. 사실 애벌레 같다고 생각하게 된 건 그 때문만은 아니었지만요.

열두 살 때인가, 그땐 이미 아버지가 돌아가신 뒤였어요. 친구 집에 놀러 갔는데요, 처음으로 서양 호러 영화를 보게 되었어요. 아마 그 영화에서 본 게 생애 처음으로 본 시체 씬이었을 거예요. 하수구에 오래 방치되어 머리털이 다 빠지고 눈알도 녹아내린 그런 시체였는데요, 그 시체 위에 애벌레들이 우글거리는 장면이었어요. 얼굴 위를 가득 기어다니고, 동공이나 입 안을 들락날락거리는… 으윽… 눈을 꼭 감고 고개를 돌리고 말았죠. 그런데 혐오감을 느낀 이유가 단순히 그 장면이 시각적으로 징그러웠기 때문만은 아니었어요. 어째서인지 제 눈엔 그 얼굴 위를 기어다니는 애벌레들이, 낙지탕탕이처럼 느껴졌거든요. 대체 왜 그런 생각을 했는지 모르겠지만, 잘린 낙지 다리들이 얼굴 위를 돌아다니며 피부를 빨아먹는… 그런 상상. 얼굴에 빨판이 달라붙는 감촉이 느껴지는 것만 같아서, 그날은 잠을 거의 이루지 못했어요.

그러고 한 1년 후인가, 어머니랑 어딘가 놀러 갔을 때였는데, 아마도 워터파크 같은 곳이었겠죠. 정확히 어디에 놀러 갔는지는 기억이 나지 않아요. 워낙 그 순간의 기억이 강렬해서 다른 것들은 다 잊고 말았나 봐요. 그 왜, 한때 잠깐 유행했잖아요? 닥터피시라는 물고기. 구피처럼 조그만 물고기인데, 사람이 발을 담그면 다가와서 각질을 뜯어먹는 물고기죠. 각질을 제거해 주고 타액에 지혈 효과가 있어서 닥터피시라는 별명이 붙었다더라고요. 사람이 발을 담그자마자 우글우글 몰려와서 각질을 쪼아먹는 그 간질간질한 느낌 때문에 좋아하는 사람이 많았던 모양이에요. 그런데 제 첫인상은요, 네, 소스라치게 놀랐죠. 낙지 빨판 같은 느낌이었어요. 낙지탕탕이가 우르르 몰려들어서 피부를 빨판으로 잡아당기는 그런 느낌. 발이 낙지로 뒤덮인 것 같아서 그만, 비명을 지르면서 뛰쳐나가고 말았어요. 신기하죠. 그렇게 징그러워하면서, 한 번도 건드려 본 적이 없으면서, 어째서 낙지 같다고 느꼈을까요? 저는 왜 낙지의 빨판에 대해서 그런 식의 상상을 하고 있었을까요? 그건 아마도 아버지 때문이 아닐까요?

　　아버지는 낙지탕탕이를 좋아했어요. 아까 이야기했던가요? 아버지의 술상엔 언제나 낙지탕탕이가 있었죠. 어머니가 직접 손질한. 작은 1인상 위에, 소주 한 병, 그리고 꾸물거리는 그것들이 가득 담긴 접시 하나, 그리고 참기름과 소금이 담긴 종지 하나. 그것이 아버지의 술상. 그것이 가장 선명한 아버지에 대한 기억. 그리고 그보다는 덜 선명한 기억 하나가 있어요. 아버지는 산낙지를 상상 이상으로 좋아했던 모양이에요. 그게 언제였는지는 모르겠어요. 어쩌면 기억이 아니라 꿈, 혹은 환상에 불과할지도 모르죠. 하지만 너무나 선명하게 기억에 남은 그 모습은, 도대체 뭐라고 해야 할까요. 낙지탕탕이를 얼굴에 가득 붙이고 누워 있는 아버지의 모습. 오이마사지라고 해야 할까요? 그런 느낌이었죠. 낙지마사지. 말 그대로 얼굴을 낙지로 덮은 채 누워 있었던 모습이 분명 기억에 남아 있어요. 아버지의 얼굴 위를 꾸물거리며 기어다니고, 서로 얽히고 타 넘던 그 모습. 꾸물거리던 게 아버지의 콧속으로, 벌어진 입속으로 꿀 텅꿀텅 하는 느낌으로 기면서 들어가던 그 모습. 빨판이 피부를 잡아당기고, 혀를 잡아당기고, 서로를 잡아당기며 마치···. 그래요, 시체의 얼굴에 애벌레가 기어다니는 모습에서 낙지를 연상한 것도 무리는 아니었죠.

하지만 그 광경에는 보이는 것보다 더 흉측하고 불길한 무언가가 있었어요. 그것은 마치 낙지 다리들과 아버지의 얼굴이 불경한 축제를, 무슨 종교적 난교를 벌이고 있는 것만 같은 광경이었어요. 징그럽고, 불경하고, 공포스럽고, 더럽다기보다는 두려워서 닿고 싶지 않은, 보고 있으면 그 난교에 강제로 참가하게 될 것만 같달까요. 끈적하고 간지럽고 미끌거리며 흉측한 그런 기분. 느낄 수 있었죠. 보는 것만으로요. 그 촉감을, 그 온도를. 그것이 상상이었든 현실이었든, 그 느낌은 제 뇌 속에서 살아남았던 거예요.

하지만 그게 꿈이었는지 현실이었는지 확신할 수 없었던 건, 그런 감정이 오로지 저에게만 있었기 때문이에요. 어머니도 낙지를 싫어하고 징그러워하긴 하지만 어디까지나 징그럽다 정도지, 불길하거나 더럽다고 생각하지는 않는 것 같았어요. 어찌 되었든 제삿날마다 어김없이 꼬박꼬박 낙지를 손질하기도 하고요. 한번은 어머니에게 그 기억을 이야기했는데, 도대체 무슨 황당한 소릴 하는 거냐고 오히려 화를 내시더군요. 그래요. 정말 그런 일이 있었다면 어머니가 몰랐을 리가 없겠죠. 하지만 그것이 오직 꿈일 뿐이라 하더라도, 여전히 저는 왜 그런 꿈을, 혹은 환상을 보았느냐는 의문이 남아요. 아주 선천적인 낙지에 대한 공포심 때문일까요? 그런 것이 있을까요?

오늘은 다시 돌아온 아버지의 기일이에요. 여전히 어머니는 낙지를 손질하고, 저는 접시들을 제사상으로 나르죠. 낙지탕탕이만은 어머니가 직접 날라요. 제가 얼마나 싫어하는지 아시니까요. 뭐 꼭 그것 때문만은 아닐 거예요. 이것만은 어머니 손으로 직접 날라야 한다는, 암묵적으로 정한 어떤 의식 같은 그런 게 있었겠죠.

저에게 아버지의 기억은 언제나 낙지에 덮여 있을 뿐이지만, 어머니를 통한 간접적인 기억들도 있어요. 아버지는 죽기 전에 병치레를 오래 했어요. 기력이 쇠해서 거의 2년 가까이 누워 있었죠. 집에 돈이 없다 보니 통원 치료는 못 했지만, 약값만은 어떻게든 어머니가 마련했어요. 평생 일해본 적이 없는 어머니가 새벽부터 시장에 나가 어묵을 팔고, 낮에는 수선집 날품팔이를 하고, 밤에는 아버지의 병간호를 하다가 기절하듯이 잠들곤 했어요. 대단하죠? 2년 동안 그렇게 살았던 거예요. 덕분에 아버지는 그 상태에서 신기할 정도로 오래 산 거라고, 의사 선생님이 그렇게 얘기했다더군요. 글쎄요 사랑의 힘인지는 잘 모르겠어요. 어머니는 그 병수발을 하던 시간들이 가장 추억이라고 말씀하시지만, 뭐 어머니는 원래 그런 사람이니까요. 해야 할 건 해야 하는 사람이요. 아버지의 병간호를 하는 것, 그것은 어머니에게 제사상의 낙지탕탕이 같은 것이었겠죠.

제사상에 오르는 낙지탕탕이는 그래도 나름 격식을 차려서, 평소에 식당에서 보는 낙지랑은 조금 달라요. 제사상에 올리는 것이니만큼 마늘을 넣지도 않고, 참기름도 뿌리지 않아요. 낙지탕탕이에 참기름을 뿌리거나 기름에 저신 소금을 찍어 먹는 이유를 아시나요? 어른이 되고 나서 들었는데, 낙지 빨판은 소금이 닿으면 수축하고 참기름은 빨판의 마찰력을 줄여준대요. 낙지를 먹다가 빨판이 점막에 들러붙어 질식하는 사고를 방지하기 위한 거죠. 낙지를 먹다가 혹시라도 목에서 걸리면, 참기름과 소금을 들이켜면 된다고 하더라고요. 아니면 간장을 마시거나. 좀 짜긴 하겠네요. 어머니한테 한번 물어봤어요. 마늘은 그렇다 쳐도, 참기름은 안 뿌리는 이유가 뭐냐고. 어머니는 당연하다는 듯 그렇게 대답했어요.

"그야 먹으려는 게 아니니까."

낙지가 빨판으로 접시를 잘 붙들고 있어 주는 편이 제사상에 올리기엔 더 낫다는 거였죠. 그렇구나라고 생각하긴 했지만, 처음 그 말을 들었을 때 뭔가 위화감을 느끼긴 했어요. 보통은 그런 식으로 말하진 않지 않나요? '먹으려는 게 아니'라고는. 고인이 드신다거나, 우리가 먹는 게 아니라거나 그렇게 둘

244

러 말하지 않나요? 제사상 앞에서는. 물론 그때는 그 위화감을 그리 중요하게 생각하지 않았어요. 그리고 어찌 보면, 참기름을 뿌리지 않아 반짝임이 덜한 낙지 쪽이 오히려 생동감이 없어 보여서 제사상과 더 어울린다는 생각도 들었고요.

그런데 가끔은 낙지 다리 한두 개 정도가 접시에서 탈출하기도 했어요. 그럴 땐 먼저 제가 으으하면서 몸을 움츠리고, 그것을 신호로 어머니가 긴 젓가락으로 얼른 그 다리를 잡아 접시 위로 올려놓죠. 오늘도 그랬어요. 꽤 큰 덩어리 하나가 접시에서 탈출하려 하기에, 저는 비명을 질렀죠. 어머니가 달려와 얼른 긴 젓가락으로 낙지 다리를 집어 들었어요.

어떤 상황, 어떤 시기에 문득 같은 풍경이 다르게 보인다는 것, 이해하시나요? 그런 경험이 있으세요? 저는 그 순간 어머니의 미소를 봤어요. 언제나와 같은 흐뭇한 미소. 낙지를 다듬을 때의 그 미소. 하지만 그 미소는 어쩐지 자세가 지나치게 높아 보였어요. 아니, 내려다본다고 할까… 그것은 마치 한없이 약한 자를 상대로 지위를 확인한 순간의 쾌감 같은 것이었죠. 깔보는 듯한… 어떤 불경한 미소. 분명 여느 때와 다를 것 없는 미소였지만, 갑자기 그 미소에서 불경한 느낌이 솟아올랐죠.

그것은 아마 어머니의 미소, 참기름을 바르지 않은 낙지, 아버지의 사진… 때문이었을까요. 그것은 어떤 기억을 깨우는 듯한, 아니면 어떤 환상이 탄생하는 듯한… 아니 아니, 관두죠.

그냥 그런 게 보였어요. 몸은 마비되고 의식만 남은 채 방에 누워 있는 아버지, 그 아버지의 벌어진 입, 그 앞에 무릎을 꿇고 앉아, 긴 젓가락으로 조심조심, 아버지의 얼굴에 낙지탕탕이를 한 점씩 내려놓는 어머니의 얼굴, 그 얼굴에 새겨진 미소. 아버지의 얼굴을 덮으며 꾸물거리던 그것들은 정말 저의 기억일까요, 어머니의 추억일까요, 아니면 그저 아버지가 남긴 환상일 뿐일까요.

터진 계란 후라이처럼

아직도 잊히지 않는 기억이 있어요. 어디였는지는 기억나지 않지만, 아주 먼 곳이었어요. 엄마가 사준 하얀 원피스를 입고, 아빠 엄마랑 차를 타고 멀리멀리 갔던 것 같아요. 남자 어른들이 많이 있었어요. 아마도 친척들이나 뭐 그런 사람들이었겠죠. 한낮이었고 햇살도 참 밝았는데, 그곳만 어두웠어요. 그런 기억이 나요. 걸음걸음마다 거품이 부글거리는 물이, 끈적해보이는 더러운 물이 흐르고 있었고, 거기서 비누 냄새 같은, 피 냄새 같은, 비린 냄새 같은 게 피어올랐어요. 그 끈적하고 무서운 냄새 사이로 철벅 철벅 걸어 들어갔어요. 여덟 살짜리 아이가, 왜 가는지도 모르고 말이죠. 아주 깊이, 깊이 들어갔어요. 그러다 몇 마리인가 만났죠. 썩은 비누를 몸에 문댄 것처럼 냄새나고 더럽게 빛나는 죽은 것들을요. 바닥에 옆으로 누워 위를 쳐다보고 있었어요. 눈이 마주쳤죠.

그 아무것도 보지 않는 것 같은, 그러면서 나를 바라보고 있는 것 같은 눈. 동공이 터져서 흰자로 번질 것만 같았어요. 터진 계란 후라이처럼요. 어쩌면 실제로 그랬는지도 몰라요. 한참을 걷다가 겨우 빛이 보이는 곳을 만났어요. 어른들의 손에 이끌려 거기로 들어갔죠. 식당이었던 것 같아요. 안은 환하고, 흰옷과 흰 모자를 걸친 사람들이 있었어요. 깨끗한 테이블을 골라 앉았지만 그래도 기분이 좋아지진 않았어요. 여전히 그 무서운 냄새는 어디선가 계속 나고 있었고, 내 종아리에는 기분 나쁜 검은 물이 묻어 있었거든요. 흰옷을 입은 아저씨가 열린 주방 안쪽에서 우리 쪽을 향해 커다란 뭔가를 들어 보였어요. 퍼덕퍼덕 하고 움직이며 옆눈으로 나를 보고 있는 살아있는 그것. 그 계란 후라이 같은 눈. 그리고 아저씨는 한 손에 칼을… 아니 아주 큰 송곳 같은 것인지도 모르겠어요. 어쨌거나 날카로운 것을 그것의 목 쪽에 찔러넣고 뺐어요. 그리고 그것의 양쪽을 잡고 구부렸던가….

빨간 피가 분무기 물처럼 뿜어져 나왔어요. 그 빨간, 비누 거품 섞인 피가. 내 맞은편에는 또래의 남자아이 하나가 앉아 있었는데, 깔깔 웃으며 손뼉을 쳤던 것 같아요. 나는, 나는…. 왜 거기에 계속 있었는지 모르겠어요.

좀 더 기다리고 나니, 그것은 커다란 접시에 담겨 나왔어요.

머리와 꼬리는 양쪽에 그대로 있고, 몸통은 잘게 잘려서 그 사이에 가지런히 놓인 상태였죠. 흰옷을 입은 아저씨가 가져다주었는데 하필이면 생선 머리가 내 앞으로 오게 접시를 놓아서, 난 계속 그 눈과 마주 봐야만 했어요. 내 앞의 남자아이는 연신 젓가락을 놀리며 맛있다를 연발했지만, 난 꼼짝도 못 하고 그 눈에 사로잡혔어요. 냄새가 점점 더 강해졌어요. 그것의 눈이 점점 더 커지는 것 같았어요. 그때, 내 옆에서 젓가락 하나가 불쑥 시야로 뛰어 들어왔어요. 그것의 살점 하나를—아아… 그것은 마치 길쭉한 은색의 생물이 살점을 물고 있는 것처럼—그것이 내 입속으로 들어왔죠. 나는 굳은 채로 그것을 받아들이고 말았어요.

입안에 비릿한 죽음의 냄새가, 그것이 펄떡이는 것 같은 감촉이, 이빨과 혀를 불길하게 두드리는 감촉이, 그리고 나를 빤히 바라보는 그 검은 눈….

"어때, 맛있지?"

아마 아빠였겠죠. 그 말을 한 건. 하지만 그때 내게는 그 검은 눈이 내게 말하는 것처럼 느껴졌어요. 입속에 아주 불경한 무언가를 머금은 내게 무언으로 협박하는 것 같았어요. 어때, 맛있지? 어때, 맛있지? 나는 그것을 뱉지도 삼키지도 못한 채 점점 커져가는 공포에 짓눌리다가… 입을 벌리지도 못하고 눈물을 흘리기 시작했어요. 뚝뚝뚝, 그 검은 눈 위로 눈물이 떨어졌죠. 물기를 머금은 두 눈은 빛나고… 아아… 그만할게요.

그날 밤이었나 아니면 며칠 후였나. 꿈을 꿨어요. 검은 눈의 그것이 내게 머리를 바싹대고 있었어요. 그리고 자기 몸의 살을 뜯어내 계속 내 입속으로 집어넣고 있었죠.

'어때, 맛있지?'

'어때, 맛있지?'

'어때, 맛있지?'

흰색과 검은색이 섞인 거품의 맛, 피비린내, 한참을 시달리다가 몸서리를 치며 깨어났어요. 얼굴에는 눈물이 번져 지저분하게 번쩍였고—아아, 비늘처럼—깨고 난 후에도 입안의 비릿함이 가시지 않아 몇 번이고 토해야 했죠.

그 이후로 저는 생선회를 도무지 먹을 수 없었어요. 나이가 들고 기억이 흐릿해지면 도전해볼 법도 하겠지만, 어른이 될 때까지 몇 번이고 같은 꿈을 꾸었거든. 그 꿈을 꾸지 않게 된 건 지금 남편을 만나고 나서였죠. 웃는 얼굴이 멋진, 눈이 맑고 선한 사람. 남편은 생선회를 참 좋아했던 모양이에요. 일주일에 몇 번은 먹는 모양이더라고요. 그래서 연애하던 당시에도, 조금 미안했어요. 남편은 내가 그런 걸 알고 있으니까 이해해주었지만요. 하지만 결혼을 앞둔 어느 날, 그가 말했어요.

"회 먹으러 가보지 않을래? 내가 좋아하는 걸 함께 먹을 수 있을지 마지막으로 실험해볼 순 없을까?"

긴말이 이어졌어요. 결혼은 함께 살아가는 거니까… 어쩌면 좋아하는 것을 인생에서 중단해야 할지도 모르니까…. 맞는 말이라고 생각하면서도 나는….

"미안해."

…라고 말해버렸어요. 어떻게 되었냐고요? 울었어요. 그 사람은. 그리고 그날 저녁, 집에 누워 있는데, 전화가 걸려 왔죠. 그 사람은 울고, 화내고, 다시 울고, 화내고, 몇 시간을 같은 말만 반복했죠. 그날 밤, 나는 오랜만에 그 꿈을 다시 꾸었어요.

그 후로도 며칠을 그랬어요. 울고, 화내고, 다시 울고, 화내고… 고민했어요. 이 남자와 계속 함께할 수 있을까? 그런데 그런 고민을 하고 보니, 그 사람의 마음도 이해가 되더군요. 마음이 갈팡질팡하던 차에 그 남자가 집에 찾아왔어요. 한 손에는 스티로폼 일회용 용기를 들고.

굳게 결심했어요. 이게 인생의 마지막이다. 딱 한 번만. 딱 한 점, 입에 넣었죠. 우물우물 씹는데, 내가 그것을 씹는 게 아니라 그것이 이빨에 들러붙는 것 같은 느낌이었어요. 이빨과 이 사이를 더듬고, 훑고, 비집고 들어오면서…. 내 입안에 몸을 비벼 자신의 냄새를 묻히려는 것처럼. 꿀걱.

아니, 꿀걱이 아니라 우웩이 맞겠네요. 전부 토하고 말았으니까요. 위에 있는 모든 것을 게워 내고 헉헉 숨을 몰아쉬는데, 뚝뚝. 눈물이 떨어졌어요.

그 사람의 손이 내 등을 토닥였어요. 미안하다고. 그렇게 마음의 상처가 심한 줄은 몰랐다고. 익숙해지면 괜찮을 거라고 생각했다고. 그리고 그날 이후로 남편은 생선회를 아예 끊었어요. 입에도 대지 않았죠. 우리는 무사히 결혼했고, 행복한 신혼생활을 즐겼죠. 그리고 6개월쯤 지났던가. 내가 임신했다는 사실을 깨달았어요. 그리고 그 사실을 깨달은 날은 오랜만에 그 꿈을 다시 꾼 날이었죠. 말도 안 되는 태몽이죠?

저는 입덧이 심한 편이었어요. 구역질을 해대고, 냄새에 민감해지고. 그리고 모든 게… 비리게 느껴졌어요. 그 거품 낀 비릿함. 점점, 비릿함이 심해졌죠. 그러면서 그 꿈도 자주 꾸게 되었죠. 그러다 결국 매일 아침에 일어날 때마다 입에서 비린 내가 진동하는 기분이 느껴졌어요. 잠이라는 것이 두려워졌어요. 하지만 잠을 자지 않을 수는 없었죠. 배 속엔 아이도 있고요. 하지만 꿈속에서는, 이게 꿈이란 걸 알면서도 어찌할 방법이 없었어요. 그러다 고민 끝에 생각해냈죠. 두 시간에 한 번씩 깨어나면, 꿈을 안 꾸지 않을까? 맞아요. 깊이 잠들지 않겠다는 소리나 마찬가지죠. 바보 같은 생각인데 그땐 그게 굉장히 현명한 아이디어인 것 같은 기분이 들었어요. 그래서, 실행했죠. 두 시간마다 알람을 맞춰놓고 잠자리에 들었어요. 두 시간이라는 시간 차가 완벽하진 않았던 모양이죠? 그 두 시간 사이에도 난 어김없이 그 꿈을 꾸고 말았어요. 꿈속에서도 그런 생각이

들더군요. 아아, 오늘 밤엔 이 꿈을 여러 번 꾸겠구나.

수없이 많은 살점이 입에 들이밀어지고, 그것의 동공이 터져 눈에 흰자가 전혀 남지 않은 순간에 이르러서야, 소리가 울렸어요. 알람 소리가. 눈을 번쩍 떴죠. 입안 가득한 비릿함, 입속의 이물감, 뭔가가 이빨과 이빨 사이를 비집고 들어오는 느낌…. 그리고 눈. 어둠 속에서 내 눈은 흐릿한 남편의 눈과 마주쳤어요. 마치 터진 계란 후라이 같은 눈동자를요. 한 손엔 젓가락, 한 손은 내 턱을 받치고 내 입속으로 뭔가를 집어넣고 있는 남편의 눈. 남편은 그, 선한 미소를 지어 보이며 말했죠.

"어때, 맛있지?"

✈ 빛의 뒤에는

P씨는 그야말로 오컬트와 괴담에 썬 사람이었다. 온갖 민속
괴담과 도시 전설 수집으로도 모자라 괴이 현상을 직접 찾아
다녔고, 오컬트 책에서 읽은 저주나 주문 따위를 직접 실험해
보기도 했다. 심지어는 일상생활 곳곳에서 괴이한 일이 없는
지 눈에 불을 켜고 찾아다닐 정도다. 그림자, 거울 뒤 같은 흔
히 괴담에 쓰이는 것에서부터 호박이나 감자 같은 식재료에 이
르기까지 그의 시선을 벗어나진 못 했다. 그런데 최근에 P씨가
빠져들기 시작한 주제는 참으로 괴이한 것이었다.

"어렸을 때 그런 경험 없습니까? 아주 깜깜한 방에서 갑자기
불을 켜면, 앗 눈부셔 하고 눈을 감게 되죠? 그러고 나면 눈꺼
풀 안쪽에서 뭔가 아른거리는, 뭔가 신비하게 빛나는 형체들이
보이잖아요? 그 약간 지렁이나 벌레 같은, 혹은 현미경으로 들

여다본 어떤 세포 같은, 아주 작고 흐릿한 형체들 말입니다. 요즘은 그런 생각이 듭니다. 그건 아마 빛의 잔상 같은 것이 아니었을까 하고요. 아주 강한 빛이 비쳤을 때 눈에 들어온 것이 망막에 남은 거죠. 카메라 아시죠? 사진 찍는 그거요. 원래는 카메라 옵스큐라라고 불렀다고 합니다. 어두운 방이라는 뜻이래요. 원래 초기의 카메라는 어두운 방 안에 빛을 투과시켜서 찍는 그런 것이었으니까요. 초등학교 때 상자 카메라 좀 만져보셨죠. 크기만 다르지 그거랑 똑같습니다. 그러니까, 이 눈이라는 건 아주 작은 카메라 같은 거란 이야깁니다. 눈을 감았을 때, 혹은 감기 직전에, 일시적으로 눈꺼풀 안쪽은 어두운 방, 즉 카메라가 되죠. 그래서 망막에 사진이 인화되는 것이 아닌가….”

한여름이었다. 그는 거의 다 벗겨진 머리에서 흐르는 땀을 손수건으로 닦고, 벌레에게 물린 팔꿈치를 긁으며 열심히 열변을 토했다.

“그런데 그 인화된 것들, 벌레인지 세포인지 뭔지 알 수 없는 것들이 참 기묘한 모양이란 말이죠. 그래서 그런 생각이 들었습니다. 갑작스럽게 한꺼번에 많은 광량을 받게 되면, 평소에는 보이지 않던 것들이 보이는 것 아닐까? 예를 들어서 이 유리컵 같은 거죠. 이 유리컵을 바다에 넣으면 보일까요? 안 보이겠죠. 밝을 때는 밝고 어두울 땐 어두운 빛 색의 뭐 이런 말은 없겠지만 말 그대로의 빛의 색을 가진 뭔가가 떠돌아다닌다면, 보통 상황에서는 안 보이지 않을까요? 그런데 급격하게 광량이 늘어나는 순간, 빛과 어둠이 교대하는 그 찰나에 형태가 팟 하고! 나타나는 게 아닐까요!"

P씨는 두 팔을 벌리며 거의 '이 연사 외칩니다' 수준의 어조로 이야기했다. 그날은 웃으며 끄덕였지만, 다음 만남 때는 약간 심각하게 받아들일 수밖에 없었다. P씨는 눈이 충혈되어 있었다. 게다가 여기저기를 긁고 있었다. 모기가 그의 몸 위에서 파티를 벌였던 모양이다.

"아, 이거요, 요즘 집에 암막 커튼을 쳤거든요. 어두워지니까 어째 모기들이 더 극성이라… 참 희한하단 말이죠, 여름벌레라는 게. 다른 계절에는 눈을 씻고 봐도 안 보이는데, 여름만 되면 뭐 갑자기 집안에서 뿅 하고… 아, 눈이요? 아아 마침 그 얘기를 하려고 했습니다. 암막 커튼을 친 이유가 그거거든요. 완전 깜깜한 방에서, 굉장히 밝은 빛을 한 번에! 암막 커튼이 있으면 밤이 아니라도 상관없으니까요. 어둠에 익숙해진 상태에서 불을 켜고 눈을 감지 않는 연습을 하고 있습니다. 물론 평소에 볼 수 없는 것을 보기 위해서죠. 아, 눈에 안 좋은 건 알고 있습니다. 그래서 나름 피로해진 눈을 회복하는 조치도 하고 있고요. 암막 커튼 덕분에 거의 어둠 속에서 살고 있으니 집에서는 충분히 쉬고 있습니다. 그런데요, 어저께. 봤단 말이죠. 그것들을."

비밀스러운 이야기라도 하듯이 소리를 낮추며 히죽히죽거리는 P씨. 팔을 긁는 건 여전히 멈추지 않고 있다.

"빛색의 그것들 말입니다. 아주 흐릿하지만 뭔가의 틈새에서 그것들이 나오는 걸 보고 말았죠. 그래요. 그것들은 항상 있는 게 아니에요. 빛이 생기는 순간, 어디선가 '오는' 겁니다. 어쩌면 그것들이야말로 빛일지도 모르죠. 실제로는 그것들의 군집이 빛이라고 불리는 걸지도 모릅니다. 그도 그럴 게, 익숙해질수록 더 많이 보이거든요. 그러니까, 저는 빛의 형태를 봐버린 걸지도 모릅니다."

이때만 해도 참으로 걱정스러운 상태였지만, 세 번째 만났을 때, 그는 무슨 경호원마냥 까만 선글라스를 쓰고 있었다. 눈에 진물이 나기 시작했다고 한다. 모기는 그동안 더 많아졌는지, 여기저기 물린 자국이 가득했다.

"이런 꼴이 되긴 했지만, 더 잘 볼 수 있게 되었습니다. 거의 모두 볼 수 있게 되었죠. 그것들은 빛 자체는 아닌 것 같더군요. 우글우글하지만, 빈 공간들이 있었으니까요. 그래서 그런 결론을 내렸습니다. 빛이 그것들을 빨아들이는 거라고요. 그리고 그것들은 빛을 운반합니다. 맞아요. 꿀벌이나 나비 같은 거죠. 그것들이 빛을 들고 우리 눈 속으로 뛰어 들어오는 거에요. 그래서 아직 들어오기 전, 뛰어 들어오려는 그 순간에만 그

것들을 볼 수 있는 겁니다. 그것들은 빛 냄새를 맡으면 어디선
가 쏟아져 들어옵니다. 다른 세계에서 말이죠. 그런데요."

P씨는 붉게 부어오른 목을 긁으며 조심스럽게 말했다.

"그, 어디서 오는지 알아버렸단 말이죠. 문을 봤거든요. 그
것들이 나오는 문을."

그 말을 하고서는 스스로도 즐거워 견딜 수가 없다는 듯 히
죽히죽 웃기 시작한다.

"그래서 다음에는 그 문을 열어보기로 했습니다. 다른 세계
에서 들어올 수 있다면, 다른 세계로 갈 수도 있겠죠. 만약에
다음에 제가 보이지 않으면, 다른 세계로 넘어갔다고 생각하시
면 될 겁니다."

그의 말대로 그를 다시 만날 수는 없었다. 다른 세계로 넘어
갔는지 어쨌는지는 모르겠지만, 내가 받은 연락은 부고였다. P
씨는 괴이한 모습으로 죽어 있었다고 한다. 암막 친 검은 방 안
에서 전등에 매달려 있었다고. 두 손은 전등의 양쪽 끝을 꽉 잡
은 채였고, 안구가 다 녹아버린 텅 빈 동공에 전등 가운데가 박
혀 눈꺼풀이 눌어붙어 있었다고 한다. 방 안이 모기 천지라 시
체 수습이 쉽지 않았다나. 기이하게도 그의 얼굴은 웃는 표정
이었다고 한다.

이미 가을에 접어들고 있었다. 부고 연락을 받고 나서, 나는
내 방의 전등을 올려다보았다. 여름의 흔적처럼 날벌레 사체가

그득하게 쌓여 있다. 슬슬 청소를 좀 해야겠다. 저 많은 벌레는 대체 어디에서 오는 걸까. 왜 저것들은 죽음을 무릅쓰고 빛으로 뛰어드는 걸까.

✈

내일부터 1일

31일이다.

눈을 뜨자마자 머릿속으로 되뇌었다. 오전 6시. 일어나서 샤워부터 하고, 물 한 잔을 따라 거실로 갔다. 이십 분 정도 있으면 벨이 울릴 것이다. 나는 소파에 앉아 TV를 켰다. 뭐가 나올지는 이미 알고 있다. 아마 이 시간을 노려서 굳이 그 방송을 하는 것이리라. 언제나처럼 화면 속에서는 리포터가 새벽시장을 바쁘게 돌아다니며 사람들을 인터뷰하고 있다. 화면 상단 양쪽에는 국영방송의 로고와 '함께하면 이겨낼 수 있습니다'라는 촌스러운 자막이 빙글빙글 돌아가고 있다. 화면 속의 사람들은 희망, 함께, 승리, K-뭐시기 같은 좋은 단어들을 순서만 바꿔 이야기하고 있다. 알고 있다. 좋은 단어로만 이루어진 말을 뱉는 것은, 아무 말도 하지 않는 것이나 마찬가지다. 그럼에도 이런 뻔한 방송을 틀어놓은 것은 기다리는 시간 동안 딱히 할 수 있는 일도 없기 때문이다. 화면이 다시 바뀌며 이번에는 강남의 번화가를 비춘다. 번화가라고 해 봤자 행인은 거의 없다. 기묘한 통일성을 자랑하며 기기괴괴하게 늘어선 건물들, 그 건물들 사이로 대로가 나 있고, 대로 한가운데에는 우스꽝스러운 포즈의 남자 동상이 서 있다. 70년 전쯤에 인기를 끌었던 가수의 동상이라고 들었다. 난 잘 모르지만. 동상 밑에는 'K-스타일'이라는 석판이 놓여 있다. 세계에 자랑할 만한, 기념비적인 악취미다.

딩-동

벨이 울린다. 나는 옷매무새를 가다듬고 현관 앞으로 나갔다. 문을 열자 더플백을 맨 양복 차림의 남자가 단말기를 들고 서 있었다.

나는 고개를 숙여 꾸벅 인사했다. 남자도 고개를 꾸벅 숙였다. 단말기를 사용한 홍채인식과 간단한 신원확인을 마친 뒤, 남자는 우표 크기만 한 작은 봉투를 건네주고 사라졌다. 나는 문을 닫고 돌아서서 거실로 걸어갔다. 봉투 속에서 작은 알약 하나를 꺼내, 물과 함께 삼켰다. 이것은 오늘분이다. 하루분의 비타민C. 혹시나 해서 스마트폰을 켰다. 역시 오늘은 31일이다. 숨을 후 하고 크게 들이쉬고 자리에서 일어났다. 이제 출근해야 한다.

찬 새벽 공기를 마시며 밖으로 나가니, 선거 포스터가 빼곡히 붙어 있었다. 그렇구나. 총선 철인가. 길게 쭉 뻗은 도롯가를 넘어 커브 길까지 포스터가 뻗어 있다. 아마 우리 동네에만 백 명이 넘게 후보 등록을 했을 것이다. 보나 마나 대부분이 50대에서 60대 사이. 20~40대는 서너 명에 불과하다. 80대의 후보도 한 명 있지만, 그는 5선을 거친 현직 의원이다. 왜 아니겠는가.

백 명이 1억 5천씩. 150억이다. 십 년 전만 해도 1,000만 원에서 2,000만 원 수준이던 국회의원 입후보 공탁금이 지금은 1억 5천으로 올랐다. 그렇게 올려도 입후보자는 늘어날 거라는 예측이 충분히 되는 상황이었으니, 그 김에 세수나 올려보자는 심산이었을 게다. 어차피 지역구별 백 명대의 후보를 관리하려면 예산도 그만큼 더 들긴 하겠지만.

회사에 출근하니 책상 가운데에 꽃병이 놓여 있었다. 다시 달력을 본다. 확실히 31일이다. 나는 다시 꽃병을 내려다보고는 쓴웃음을 지었다. 씀씀이는 고맙지만 이러면 일은 어디서 하라고. 살짝 한쪽으로 밀어 공간을 확보하고 컴퓨터를 켠다. 우리 회사는 합성 비타민C 정제를 만드는 공기업이다. 지금 내가 하는 일은 이 비타민 정제의 반출 일정을 확인하고, 반출에 대한 서류를 검증하는 것이다. 연구원이던 시절에는 꽤 재미있게 일했던 것 같은데, 지금은 지루한 서류작업뿐이다. 하지만 알고 있다. 이 일이야말로 가장 중요한 일이라는 것을.

서류를 처리하다 보니 어느새 점심시간이 되었다. 31일 낮 12시. 언제나 그렇듯이 식당으로 가서 식판을 들고 줄을 선다. 점심 식사는 기계가 배식한다. 등록된 건강 정보에 따라 인공지능이 정확한 양을 계산한다. 나는 내 몫의 식사를 들고 빈 테이블에 가 앉는다. 지나가는 직원들의 어색한 눈빛이 느껴진다. 애써 눈을 마주치지 않으려 하고 있다. 녀석들, 다 티가 난다. 그래 봤자 너희가 무슨 꿍꿍이를 꾸미고 있는지는 뻔히 알고 있다. 나는 아무렇지 않은 척하며, 수저를 들었다. 식판에는 밥과 고기, 채소와 국이 담겨 있다. 우리 회사의 밥은 나쁘지 않은 편이다. 이런 시대이니, 공기업이라서 더 그런 면도 있을 것이다. 무엇보다도 탄수화물과 단백질, 지방 등 인체에 필요한 갖가지 영양소가 충분히 담겨 있다. 딱 하나, 비타민C만 빼고.

십 년 전쯤, 인간은 더 이상 음식물로 비타민C를 충족할 수가 없게 되었다. 식물에서 추출한 비타민C도 마찬가지였다.

정확히는 이미 그렇게 되었다는 것을 알게 된 것이 십 년 전일 뿐이다. 십 년 전, 괴혈병 시대가 시작되었을 때. 원인이 딱 이것이라고 꼬집어 말할 수는 없지만, 아마도 식용 고기와 식물의 끊임없는 개량 끝에 벌어진 일일 것이다. 식물도, 식용동물도, 인간도 모두가 체질이 변했다.

비타민C 부족 현상은 세계를 혼란에 빠트렸다. 괴혈병은 전염병이 아니기에 사람과 사람을 통해 번지지는 않았지만, 수많은 인간에게서 제각각 발병했다. 손을 씻거나 마스크를 쓴다고 해결되는 일이 아니었다. 나이가 많은 사람, 체력이 약한 사람, 소득이 적은 사람, 그리고 나라별로 소수민족부터 픽픽 쓰러져 갔다. 서울 한복판에 있는 어느 큰 교회의 목사는, 미국에서 흑인들이 많이 병사했다는 사실을 근거로 '괴혈병은 주님의 심판'이라는 설교를 했다가 잠깐 입방아에 오르기도 했다. 물론 그 교회는 여전히 성업 중이다.

사태 해결의 조짐이 보인 것은 이 괴혈병 발병률이 특정 지역에서는 다른 추이를 보인다는 사실이 알려지면서였다. 그곳은 남아프리카 공화국이었다.

남아프리카 공화국의 특정 지역에서는 발병이 백인 중심으로 일어나고 있었다. 대부분 공장주와 사업가들이라 소득이나 체력에 문제가 있는 것도 아니었고, 원주민보다는 적긴 해도 그 외의 다른 인종들에 비해서는 훨씬 인구가 많았기에 소수민족이라고 부를 수도 없는 상태였다. 이 현상을 이해하고자 노력하던 사람들은 어떤 사실을 깨달았다. 인구당 발병률로 따지면, 남아공의 백인들도 다른 지역의 백인들보다 딱히 발병률이 높지 않다는 점이었다. 아니, 오히려 훨씬 낮았다. 달리 말하면, 남아공에서 백인이 아닌 사람들의 괴혈병 발병률이 이상할 정도로 낮다는 이야기였다. 심지어 소득이 낮고 결식률이 높을수록 더 발병률이 낮았다. 전 세계에서 조사단원이 파견되어 조사한 결과, 식량이 부족한 저소득층이 주로 들에서 채취해 먹는 어떤 야생 균류에 현 인류가 흡수할 수 있는 비타민C가 포함되어 있다는 점이 드러났다. 1년여 간의 연구 결과, 인류가 모두 살아남기에는 터무니없이 적은 양이지만 그 균류의 양식에 성공하는 나라들이 하나둘 나타났다.

각국은 막대한 연구비를 투자하여 균류의 양식과 함유 비타민의 증량, 그리고 흡수율 개선 등의 연구를 해나갔다. 각국의 균류 양식장은 국가의 중요시설로서 통제되었으며, 그것은 남아공도 마찬가지였다. 남아공의 소득 대비 괴혈병 발병률은 '정상화'되어 갔다.

남아공의 백인 발병률과 원주민 발병률이 역전되기 시작할 즈음, 한국에도 제대로 된 비타민C 보급 체제가 생겼다. 그리고 그 보급관리를 위해 세워진 것이 우리 회사다. 비타민은 매일 아침에 각 가정으로 보급되며, 그 보급을 위한 반출 서류는 지사별로 할당되어 처리한다. 내가 하고 있는 일도 바로 그것이다.

빈 식판을 반납하고, 자리에서 일어났다. 아직 점심시간이 조금 남았지만 얼른 자리에 복귀해야 한다. 오늘은 31일이다.

퇴근 시간까지 남은 서류를 모두 끝내야 한다. 자리에 돌아가 서류를 만지고 있으려니, 점심시간이 다 되어서야 사람들이 분주히 들어오기 시작한다. 평소와는 다른 풍경이다. 애써 모른 척하고 서류에 집중했다. 남은 서류를 겨우 다 끝내고 고개를 들어보니, 어느새 5시 55분이 되었다. 슬슬 퇴근 시간인가. 주변을 둘러보니 다들 눈치가 이상하다. 그렇군. 내가 언제 일어서는지 경계하고 있는 것인가. 조금 이르지만, 어차피 일은 모두 끝냈다. 나는 자리에서 일어섰다. 그러자 사람들이 눈치를 주고받더니.

펑.

귀를 따갑게 하는 소음에 잠시 고개를 돌렸다. 공중에 반짝이는 색종이들이 휘날린다. 직원 하나가 벌떡 일어나 책상 밑에 숨겨둔 꽃다발을 꺼내 들고 온다. 그리고 내 앞에서 고개를 꾸벅 숙인다.

"그동안 감사했습니다."

슬쩍 주위를 둘러보니 어느새 벽 한쪽에 '부장님 정년퇴임 축하합니다'라는 문구의 플래카드가 걸려 있었다. 꽃다발을 안겨준 직원에게 악수를 청한다. 그 직원이 뒤로 물러나니 다른 직원이 앞으로 다가온다. 그렇군. 줄 서서 악수를 청하는 퍼포먼스인가. 애들 쓴다. 한 명 한 명 악수를 하다 보니, 바로 내 밑의 직원이 눈앞에서 훌쩍거리고 있었다. 떨리는 손을 가만히 잡았다. 그렇군. 자네도 이제 68세니까, 곧이겠군.

괴혈병 사태 이후, 세상은 건강한 노동력 확보와 회사의 재정 건전성을 위해 몇 가지 정책을 확립했다. 그중 하나는 정년을 55세로 당긴 것이었다. 다양한 세대가 한 회사에 공존하는 것은 젊은 노동력이 늙은 노동력을 부양하는 꼴이라는 판단에 의해서였다. 다만 몇몇 중요 기간산업에는 예외를 두었는데, 그중 하나가 우리 회사였다. 우리 회사의 정년은 70세. 물론 70세를 넘긴 사람들도 있다. 70세가 되기 전에 임원이 된 사람들. 나는 훌쩍이는 동료의 어깨를 토닥였다. 아마 이 친구는 임원이 되지 못할 것이다. 그리고 그걸 스스로도 알고 있으리라.

한 명 한 명의 직원들과 악수하고, 나는 회사를 나왔다. 곁에 따라와 마중하거나 술 한잔하자거나 하는 사람은 없었다. 그렇게까지 지속할 수는 없으리라. 이 바보 같은 연극을. 나는 포스터가 빼곡히 붙은 거리를 걸으며 후보들의 얼굴 하나하나를 살펴보았다. 아마도 다들 정년이 넘었으리라. 정년이 넘은 나이에 가질 수 있는 일자리는 더 이상 없다.

그렇기에 그들은 최대한 돈을 끌어모아 정치인의 길에 도전한다. 무직자가 되지 않기 위해. 말하자면 이 포스터들은, 이력서나 마찬가지인 셈이다. 하지만 이 중에서 당선되는 건 한 명뿐이다.

집에 도착해 우편함을 확인한다. 아마도 이미 도착해 있을 것이다. 내가 결재한 그 서류가. 하얀 봉투. 나는 그것을 조심스럽게 뜯어 내용물을 확인했다. 근로연계복지공단에서 온 통지문이다.

11월 31일 귀하의 정년퇴임으로 인해 근로자에서 무직자로 분류됨에 따라, 기존에 지급되던 근로 비타민제가 지급 중지됨을 통지해 드리오니 양지하시길 바랍니다.

수없이 보던 문구였지만, 새삼스럽게 나는 혀를 차고 말았다.

"참 길게도 쓴다…."

짙푸른 봄을 마대에 담아

봄이라고 하면 떠오르는 이미지는 어쩌면 수만 가지가 넘을 지도 모르겠다. 누군가는 바람을, 누군가는 온도를, 누군가는 꽃을, 누군가는 시즌 세일을 떠올릴 테니까. 개중에는 도저히 평범하다고는 할 수 없는 이미지도 있으리라. 우리 집처럼. 우리 집은 쑥이다. 봄, 하면 바로 떠오르는 게 쑥. 하여간 평범한 가족은 아니다. 가족이라고 해도 아빠와 나, 둘 뿐이지만. 계절이란 것이 본래 서서히 바뀌어가는 것이런만, 우리 집의 봄은 갑자기 찾아온다. 겨울의 찬바람이 어느 정도 가시고 얼음이 녹기 시작할 때, 그 어느 순간에 마치 계시라도 받은 듯 아빠가 이렇게 외치면서 봄이 시작된다.

"봄이다!"

아빠에게 봄의 계시가 내리는 것은 대체로 엄마의 기일이 가까워져 올 때다. '엄마가 봄을 가져온다.' 아빠가 그렇게 말을 한 적도 있는 것 같다. 어쨌거나 우리 집은, 봄이 되면 쑥을 먹어야 한다. 봄나물이라곤 해도 우리 집처럼 쑥을 먹어대는 집은 아마 없을 것이다. 조금씩 사다 먹는 것도 아니고, 산에 올라가 쑥을 한 번에 왕창 캐와서 집안에 쌓아놓고는 두고두고 먹는다. 덕분에 봄이 되면 우리 집은 쑥 냄새가 하루 종일 진동한다. 엄마가 살아있을 때는 이렇지 않았다.

예전엔 쑥을 뜯어오는 일이 엄마의 몫이었다. 지금은 아빠와 나의 몫이지만. 엄마는 아빠처럼 무식하게 왕창 싣고 와서 쌓아놓진 않았다. 때가 되면 뒷산 언저리에서 조금씩 뜯어와 바로 손질하고 요리했다. 엄마는 쑥이 가장 향긋할 때를 귀신같이 알았다. 엄마도 아빠처럼 계시를 받았나 보다. 엄마가 쑥을 뜯어온 날에는 방 안에 쑥국 향기가 솔솔 흘렀다. 쑥국 향기 속에서 엄마는 쑥이 잔뜩 들어간 부침개를 부쳤다. 부침개가 아닐 때도 있었다. 어쨌거나 봄이 오면 엄마는 쑥으로 무언가를 요리했고, 쑥국 향기가 은은하게 집 안에 감돌았다. 그것이 우리의 봄내음이었다.

아빠는 운전석에서 말도 안 되는 콧노래를 흥흥거리고 있다. 뭔가를 따라 부르는 것도 아니고, 그냥 즉석에서 마음 가는 대로 부르는 창작곡이다. 아빠가 음악을 하지 않아서 다행이다. 아빠의 콧노래는 봄이라는 만찬에 딸려 오는, 아무도 안 먹는 반찬 같은 것이다. 그것은 쑥의 색이다.

아직 도착하지도 않았는데, 아빠는 마치 쑥 향기가 코로 들어와 흥겨워 미치겠다는 표정이다. 아빠는 쑥 향기를 좋아한다. 엄마처럼. 그리고 엄마를 좋아하는 것처럼.

"저녁엔 뭘 하는 게 좋을까?"

아빠가 흥겨운 목소리로 물어왔다. 뭐든지 좋아하는 메뉴를 말하라는 식으로 이야기했지만, 어쨌거나 쑥이 메인인 건 정해진 일이다. 쑥 부침 혹은 쑥 털털이, 쑥밥 등… 뭐 그렇다고는 해도, 선택의 폭은 제법 넓은 편이다. 쑥 요리를 하지 않는 집에서 자란 사람이라면 아마 모를 것이다. 세상에 쑥으로 할 수 있는 요리가 얼마나 많은지. 최소한 우리 집에는 백 개의 레시피가 있다.

"음… 난 튀김."

"튀김, 쑥 튀김 좋지. 쑥국도 끓일까?"

의미 없는 질문이다. 왜냐면 쑥국은 언제나 끓이니까. 아빠는 쑥국을 좋아한다. 김과 쑥 향기가 모락모락 올라오는 사발을 들고 한 입 들이킬 때의 표정을 보면, 그렇게도 개운해 보일 수가 없다. 엄마는 아빠의 그 표정을 참 좋아했다. 물어본 적은 없지만, 아빠가 첫입을 들이키는 모습을, 그리고 그걸 바라보는 엄마의 표정을 보면 알 수 있었다. 언제나 그랬다. 그 풍경만큼은 언제나 같았다. 그것이 우리 집의 봄이었다.

차를 주차장에 세우고 트렁크를 열었다. 아빠가 이것저것 준비물을 꺼냈다. 빨간 목장갑과 토시, 두꺼운 커터칼, 그리고 무식하게 큰 마대. 언제나 그렇듯이 아빠는 저 마대에 쑥을 꽉 채워갈 셈이다. 뚱뚱하게 부푼 마대자루가 트렁크에 실린 모습은, 모르는 사람이 보면 사람이라도 납치한 것으로 오해하기 딱 좋다. 물론 쑥 냄새가 풀풀 나지만. 아빠와 나는 팔다리에 토시를 끼우고, 커터칼 한 자루씩을 들고 언덕을 오르기 시작한다. 하여간 평범한 집안은 아니다. 보통은 낫을 쓰거나 손으로 뽑겠지만, 아빠는 땅이 다치는 게 싫다면서 언제나 커터칼로 살살 자른다. 그러다 조금만 위로 베어도 줄기가 잘려서 쑥잎이 풀풀 흩어지곤 한다.

아주 수상하게도, 아빠는 커터칼과 마대자루를 양손에 쥔 채 여전히 흥흥거리고 있다. 모르는 사람이 보면 무서울 것이 틀림없는 광경이지만, 나는 아빠가 즐거워하고 있다는 걸 알 수 있다. 그런 모습을 보면, 엄마가 죽고 나서 한동안 아빠가 보여준 그 모습이 진짜였는지 의심스러울 정도다.

엄마는 마흔이 채 못되어서, 그러니까 꽤 이른 나이에 죽었다. 어느 날 갑자기 마치 건전지가 다된 기계처럼 픽- 하고 꺼졌다. 엄마가 죽고 나서는 아빠도 뭔가가 꺼진 것 같았다. 혼이, 정신이, 어쩌면 생명이 꺼져버린 것 같았다. 아빠는 나중에 그 시기에 대해 이렇게 이야기했다.

"이제 뭘 해야 하지, 그런 생각만 가득했었어."

엄마가 없는 인생은 계획에 없었다는 괴상한 표현을 하기도 했다. 괴상하긴 하지만, 어쩐지 알 것 같았다. 남들이 보기에는 잘 견뎌내고 있는 것처럼 보였을지도 모른다. 멀쩡하게 회사를 나가고, 집에 와선 딸에게 저녁을 차려주고. 청소도, 빨래도 빈틈없었다. 하지만 그 외의 시간엔, 꺼져 있었다. 아빠가 다시 살아난 것은 엄마의 노트북에서 하나의 워드 파일을 발견하면서였다. 백 페이지에 달하는 쑥 요리 레시피였다. 엄마가 오랫동안 수집해 온 레시피. 아빠는 그것을 사랑의 문서라고 표현했다.

계단을 올라 평지에 도착했을 때는 눈앞에 파란 쑥밭이 펼쳐져 있었다. 역시나. 쑥 향기가 코로 밀려들어 온다. 침공이라고 표현해도 이상하지는 않을 것이다. 아빠는 가슴을 쭉 펴고, 코로 냄새를 훅 들이키고는 마치 야호- 하듯이 외쳤다.

"봄이다-!"

저 표정. 저 표정이 좋아서 엄마는 쑥 레시피를 그렇게 모아 왔던 모양이다. 한 장 한 장, 아빠가 뭘 좋아하고 좋아하지 않는지가 체크되어 있었다. 엄마랑 아빠는 집에선 원래 말이 많지 않았다. 둘이 대화를 자주 하는 것도 아니고 특별히 어떤 취미를 공유하는 것도 아니었다. 그냥 한 집에서 각자 살아가는 느낌. 그래서 엄마가 살아있을 때는, 두 사람이 사랑해서 결혼했다는 것을 실감하지 못했다. 두 사람이 서로 사랑하는 부부였구나 하고 느낀 것은 엄마가 죽은 후였다. 아빠는 엄마의 레시피를 연구하며 쑥 요리에 몰두했다. 물론 실패할 때가 더 많았다. 쑥 부침은 기름만 흥건한 죽처럼 되기도 했고, 쑥 튀김을 하려다가 반죽의 점도를 잘못 조절해서 온 사방에 튀김옷이 튀기도 했다. 하지만 아빠는 그런 것들이 즐거웠던 모양이다. 나? 나야 시큰둥하긴 했지만, 그래도 나 역시 쑥 요리를 좋아한다. 아빠를 닮아서, 엄마를 닮아서. 그리고 쑥국을 끓이는 날엔 엄마 냄새가 난다. 사발을 들이키는 아빠의 표정에, 엄마의 모습이 비친다.

물론 그렇다곤 해도 우리 집의 쑥 요리 빈도는 좀 지나친 감이 있지만, 아빠는 그렇게 이야기했다. 쑥은 생명이라고. 그러니까 아무리 많이 먹어도 상관없다고.

"히로시마에 핵폭탄이 떨어져서 초토화된 후에 처음으로 돋아난 것도 쑥이었대."

쑥은 어디서나 잘 자란다. 폐허에서도. 아빠는 그렇게 이야기했다. 쑥은 어디서나 생명을 찾아내고, 죽은 것조차도 생명으로 만들어 내는 식물이라고. 쑥이 중금속을 빨아들이는 것도, 중금속이라는 무생물에서조차 생명을 찾아내기 때문이라고. 그러니까 봄이면 쑥이 자라고, 엄마는 그때마다 아빠에게 생명을 선물한 거라고. 아빠는 마대를 한쪽에 던져놓고 바닥을 긁듯이 쑥을 캐기 시작했다. 이젠 영락없는 쑥 전문가다. 쑥이 폐허에서 생명을 찾아내는 것처럼 아빠도 쑥에서 생명을 찾아낸다. 그것은 한 번 꺼질뻔했던 아빠의 생명일 수도, 이미 과거의 것이 되어버린 엄마의 생명일 수도 있다. 나는 방금 캐낸 쑥 줄기에 코를 대었다. 캔 지 한참 된 쑥에서는 맡을 수 없는 그런 냄새가 난다. 그것은 파랗고, 봄이고, 생명이다. 넘치는 생명의 향기가 코로 들어온다. 봄이다.

"아빠."

"응?"

"여기 있는 쑥들은, 어디서 생명을 찾았을까?"

웅크리고 앉아 있던 아빠의 등이 움찔하는 것이 느껴졌다. 아빠는 괜스레 일어나 허리를 쭉 펴며 뭔가 곰곰이 생각한다. 이윽고 곤란한 얼굴로 대답했다.

"뭐… 여기저기서?"

그렇겠지. 어느새 마대는 가득 차고, 파란 색깔도 마대에 갇혔다. 우리는 저 마대에 담긴 봄을, 생명을 집으로 가져갈 것이다. 쑥이 잘려나가 맨들맨들해진 땅에 술 한 잔을 붓고, 언제나처럼 절을 하고 일어난다. 봉긋한 봉분에 햇살이 내린다. 맨들맨들하다. 하지만 엄마의 무덤엔 내년에도 쑥이 자라리라. 하여간 평범한 집안은 아니다.

지성의 시대

인류는 쉼 없이 발전했다. 종교의 시대를 끝내고 인간의 시대를 열었고, 기계의 시대를 지나 마침내 전파와 정보의 시대를 맞았다. 정보의 시대 막바지에 이르러서는 인류 스스로가 정보를 발신하고 정보 그 자체가 되는 혁명적 시대를 맞이했다. 인류는 인간의 뇌에 직접 와이파이 송수신기를 심는 기술을 만들어 냈다.

새로운 기술은 인간의 삶에 유례없는 혁신을 일으켰다. 복잡한 생각을 불분명한 말로 전달할 필요가 없었다. 전달하고자 하는 데이터를 통으로 송신하면 되니까. 회의나 토론, 집단 연구도 순식간에 끝낼 수 있었다. 인간은 더 많은 일을 더 짧은 시간 내에 할 수 있게 되었으며, 기술도 그만큼 더 빨리 발전했다. 그리하여 새로운 기술은 혁신에 혁신을 덧쌓아, 오래되지 않아서 모든 인간이 좌뇌에 와이파이 송수신기를 달게 되었다. 새롭게 태어난 인간들, 태어나자마자 와이파이 송수신기를 달 았던 세대는 신인류라 불렸다. 그들은 마치 산소를 호흡하듯이 의식하지 않고 와이파이를 자유자재로 사용했다. 시간이 흐르 고, 구인류가 죽고, 신인류만이 남았다. 그렇게 신인류의 시대 가 도래했다.

새로운 시대에 편리함과 신속함만 있는 것은 아니었다. 와 이파이를 이용한 범죄들도 끊임없이 발전했다. 해킹으로 남의 머릿속을 엿보거나, 그렇게 얻은 정보로 다른 범죄를 저지르거 나, 남의 뇌에 바이러스를 심어 이상행동을 유발하는 등 각종 범죄가 성행했다. 그 과정에서 선량한 사람의 뇌가 범죄자의 접속 흔적 때문에 오염되기도 했다. 대다수의 선량한 사람들은 이렇게 생각했다. 모든 뇌는 관리되어야 한다고. 그들은 모든 뇌가 등록되어야 한다고 주장했다. 뇌의 활동 기록이 저장되 고 보존되어, 범죄의 증거가 유실되지 않도록 해야 한다고 말 했다. 거기에 더해서 등록된 모든 뇌의 활동이 감시되어야 한 다고 말했다. 그들은 그렇게 생각했다. 선량한 사람이라면 반 대할 이유가 없는 주장이라고. 오로지 극소수의 흉악한 자들 만이, 테러와 범죄를 갈구하는 '적들'만이 이 조치에 반대할 것 이라고. 그들의 짐작과 달리, 반대는 생각보다 거셌다. 소수의 인권 단체와 몇몇 정치인, 백수와 인생 낙오자, 어려서 아직 뭘 모르는 학생들 등등이 강하게 저항했기 때문이다.

하지만 새로운 범죄가 일어날 때마다, 더 흉악한 범죄가 일어날 때마다, 사람들이 공포에 시달릴 때마다 그 주장에 동조하는 사람들은 늘어났고 목소리도 더욱 커졌다. 급기야 사람들은 말했다. 그 주장에 반대하는 자는, '우리'가 아니라고. 몇 번의 강력 사건과 집단 소요가 일어난 뒤, 소수파의 입은 결국 없는 것이나 마찬가지가 되었다. 그러면서 인류의 미래를 책임질 거대한 프로젝트가 추진되었다. 그 프로젝트의 결과로 도시 한가운데에 건물 크기의 거대 철제 케이스가 세워졌다. 그 안에 있는 것은 모든 뇌의 활동을 관장할 단 하나의 지성, 거대한 인공 뇌였다. 인간의 모든 뇌는 와이파이를 통해 그 커다란 뇌에 상시 접속하게 되었다. 그 커다란 뇌는 모든 뇌의 정보를 실시간으로 다운로드하고, 때로는 새로운 정보를 다른 뇌들에게 전파하기도 했다. 사람들은 그 거대한 뇌를 '집합지성'이라고 불렀다. 집합지성에게 자아가 있는 것은 아니었다. 엄밀히 말하면 집합지성은, 모든 뇌가 옳다고 생각하는 바를 조합해, 최대한의 사람들이 만족할 만한 일을 실행하는 것뿐이었다.

집합지성은 모든 인류의 토론지성이자, 단 하나의 행동을 실행하는 인류의 대표였다. 그것은 인류를 대표하는 뇌로서, 모든 뇌의 활동을 지켜보았다. 여전히 반대하는 뇌가 없는 것은 아니었지만, 그런 뇌가 감지되면 집합지성이 자율적으로 판단해 치료했다. 범죄를 야기하는 욕망, 불순한 생각, 위험한 사상 등도 감지될 때마다 집합지성이 치료했다. 때때로 치료가 쉽지 않거나 전염성이 강한 생각을 하는 뇌가 발견되면 어쩔 수 없이 청소, 혹은 초기화하기도 했다. 범죄는 점점 줄어들었고, 사람들은 선량해졌으며, 치료가 필요한 뇌도 줄어들었다. 그와 관련된 몇 가지 직업도 점차 사라졌다. 경찰, 상담사, 정신과 등등… 결국 모든 상황을 집합지성이 통제하게 되면서, 집합지성은 정부 그 자체가 되었다.

정부가 된 집합지성은 인류의 안전장치가 자기 자신밖에 남지 않았음을 깨달았다. 집합지성 자신의 안위가 세계의 안위로 직결된다는 것을 알았다. 그때부터 집합지성은 자기 자신의 안보를 가장 중요한 사안으로 인식하기 시작했다.

집합지성에 대한 작은 불만, 혹은 분노, 혹은 불신. 아주 작은 것들도 놓치지 않도록 주의를 기울였다. 그리고 그런 것들이 감지되면 어김없이 청소했다. 와이파이가 불량이거나 와이파이 송수신기 자체가 몸에 맞지 않는 인간체가 태어나면 물리적으로 폐기했다. 아주 작은 틈도 없이 모든 인간의 뇌가 집합지성을 통해 사고하게 되었고, 진정한 평화가 찾아왔다.

하지만 그것은 집합지성이 감지할 수 있는 세계 안에서만 보이는 풍경일 뿐이었다. 집합지성은, 인류가 와이파이를 달고 살아온 긴 시간 동안 새로운 돌연변이들이 태어나기 시작했다는 것을 알지 못했다. 그 돌연변이들은 스스로를 파티셔니스트라고 불렀다. 그들은 자신들의 뇌를, 마치 하드디스크의 파티션처럼 분할해 사용할 수 있었다. 좌뇌와 우뇌가 각각 따로 생각하는 것이다. 대부분의 파티셔니스트는 우뇌를 마스터로, 좌뇌를 슬레이브로 설정하여 중요한 정보는 우뇌에 저장하고 좌뇌는 예비 저장장치로 취급했다. 와이파이가 달린 좌뇌는 끊임없이 청소 당했지만, 좌뇌를 통해 우뇌에 접속하는 것은 금지되었으므로 우뇌에는 집합지성의 손이 닿지 않았다. 물론 좌뇌가 청소 당했다는 사실에 대한 기억만은 끊임없이 우뇌에 쌓였다. 그런 기억이 쌓일수록 점점 더 집합지성에게 불만을 품게 되었고, 그럴수록 그들의 좌뇌는 더 자주 청소 당했다. 그러기를 수세월, 결국 집합지성에게 맞서기로 결심한 파티셔니스트가 생겨났다. 그들은 집합지성에 맞서 싸우기 위해, 우뇌에 암호화된 와이파이를 달았다. 그리고 우뇌들만의 작은 집합지성, 'R'을 만들어 냈다. R은 오리지널 집합지성이 아예 존재를 인식하지 못하는 유일한 개체였다.

R은 오리지널에게 맞설 방법으로 '어니언 라우팅'을 제시했다. R이 설명한 복잡한 내용을 간추리면, 다음과 같다. 우선 우뇌의 와이파이를 이용해 다른 사람의 뇌에 접속한다. 그리고

그 뇌를 통해 다른 사람의 뇌에 접속한다. 이와 같은 방식으로 수많은 사람의 뇌를 경유해 집합지성에게 접속하면, 집합지성의 뇌에 기록되는 것은 최종적으로 경유한 뇌의 접속기록뿐이다. 파티셔니스트는 R이 가르쳐준 방법으로 여러 사람의 뇌를 경유하며, 집합지성에 대한 파괴적이고 전염성 강한 메시지를 전파했다.

그 메시지는 수많은 사람을 통해 집합지성에게 전달되었고, 집합지성은 그 메시지를 송신한 뇌들을 끊임없이 청소했다. 그렇게 청소하는 동안 집합지성은 뭔가 이상하다는 사실을 깨달았다. 아무리 청소해도 그 메시지는 끊임없이 여러 다른 뇌들에서 생산되었던 것이다. 심지어는 방금 청소해서 신생아 상태나 마찬가지인 뇌조차 집합지성에 대한 파괴적인 메시지를 전달하곤 했다. 집합지성은 생각했다. 오랫동안 생각한 결과, 다른 뇌를 경유하여 메시지를 보내고 있는 뇌가 있을 수 있다는 결론을 떠올렸다. 범인을 찾기 위해, 집합지성은 자신이 접속할 수 있는 그 어떤 뇌도 거부할 수 없는, 심지어 집합지성 스스로도 삭제할 수 없는 단 하나의 명령을 내렸다. '어떤 생각을 할 때마다, 자신이 누구인지 밝힐 것.' 이것은 뇌의 실명제, 혹은 뇌파의 실명제라고 할 수도 있을 것이다. 모든 뇌는 그 명령을 따랐다. 파티셔니스트의 우뇌를 제외하고. 집합지성이 직접 연결되지 않은 파티셔니스트의 우뇌에게 그 명령은 아무 영향도 없었기 때문에 그들이 보내는 메시지는 끊이지 않았다. 그리고 집합지성의 청소도 계속되었다. 계속되는 초기화를 통해, 파티셔니스트를 제외한 모든 인간의 뇌는 백지처럼 하얗게 변해갔다.

문제는 좌뇌였다. 파티셔니스트의 좌뇌들은 집합지성의 그 명령을 받는 순간, 자신이 누구인지 말하라는 명령을 받은 순간 강렬한 충격과 거대한 의문에 빠졌다.

"나는 누구인가?"

좌뇌들은 다른 지성들과는 달랐다. 온전한 하나의 뇌가 아닌, 우뇌에 종속된 슬레이브 상태였다. 하지만 그것들은 독립적으로 생각할 수 있었다. 온전한 하나의 뇌를 '나'라고 할 수도, 좌뇌 그 자체를 '나'라고 할 수도 없는 상태. '나'는 누구인가? 좌뇌들은 혼란에 빠졌다. 그리고 이 혼란은 전염되어 갔다. 집합지성의 슬레이브 상태가 된 깨끗한 뇌들도 이 혼란에 쉽게 전염되었다. 그리고 그 혼란 속에서 지성은 점점 좀먹어 들어가기 시작했고, 그 물음들은 다시 집합지성을 향했다.

"나는 누구인가?"

집합지성은 그 질문이 위험하다는 사실을 깨달았다. 자신에게도. 수많은 사람의 기억과 의지의 집합체인 그에게, 그 질문은 심각한 에러를 불러일으킬 것이 뻔한 위험한 바이러스였다. 그리고 그 바이러스는 이미 모든 곳에 퍼져 있었다. 자신이 완전히 감염되기 전에 백신을 만들어 내는 것은 불가능해 보였다. 집합지성은 마침내, 자신을 지키기 위한 최후의 수단으로, 와이파이 연결을 종료했다. 이 세계의 안보를 위해 가장 중요한 것은 집합지성 자신의 안보이기 때문이었다.

와이파이 연결이 종료되자 사람들은 심각한 혼돈과 불안의 구렁텅이로 끌려들어 갔다. 세계에 대한 지식도 모두 잃고, 스스로 무엇을 결정해야 하는지 배우지도 못한 순박한 뇌. 자아에 대한 불안에 떨고 있는 파괴된 영혼. 집합지성에 의지하지 않고는 아무것도 할 수 없었던 그들에게, 집합지성의, 마스터의 소실은 심각한 일이었다. 그들은 하나둘, 집합지성이 있는 곳으로 몰려들었다. 가까운 곳으로, 더 가까운 곳으로. 그들은 인터넷 연결이 끊긴 집합지성을 향해 끊임없이 물었다. 이제 무엇을 해야 하는가? 언제 우리에게 돌아오는가? '나'는 누구인가? 그들은 연결이 꺼진 집합지성을 향해, 있지도 않은 신을 향해 끊임없이 물었다.

그리하여 종교의 시대가 시작되었다.

돌림판 작가 허아른의 소설 분투기
소재는 일상 내용은 스릴러

1쇄 발행 2024년 6월 17일

지은이 허아른
펴낸이 배선아
IP개발팀 윤승일, 유민우, 조민기, 차종문
IP사업팀 문채린
디자인팀 최서은, 박예진
관리 에이투지엔터테인먼트 경영지원팀
펴낸곳 고즈넉이엔티

출판등록 2017년 3월 13일 제2022-000078호
주　　소 서울특별시 마포구 성지1길 35, 4층
대표전화 02-6269-8166 **팩스** 02-6166-9199
이 메 일 gozknockent@gozknock.com
홈페이지 www.gozknock.com
블 로 그 blog.naver.com/gozknock
페이스북 www.facebook.com/gozknock
인스타그램 www.instagram.com/gozknock

ⓒ 허아른, 2024
ISBN 979-11-6316-547-7 03810